아픈 사람들 따뜻한 의사

아픈 사람들 따뜻한 의사
우영춘 지음

초판 인쇄 | 2014년 03월 20일
초판 발행 | 2014년 03월 25일

지은이 | 우영춘
펴낸이 | 신현운
펴낸곳 | 연인M&B
기 획 | 여인화
디자인 | 이희정
마케팅 | 박한동
등 록 | 2000년 3월 7일 제2-3037호
주 소 | 143-874 서울특별시 광진구 자양로 56(자양동 680-25) 2층
전 화 | (02)455-3987 팩스 | (02)3437-5975
홈주소 | www.yeoninmb.co.kr
이메일 | yeonin7@hanmail.net

값 15,000원

ⓒ 우영춘 2014 Printed in Korea

ISBN 978-89-6253-150-3 03810

동네의사 우영춘의 의가醫家 산책

아픈 사람들
따뜻한 의사

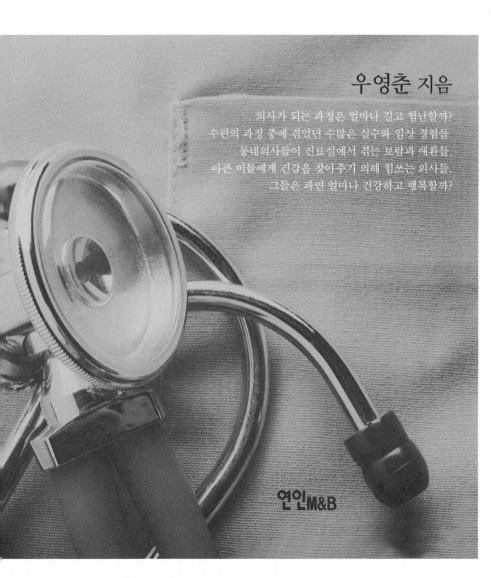

우영춘 지음

의사가 되는 과정은 얼마나 길고 험난할까?
수련의 과정 중에 겪었던 수많은 실수와 임상 경험들,
동네의사들이 진료실에서 겪는 보람과 애환들,
아픈 이들에게 건강을 찾아주기 위해 힘쓰는 의사들,
그들은 과연 얼마나 건강하고 행복할까?

연인M&B

동네의사의 아름다운 여정

시골에서 태어나 초등학교를 졸업할 때까지는 고향 남해에서 유년기를 보냈다. 공부라는 것은 겨우 한글을 깨우친 것 말고는 자연과 벗 삼아 지낸 시간이 대부분이었다. 산과 들로 뛰어다니던 유년기의 추억들이 아직도 그리워져 가끔씩 고향을 찾아 마을과 바닷가를 거닐어 보기도 한다.

중학교에 들어가면서부터 부모님과 떨어져 자취와 하숙을 하면서 힘들고 서러운 객지 생활을 시작하였다. 수련의 과정이 끝나는 33세까지 거처가 일정하지 않은 떠돌이 생활을 한 셈이다. 객지에서 혼자 살아온 영향 때문인지는 모르나 해가 짧아지는 늦가을로 접어들면 향수병으로 가슴앓이를 겪곤 한다.

살아오면서 커다란 변화가 있었거나 정서적으로 힘들었던 일들이 오랜 시간을 경과하면서 추억으로 남아 있다. 고향인 시골에서의 유년기, 내 인생의 가장 정체기였던 중고등학교 시절, 의과대학을 다니면서 제대로 정신 차려 공부라는 공부를 해 본 나날들과 시험으로 힘들었던 기억들, 전방에서 비교적 한가롭게 지내면서 책을 벗 삼아 여유롭게 지냈던 군의관 시절, 몸과 마음이 가장 힘들었던 수련의 시절의 다양한 경험들, 그리고 어린이들과 함께해 온 동네 소아과 의사로서의 일상들이 글의 소재가 되었다.

그때마다 짬짬이 메모해 두었거나 산문으로 작성해 두었던 글들이 제법 모여 쌓이기 시작하였다. 약 2년 전에, 환갑이 다가오는데 이들 자료들을 한번 작은 책으로 만들어 보는 것이 어떻겠냐는 아내의 조언을 받아들여 용기를 내어 책으로 엮어 보기로 마음먹었다.

대부분의 내용들이 의사가 되는 과정 중에 겪었던 일들과 의학과 관련된 글들이다. 직업상 의사의 관점에서 바라보고 쓴 글이라 일반인들이 보기에는 다소 편협^{偏狹}하고 정리^{情理}에 맞지 않는 부분도 있을 것이다. 그동안 살아오면서 겪었던 일들과 외치고 싶었던 생각들을 두서없이 글로 표현하다 보니 부족한 부분도 많을 것이다. 그리고 내가 이 지면을 통하여 전하고자 하는 내용의 일부는 저널이나 전문지 등의 사례에서 인용한 부분들이 있음을 양해 바란다.

그리고 어린이들의 진료에만 열중하며 살아온 인생사에 대한 여러 가지 단상^{斷想}들이 녹아 있다. 비록 빈약하고 볼품없는 글이지만 나의 희망사항이나 경험 등이 담겨 있다. 나와 비슷한 길을 걷고 있거나 앞으로 걸어야 할 의학도들에게 조금이나마 위안이 되거나 도움이 되었으면 하는 바람이다.

이 책을 내기까지 도움을 준 분들이 많다. 처음으로 글을 쓰다 보니 문장이나 문법에 서툰 부분이 많을 수밖에 없다. 이들 오류를 교정해 주신 고향 선배면서 아제 되는 우재욱 시인과 절친한 친구인 『좋은생각』 정용철 발행인의 응원에 감사드리며, 이 책을 맡아 출판해 주신 연인M&B 신현운 대표와 직원 여러분께도 감사드린다.

이 책은 내 개인적으로도 큰 의미가 있다. 부족한 부분이 많지만 근 60년 삶의 발자취가 담겨 있기 때문이다. 늦었지만 지금의 내가 있도록 음으로 양으로 도와준 지인들을 모시고 고마움을 표할 수 있는 조촐한 자리를 마련할 계기가 되었다는 사실에 흐뭇한 마음이다. 책이 나오면 의사가 되기까지 '멘토'가 되어 주신 선친께 제일 먼저 이 책을 올리기 위해 남해 선산에 들를 예정이다.

나를 항상 멋있게 코디해 주는 예쁜 딸 승현이와 대학 생활을 알차게 보내고 있는 멋쟁이 아들 원석에게 고마움을 전하며, 오랜 시간을 함께 걸어오며 곁에서 일일이 간섭(?)하면서 용기를 북돋아 주고 있는 아내에게 이 책을 바친다.

2014, 나만의 공간 서재에서
우영춘

차례

제1장

학창 시절의 추억

1999년 5월 의과대학 졸업 20주년
홈커밍데이 기념사진.

'소나기'의 추억

시골에 사는 한 소년은 징검다리에 앉아 물장구를 치는 소녀를 만난다. 소년은 쑥스러워 다리를 건너지 못하고 망설이고 있었다. 소녀는 세수를 하다 말고 물속에서 조약돌 하나를 집어 "이 바보!" 하며 소년에게 돌팔매질을 한 후 갈밭 속으로 자취를 감춘다. 다음 날 개울가로 나와 보았으나 소녀는 보이지 않는다. 그날 이후 소년은 소녀에 대한 애틋한 그리움이 쌓이고 있었다.

서울에서 전학 온 소녀에 비해 열등감이 앞섰던 소년은 소녀의 밝고 명랑한 성격에 이내 마음을 열고 친해지게 된다. 어느 날 둘은 황금빛으로 물든 가을 들판에서 가을꽃을 꺾으며 놀다가 갑자기 소나기를 만난다. 수숫단 속에 들어가 비를 피하다가 집으로 돌아오는 길에 물이 불은 도랑을 소년은 소녀를 업고 건넌다.

소나기를 만난 후 소녀는 소년을 한동안 볼 수 없었다. 며칠 후 소녀를 다시 만났을 때 소녀가 독한 감기를 앓았다는 사실과 아직도 앓고 있음을 알게 된다. 이때 소녀는 소년에게 분홍 스웨터 앞자락을 보이며 얼룩이 들었다고 말한다. 소나기를 만나 소년이 소녀를 업었을 때 묻은 풀물 자국이었다.

소녀네가 이사 가기로 한 전날 마을에 다녀온 아버지로부터 '소녀가 죽었다'는 소식을 듣게 된다. 그 소녀가 죽을 때 "자기가 입던 옷을 그대로 입혀서 묻어 달라."는 사연과 함께.

황순원의 소설 〈소나기〉의 줄거리다. 청소년기에 여러 번 읽으면서 나에게 감명을 주었던 작품으로 누구나 한번쯤은 읽어 봤음직한 작품이다. 세월이 흘러 나이가 들면, 옛날에 있었던 일들을 생각하면서 그리움에 젖어 드는 때가 있다.

어린 시절 같이 뛰놀던 개구쟁이 친구들과 고향에 대한 추억, 이성 친구에게 제대로 말도 붙여 보지도 못하고 혼자서 애만 태웠던 청소년기, 성인이 되면서 너무나 좋아했지만 이루지 못한 사랑에 대한 그리움 등을 간직하고 살아가는 이들이 많을 것이다. 어린 시절을 시골에서 보냈던 나에게도 소나기에 나오는 주인공 소년 소녀와 비슷한 추억이 있다.

산과 들로 뛰어다니며 자연을 벗 삼아 살았던 시골 어린이들이 도시에서만 살았던 어린이들보다 건강하고 정서적이며, 유년의 추억거리도 훨씬 많을 것이다. 나는 초등학교 졸업할 때까지 바닷가 산촌에서 살았다. 시골에 사는 어린이들은 서울에 한번 가 보는 것이 최고의 소원이었으며, 나 또한 그랬다. 언젠가 서울에 가게 되면 전차도 타 보고, 창경원에 가서 호랑이도 보고, 우유와 아이스크림 등 맛있는 것을 먹어 보는 것이 소망이었다. 그 당시엔 서울에 대한 환상과 꿈을 갖고 어린 시절을 보냈던 것 같다.

시골에 사는 어린이들은 문화의 혜택은 받지 못하지만 자연과 더불어 살았기에 더 건강하고 씩씩하다. 여름이면 바닷가에서 물장구 치며 놀았던 추억이 선하며, 덕분에 누구로부터 별도로 수영을 배우지도 않았지만 다이빙도 하면서 개헤엄으로 제법 멀리까지 갈 수도 있다.

초등학교 4학년 여름방학 때 서울에 사는 한 소녀가 방학을 맞아 우리 마을에 사는 할머니 댁에서 지내려고 내려왔다. 그 소녀는 얼굴도 예쁘고, 피부도 하얗고, 말투도 서울 말씨에 상냥하기까지 했다. 비싸고 예쁜 옷을 입고 있었으니 나의 부러움을 살만 했으며, 어린 마음을 흔들어 놓았다. 소녀의 사촌이 나의 친구였으니 나와도 자연스럽게 어울릴 수 있었다.

소녀의 아버지는 이곳 시골에서 빈손으로 상경하여 사업을 이루어 큰 부자가 되었으며, 60년대에 자가용 고급 승용차를 몰고 휴가차 들를 정도였다. 시골 사는 할머니도 부자 아들 덕분에 집도 제법 번듯하게 수리하여 살게 되었으며, 마을 주민들이 모두 부러워하였다.

어느 날 친구와 소녀와 나 이렇게 셋이서 마을 위에 있는 저수지로 수영을 하러 갔다. 시골 소년이 자신 있게 할 수 있는 것은 비록 개헤엄이지만 수영이었다. 셋이서 물장구도 치면서 놀았다. 수영을 잘 못하는 소녀에게 수영을 가르쳐 주고 있는데, 수영이 시툰 친구가 너무 깊은 곳으로 들어가서 허우적거리고 있었다. 물속으로 잠겨 들어가고 있었다. 나는 재빨리 친구에게로 다가가 손을 잡고 밖으로 나와 위험한 고비를 넘기게 되었다.

"아마 조금만 늦었어도 저승길로 가지 않았을까?"

"너 때문에 살아났다."

"생명의 은인이야!"

하며 친구와 소녀는 기뻐하였다.

시간 가는 줄 모르고 신나게 놀다가 해 질 무렵에 집으로 돌아왔다.

다음 날은 셋이서 개울로 나갔다. 소녀의 손에는 이제까지 책에서만 보아 왔던 해부용 실습기구와 자연도감이라는 책이 들려 있었다. 방학 숙제로 개구리의 해부 구조를 알아보는 것이었으며 실제로 실습하기를 원했다. 나와 친구는 개구리를 잡아서 소녀가 쉽게 해부를 할 수 있도록 실습용 판에 개구리를 고정해 주었다. 이 신기한 해부 기구를 감히 나는 만져 볼 수도 없었으니, 옆에서 가만히 지켜보고만 있을 뿐이었다. 부러우면서 시샘이 나기도 했던 것 같다.

방학이 끝날 때까지 소녀와 몇 번 더 어울려 놀기도 하였으나 열등감에 차 있었던 나는 제대로 말도 걸어 보지 못하고, 시간은 빠르게 흘러 소녀는 서울로 올라갔다. 다음 해 방학에 다시 만나게 되기를 혼자서 희망하면서.

개구리 해부를 했던 그날 이후 나는 마음속에 시샘이 발동하였다. 나중에 커서 열심히 공부해서 실제로 인체 해부도 해 보고 수술도 할 수 있는 의사가 되고 싶다고 꿈꾸었던 기억이 생생하다. 어린 마음에 어른이 되면 서울에 가서 돈도 많이 벌면서 성공한 삶을 살고 싶었다. 그 소녀처럼 피부도 하얗고, 얼굴도 예쁘고, 서울말을 쓰는 서울 여자와 결혼해서 살고 싶은 꿈도 안고 살았다.

다음 해 여름방학 때는 그 소녀를 만나게 될 기대에 부풀어 있었으나, 소녀가 시골에 내려오지 않아서 만나지 못했다. 아쉬웠으나 그 다음 해에 만나게 되기를 바라면서 허전한 마음을 달랬다. 2년이라는 시간이 빠르게 흘러 나도 중학교에 진학하면서 진주에서의 객지 생활이 시작되었고 그 소녀에 대한 생각은 까마득하게 잊어버리고 살았다.

초등학교 다닐 때 소년의 마음에 그리움이라는 것을 느끼게 해 준 그 소녀를 처음이자 마지막으로 본 후 약 8년이란 세월이 흘렀다. 의과대학 입학 후 예과 1학년 여름방학 때 시골에 살고 있는 친구로부터 그 소녀에 대한 얘기를 들을 수 있었다. 승승장구하던 아버지의 사업이 무리한 확장으로 부도를 맞으면서 재산을 정리하고, 할머니가 살고 있는 시골집으로 부모님들이 내려와서 살게 되었다고 했다. 그 소녀는 고등학교를 졸업한 뒤 가정 형편상 대학 진학을 포기하고 은행에 취직하여 부모님에게 용돈도 보내 드리며 소녀가장처럼 생계를 꾸려 가며 산다고 하였다. 그 얘기를 듣는 순간 가슴이 멍해지는 느낌이 들었다.

그래서 나는 친구에게 옛날 얘기를 하면서 이제는 성인이 된 그 소녀를 한번쯤 보고 싶다고 하였다. 언제 시골에 다녀가는지 알아봐 달라고 하면서 그 소녀에게 '내가 보고 싶어 한다'는 사실을 전해 달라고 부탁하였다. 며칠 후 친구로부터 다가오는 새해 설날에 시골에 오기로 예정되어 있다는 사실과 그 소녀도 '나를 한번 만나고 싶어 한다'는 사실까지 전해 주었다.

기다리던 설날이 다가왔다. 그 소녀가 이제는 성인이 되어 몰라보게 변해 있을 텐데, 얼마나 성숙해졌으며 세련되었을까, 어린 시절의 모습처럼 예쁠까, 여러 가지 궁금한 것들로 마음이 설레고 있을 때 친구와 함께 숙녀가 된 모습으로 나의 앞에 나타났다. 반가웠다. 어린 시절의 앳된 소녀의 모습은 아니었지만 여전히 세련되고 아름다웠다.

어린 시절에 소년의 가슴에 그리움을 안겨 주었다는 사실을 얘기하였더니 놀라워했다. 그녀도 '그때의 여름방학이 보람되고 즐거웠던 기억이 생생하다'고 하면서도 소년에 대한 별다른 느낌을 가진 것은 아니었다고 하였다. 하긴 시골 촌놈에게 무슨 느낌이 있었을까. 시골 소년의 일방적(?)인 one side love story인 셈이었다.

그때의 개구리 해부 실습이 소년이었던 나의 뇌리에 막연히 의사가 되어야겠다는 마음을 먹게 하였다는 것과 부모님의 권유로 의대를 지원하게 되었다는 사실을 얘기해 주었다. 시골 소년이 커서 장차 의사가 된다는 사실에 자기가 일조를 했다는 농담 반 진담 반의 담소를 나누었으며, 지금은 오히려 내가 부럽다고 하였다. 부유했던 어린 시절의 서울 생활과 아버지의 사업 실패로 힘들었던 일들에 대해 어둠이 내릴 때까지 많은 얘기를 나누며 즐거운 시간을 가졌다.

남해 촌놈, 의대에 가다

　나는 6.25전쟁이 끝나갈 무렵, 푸른 바다로 둘러싸여 있고 산세가 제법 험준한 경상남도 남해군에서 5남매 중 둘째 아들로 태어났다. 내가 어린 시절을 보낸 곳은 남해읍에서도 한참 남쪽에 위치한 남면 당항리 두곡 마을이다. 섬이라고 하지만은 두곡 마을은 바다에서 제법 떨어져 있고 산기슭에 위치해 있어서 주로 농사를 주업으로 하는 마을이었다.

　초등학교 5학년까지 두곡 마을에서 조부모님 밑에서 농사일도 돕고, 소먹이는 일그 시절에는 집에 가두어 키우지 않고 소를 몰고 들과 산으로 가서 방목하면서 풀을 먹여 키웠다을 하면서 유년 시절을 보냈다. 당시에는 전기도 들어오지 않아서 호롱불로 생활할 정도로 문명의 혜택을 전혀 받지 못하였다. 낫 들고, 꼴 베고, 소 먹이러 다니던 그야말로 촌놈이었다. 지금 생각하면 그때 시골에 살았던 때가 가장 기억에 남으며, 지금까지도 건강하게 살아갈 수 있는 체력이 다져졌던 것 같다.

하루의 일과를 더듬어 보면 이른 아침에 잠에서 깨면 소를 몰고 가까운 뒷산에 가서 소에게는 아침 식사에 해당하는 풀을 잠시 먹이고, 집에 돌아와 아침 식사를 한 뒤에, 책가방이 없던 시절이라 보자기에 책을 둘둘 말아 등에 메고 학교로 향하였다.

학교가 끝나기가 바쁘게 집으로 와서 고구마 등으로 점심을 간단히 때우고, 다시 소를 몰고 십 리 정도 가야 하는 송등산 기슭에 위치한 수지골로 향하였다. 거기서 방목을 하는 동안 낮잠도 자고 동무들과 놀이를 하면서 시간을 보낸 후 해 질 무렵 집으로 돌아왔다. 하루에 걷거나 뛰어다닌 거리가 어림잡아 이십 리는 족히 되었을 것이다. 요즈음 아이들 같으면 엄두도 내지 못할 먼 거리를 어떻게 고무신을 신고 다녔는지? 초등학교 시절에 6학년이 될 때까지는 학교에서나 집에서 무슨 공부를 했는지 기억이 나지 않으나 한글을 깨우친 것을 보면 아주 기초적인 교육만 받았던 것으로 생각된다.

당시에는 중학교에 진학할 때도 입학시험을 치러야 했다. 좋은 학교에 진학하려면 경쟁도 치열하였다. 부친께서는 교육에 대한 열의가 대단하셨는데, 6학년이 되자 도회지에 있는 명문 중학교로 진학시키기 위해 공부에 관심을 가지기 시작했다. 6학년이 되면서 소 먹이는 일들을 중지하고 처음으로 공부다운 공부를 하게 되었으며 뒤진 학과를 만회하기 위해 제법 열심히 하였다.

그 시절에는 살기가 힘들어 어느 가정이나 학비가 큰 부담이 되어 중학교에도 진학이 힘든 친구들이 많았다. 남해 고향 출신으로 객지에 나가 성공한 분들이 더러 있었지만 큰 뜻을 품고 고향에 좋은 일을 남기신 분이 있었다. 남해가 고향이며 청와대 경호실에 근무하였던 박용운 선생님께서 고향에 거주하는 후배들을 위해 자비를 출연하여 '용운장학회' 를 설립하셨다.

남면에 거주하는 초등학교 6학년생 중에서 성적이 우수한 5명을 뽑아 중고등학교 6년간의 등록금 전액을 장학금으로 지급하기로 했다. 시험을 치러 5명을 뽑았는데, 나는 다행히 1등으로 합격하여 부모님의 학비 부담을 조금이라도 덜게 되었다. 박용운 선생님께 감사드리며 은혜를 가슴 깊이 새기며 살아가고 있다.

60년대였지만 교육열은 높았다. 당시에도 입시 경쟁이 치열하였으며, 진주나 부산에 있는 명문 중학교로 진학시키기 위해 혈안이되어 있었다. 서부 경남에서는 명문중학이라는 진주중학교에 다들다니고 싶어 했으며, 나도 부모님의 권유에 따라 진주중학교에 응시하였다. 운이 좋았는지 실력이 있었는지 모르지만 다행히 합격하여어린 나이에 부모님 곁을 떠나 진주에서의 서러운 객지 생활이 시작되었다.

진주에서의 객지 생활은 배고프고 춥고 서러웠던 기억이 지금까지도 남아 있다. 부모님이 아는 댁에 하숙 생활을 하게 되었는데 식사는 콩나물 반찬이 빠지는 날이 없을 정도로 부실하기 짝이 없었고, 항상 배가 고팠던 기억이 생생하다. 지금도 콩나물만 보면 하숙 생활의 서러운 시절이 떠오른다.

중고등학교 시절에 나는 그리 명석하지도 않았고 성적도 좋지 않았다. 놀기 좋아하는 학숙생 친구들과 어울려 놀러 다니는 때가 많아지고, 공부에 흥미를 느끼지도 못했으며 열심히 하지도 않았다.

철이 덜 들었다고나 할까. 공부를 열심히 해야 한다는 사명감 또는 치열함 등이 부족했다고 보는 것이 옳을 것 같다. 나의 인생에서 가장 정체되었던 시기였다.

　이런 청소년기에 주위의 형이나 선배 혹은 친척들 중에서 인생이 무엇인지, 공부는 왜 해야 하는지, 어떻게 공부하는 것이 더 효율적인지, 사춘기는 어떤 것이며 어떻게 보내는 것이 좋은 것인지, 교우 관계 등등을 상담할 만한 멘토가 없었던 것이 못내 아쉬움으로 남아 있다.

　누군가 필요한 조언을 해 줄 멘토가 있었더라면 훨씬 나은 청소년기를 보냈을 것 같은 생각이 든다. 좋은 교훈적인 얘기를 해 줄 수 있는 주위의 멘토가 있어서 중고등 시절에 더 열심히 공부했었더라면 하는 아쉬움을 계속 가지고 살아왔다. 의대를 다니면서 시험공부하듯이 하였더라면 더 나은 '나'가 되어 있지를 않았을까 하고 공상에 빠져 보기도 한다.

　고 2때부터 막연하게 문과文科를 선택하여 공부를 하고 있었다. 원래 가장 좋아하는 과목은 생물이었다. 생물 과목을 선호하면 자연과학 중에서는 생물학과, 농과대학, 의과대학으로 진학하는 것이 옳다. 어릴 적에 한 소녀로 인해 의사가 되고 싶다는 막연한 꿈을 가지고 있었지만 성적도 별로였으며 수학, 화학 같은 이과理科 과목에 소질이 없는 것 같아 경솔하게 문과로 선택하여 입시를 준비하고 있었다.

　의과대학 진학을 전혀 생각해 보지 않은 것은 아니었다. 그 당시에 형님이 의과대학을 다니고 있었는데 공부하는 모습을 보니 너무 힘들어 보였다. 장래를 생각해서 힘들지만 열심히 살아야 한다는 비전 같은 것도 없었으며 우선 편하고 쉽게 인생을 살려는 얄은 마음을 가지고 있었던 것이다. 과거를 회상해 보면 그때는 인생에 대한 포부나 소망 같은 것도 없이 쉽게 생각하고 살았던 것 같다. 생각 없는 바보같이.

게다가 모친은 약간 소극적인 편이라 뭐가 된들 못 먹고살겠냐며 의대에 진학하는 것을 반대하는 편이었다. 그래서 힘든 과정을 겪어야 하는 의과대학을 배제하고 다른 쉬운 길을 찾고 있었으며 치열한 고뇌나 생각 없이 시간을 보내고 있었다.

의과대학으로 진학하고 의사가 되는 과정에는 몇 가지 우여곡절이 있었다. 시간은 흘러 고3 가을 낙엽이 떨어질 무렵에 부친께서 예고 없이 찾아와 진로에 대해 심각하게 고민해 보자고 하였다. 부친의 내심은 전공을 바꾸어 의과대학에 진학할 것을 강조하였다. 늦었지만 지금부터라도 이과 과목에 대한 준비를 하라고 당부하고 내려가셨다.

이때 부친께서 나에게 충격적인 질문을 하셨다.

"너의 형은 장차 의사가 되어 풍요롭게 살게 될 것 같은데, 너는 무엇을 전공하여 형만큼 살 수 있겠니?"

그 당시에만 해도 의사가 귀했던 시절이었으며, 대부분의 의사들은 부유한 편이었다. 고향에 있는 시골의 한지의사현대 의학이 정착되기 이전에 특정 지역에서만 한정하여 의업에 종사하도록 만든 제도도 시골에서 가장 부유하게 살았으며, 진주 시내에 있는 좋은 건물들은 대부분 병원이나 클리닉이었다.

"형제간에 사는 형편에 차이가 나면 부모 마음이 편하지 않을 수 있다."

"잘 생각해 보아라. 너의 인생이니까!"

"지금 너의 선택이 평생을 좌우할 것이다."

라며 은근히 겁(?)을 주고 내려가셨다.

부친께서 떠난 후 한참 동안 깊은 고뇌에 빠졌었다. 부친의 심중에는 형제간에 경쟁심을 유발하여 자식의 마음을 움직이게 할 속셈이 깔려 있었던 것이다. 많은 세월이 흐른 후에 생각해 보니 부친의 고단수(?)에 넘어간 셈이었으나 오늘의 내가 있도록 해 준 최고의 '멘토'였다고 단언하고 싶다. 그리하여 부친의 간곡한 권유와 어릴 적에 막연하게나마 가지고 있던 의사에 대한 꿈을 이루기 위해 늦었지만 이과에 필요한 과목을 준비하면서 의과대학에 응시하게 되었다.

돌아가신 부친께서는 똑똑한 분이셨는데 학력은 초등학교만 수료하시고 오직 독학으로 실력을 다지셨다. 남해해성중고등학교 이사장으로 시골 학생들의 면학을 위해 노력하셨고, 남해군의회 초대 의장을 두 번씩이나 지내신 후 경상남도 교육위원회 의장까지 역임하셨다. 부친께서는 젊어서 상급 학교로 진학을 못 한 것이 평생을 사시면서 한으로 작용하였다. 그래서 5남매를 경제적으로는 넉넉하지는 않지만, 자녀들에게는 공부를 시켜야겠다는 다짐을 하면서 사셨던 것 같다.

선친의 직업관은 국가가 인정하는 면허licence를 따서 사회적으로 인정받으면서 경제적으로도 여유 있게 살 수 있는 일을 하는 것을 제일로 중요하게 생각하셨다. 우리 가계는 조상 대대로 건강한 체질이 아니었다. 숙부님께서도 폐질환으로 요절하였으며, 부친께서도 폐가 약하여 고생을 많이 하였다. 그런 연유로 요양원과 병원 신세를 많이 지면서 의사라는 직업에 관심을 갖게 되었으며, 자손들의 건강한 삶을 위한 하나의 방편으로 의과대학 진학을 적극적으로 권유했다고 한다.

부친의 권유로 우여곡절 끝에 어렵게 의과대학에 입학하였다. 처음에 의대 공부를 시작할 때에는 자발작인 공부라기보다 재시험에 걸리지 않기 위한 공부에 불과했었다. 차츰 시간이 흐르면서 이왕해야만 하는 공부라면 한 번에 확실하게 끝내 버리자고 다짐하며 시험에 임했다. 그 당시 많은 형제들 학비로 고생하시는 부모님 생각과 방학 중 쉬고 싶기도 하고 또한 하숙비를 아끼기 위해서라도 죽기 살기로 공부에 매달렸다. 살아남기 위해 시작한 공부였으나 잦은 시험을 치르다 보니 차츰 공부하는 요령도 생기고, 학년이 올라가면서 흥미도 느끼고 공부 방법도 깨닫게 되면서 6년 동안 한번도 재시험을 치르지 않고 제법 좋은 성적으로 졸업하였다.

의과대학 시절 내 조그만 하숙방 책상머리에는 '철저주의' 라고 큰 붓으로 쓴 글귀가 걸려 있었다. 나는 노는 것도 아니고 공부하는 것도 아닌 절도가 없는 생활을 제일 나쁘다고 생각하였다. 의과대학을 다니면서 터득하게 되었지만, 매사에 절도 있고 철저하게 생활하는 자세가 생활철학이 된 셈이다. '공부할 때는 열심히 공부하고 놀 때는 신나게 놀아라'를 생활 철칙으로 삼고 지금까지 살아왔으며 후배나 자식들에게 조언하기도 한다.

늦게나마 내 나름대로 깨우친 삶에 대한 생각과 경쟁 사회에서의 치열함을 뼈저리게 느끼며 열심히 살아갈 수 있는 마음가짐과 좋은 습관이 들게 된 것이다. 아마 다른 대학을 다니면서 편하게 학점 따고 졸업을 했다면 지금 무엇이 되어 있을지는 몰라도 이렇게 열심히 살아오지는 못했을 것이라고 단언하고 싶다.

첫 해부학 실습

의예과 2년 동안은 동물을 이용한 비교해부학을 배우고, 본과 1학년이 되면서 인체해부학을 본격적으로 배우게 된다. 예과 과정은 비교적 수월하고 편한데 이수해야 할 학점이 좀 많은 것 빼고는 다른 학과와 마찬가지로 대학 생활을 즐기며 보낼 수 있었다.

그러나 본과 1학년부터는 지루하고 험난한 과정의 연속이었다. 본과에 올라가면 의과대학이 이런 곳이라는 쓴맛을 본과 1학년 때 뼈저리게 느끼게 하였고, 앞으로 의학에 매진할 수 있는지를 시험하는 시기인 것 같았다. 1학년을 잘 넘기면 비로소 앞길에 놓여 있는 남은 의대 과정이나 힘든 수련의 과정도 잘 이겨 낼 수 있을지에 대한 검증과 같았다.

1학기 동안에 해부학 이론 공부를 주로 하는데 Gray's Anatomy라는 교과서로 탐구하였다. 의과대학의 본과 1학년 과정은 해부학 실습에서 시작된다. 해부학은 사람의 몸을 다루는 학문으로 인체의 구조를 완벽하게 습득하지 않고는 한 발자국도 앞으로 나갈 수 없는 의학의 기초학 분야다. 인체에 생기는 모든 질병을 진단하고 치료하려면 사람의 몸이 어떻게 생겼는지를 정확하게 알아야 하는 것은 너무나 당연한 일이다.

70년대에는 컴퓨터도 없던 시절이라 입체적인 화면으로 이해하기가 어려웠다. 그래서 선배들로부터 대대로 내려오는 실제 뼛조각^{두개} 골=해골, 골반뼈, 대퇴골 등의 전신의 뼈을 가지고 그룹 스터디를 하였으며, 하숙집 아주머니나 다른 과 학생들은 의대생이 기거하는 방에 들어오는 것을 꺼려하고 무서워하기도 하였다. 어떤 때는 잠깐 졸다 깨어 보면 대퇴골 같은 긴뼈를 베개 삼아 베고 잤던 때도 있었으며, 눈앞에 해골이 나를 쳐다보고 있어서 깜짝 놀라기도 하였다.

이론 공부가 막바지에 도달하면 해부학 실습에 들어간다. 비로소 첫 해부학 실습이 있던 날이었다. 의대 건물 1층 한쪽 구석에 시신이 보관된 실습실이 있다는 것은 입학하고 알았으나, 그곳은 여태껏 감히 얼씬도 못했지만 더 이상 피할 수만은 없는 곳, 의학의 진수를 배운다는 자부심이 서린 그곳으로 향했다.

실습복으로 갈아입고 경건한 마음으로 들어서는 순간 엄숙함에 압도되어 적막감이 흘렀다. 드디어 문이 열리고 발자국 소리를 죽인 채 조용히 입실을 했다. 북향이라 햇살이 잘 들어오지 않아서 그런지 어두웠고 음산하였으며 포르말린 소독 냄새가 지독하였다. 실습실 한쪽으로 반지하에 큰 욕조 같은 창고가 있었는데, 그 안에는 부패를 막기 위해 포르말린액에 여러 구의 시신들이 담겨져 있었다. 그 카데바는 후배들의 몫으로 약물처리 중이었다.

이윽고 해부학 교수님이 들어오셨다. 인자하게 생기신 김동창 교수님은 작은 키에 검은 안경을 쓰셨는데 학점에는 인색하기로 소문난 분이셨다. 첫 수업 전에 이들 시신에 대한 묵념 시간을 가졌다.

"묵념! 저희 의학도들이 해부학 실습을 시작함으로서 비록 인간에 대한 경외심을 외면하는 순간이 있더라도 이 모든 것을 의학의 발전과 후진 양성에 쓰이도록 해 주십시오. 실습의 기회를 제공해 주신 영령들의 안식을 위하여……."

무거운 분위기가 한동안 지나가고 조교의 안내로 생전 처음으로 시신들이 보관된 곳으로 안내되었는데, 거기에는 우리들이 앞으로 실습하게 될 시신들이 담겨져 있었다. 시신이 보관된 창고를 견학한 후 실습대가 놓여 있는 곳으로 6명씩 한 조를 이루어 테이블을 둘러싸고 자리를 정해서 섰다. 실습실 안에는 약 20여 개의 실습대가 놓여 있었으며, 한쪽 모서리로 액체가 수월하게 흐르도록 경사가 져 있었다. 실습을 위해 실습대에 놓여 있는 시신을 우리는 카데바^{cadever}라고 불렀다.

우리 조에 배정된 카데바는 키가 작고 마른 여자였다. 중년의 나이로 보이는데 깡마른 체구로 보아 하니 가난하게 살았던 것 같았다. 그 당시에는 시립병원에서 사망한 환자나 연고자가 없는 변사체들이 의과대학으로 제공되던 시절이었다. 이 카데바는 생전의 삶이 힘들었으리란 걸 막연히 짐작게 했으며, 이렇게 사후에 의과대학 실습실에서 의학도들을 위해 해부를 당하는 처지가 되었음에 측은함이 들었다.

지금도 해부학 실습 시간을 떠올리면 카데바의 모습보다 포르말린 약품 냄새 때문에 눈살이 절로 찌그러진다. 특히 부패를 막기 위해 소독약에 고정된 시신은 역겨운 냄새를 풍겼다. 먼 곳에서도 분간할 수 있을 만큼 독특하고도 고약한 냄새였다. 아무리 고무장갑을 끼고 작업을 하여도 그 냄새는 양손에 배었다. 해부학 실습 후의 우리들은 강박적으로 손을 씻곤 했으며 손뿐만 아니라 전신에 냄새가 파고들어 하굣길 버스에 올라타면 냄새 때문에 주위 사람들의 눈총을 받기도 했다.

　실습 시간이 끝나면 냄새로부터의 해방감과 시신에 대한 묘한 감정들로 인해 방과 후에 급우들과 단체로 목욕을 하고 두부를 안주 삼아 막걸리를 한잔씩 기울이기도 했다. 특히 비위가 약했던 나는 이 실습 시간이 매우 힘들었으나 좋은 의사가 되기 위해 참고 열심히 실습에 임했던 것 같았다. 많은 의학도들은 이들 카데바의 도움으로 인체에 분포되어 있는 혈관과 신경, 근육 뼈 등의 이름들을 숙지하면서 인체의 해부 구조에 다가갈 수 있었고 의사가 되는 과정에 기초의학의 토대가 되었음을 부인할 수 없다.

　옛날에는 연고가 없는 행려 환자들을 해부 실습용으로 이용하였으나 최근에는 이런 케이스가 별로 없고, 대부분은 사후에 기증하기로 약정한 분들의 시신으로 실습을 하고 있다. 자신의 몸을 아끼고 귀하게 여기는 것은 인지상정인데, 사후에 자의든 타의든 신체를 의학의 발전을 위해 해부하게 된 사연에 애석함을 표하지 않을 수 없다. 하지만 이들이 있어 의학은 눈부시게 발달되어 온 것이 아니겠는가? 의학도들이 지식의 습득을 위해 카데바로 희생된 모든 분들의 숭고

한 기증에 머리 숙여 감사드린다.

　전 세계적으로 장기 기증과 사후 시신의 기증 운동이 널리 펼쳐지고 있으며, 우리나라에서도 일부이긴 하지만 장기와 시신 기증 운동이 장려되고 있다. 미국에서 활발하게 운동을 전개하고 있는 장기 기증 운동가인 로버트 데스트 씨는 〈날 기억하려거든〉이라는 시를 남겼다.

날 기억하려거든

어느 순간 의사는 나의 뇌가 더 이상 제 기능을 하지 못하고 모든 의미에서 나의 생명이 정지됐다고 결정할 것입니다.
그렇게 되었을 때, 내 몸에 인공의 생명을 불어 넣으려고 하지 말아 주십시오.
그리고 그것을 '새로운 탄생'이라고 불러 주시고, 다른 이들이 더욱 충실한 삶을 사는데 도움이 되도록 나의 몸을 나눠 주십시오.

나의 눈을, 떠오르는 아침 해와 아기의 얼굴과 그리고 여인의 눈속의 사랑을 한번도 보지 못한 사람에게 주십시오.

나의 심장을, 끊임없이 고통받아 온 사람에게, 나의 피를 교통사고 당한 이에게 주십시오.

나의 신장을, 기계에 의존하여 나날을 연명해 가는 사람에게, 내 몸속의 뼈와 모든 근육과 모든 세포와 신경을 절름발이 아이에게 주시어, 그 아이가 걸을 수 있게 길을 찾아 주십시오.

내 뇌 구석구석을 살펴봐 주십시오. 필요하다면 내 세포를 떼내어 배양하시고 그것으로 언젠가 말 못하는 소년이 야구방망이로 공을 치는 소리에 환성을 지르고, 듣지 못하는 소녀가 유리창에 내리는 빗소리를 듣게 해 주십시오.

그리고 내게 남은 것은 태워서 바람에 재를 뿌려 주시고 꽃들이 자라는 걸 돕게 하여 주십시오.

뭔가 묻어야 하겠다면, 내 잘못과 결점과 인간에 대한 나의 모든 편견을 묻어 주십시오.

내 죄악은 악마에게 주십시오.

내 영혼은 하느님께 드리십시오.

그리고 혹시 날 기억하려거든 당신을 필요로 하는 누군가에게 위로가 되는 친절과 행동과 말로 기억해 주십시오.

내가 부탁한 모든 것을 해 주시면 나는 영원히 살게 될 것입니다.

1-3-5-7과 친하라

컴퓨터와 휴대폰이 없었던 옛날에는 엽서나 편지로 소식을 주고받았다. 요즈음은 문자로 날리고, 메일로 각종 자료를 주고받을 수 있으니 얼마나 편한지 모른다. 그러나 자필로 소식과 마음을 주고받는 아날로그적인 정취가 사라지는 것이 아쉽다.

신학기를 맞아 캠퍼스의 봄을 만끽하고 있는 친구로부터 한 통의 편지를 받았다. 그 편지의 내용 중에 1-3-5-7을 권하는 내용이 있었다. 전적으로 공감하였으며 바람직한 모델로 삼기로 하였을 뿐만 아니라 많은 후배들에게 권하기도 하였다. 지금까지 살아오면서 나와 맺어 온 얽히고설킨 인연들을 1-3-5-7과 함께 모두 풀어 보자.

7은 친구들의 숫자를 말한다.

일곱 명 정도의 절친한 친구는 최소한으로 필요하고 구성하고 있어야 함을 뜻한다. 학창 시절에는 주로 동아리에서 만나 같이 활동하면서 친해지는 친구들과 그룹 스터디를 하는 친구들로 구성되어 있다. 물론 아주 친한 친구는 소수로 한정되어 있겠지만 가능하면 많은 친구들을 가지고 있는 것도 필요하다.

친구와의 우정은 정신적인 만족감은 물론 스트레스를 풀기 위해 술을 먹을 때에 동반자의 역할을 톡톡히 한다. 우리에게 친구가 필요한 이유는 홀로 살다가 생을 마감하는 고독사가 두려워서만도 아니다. 죽었을 때 달려와 눈물 흘려 줄 사람이 없어서도 아니다. 기쁠 때보다 힘들거나 슬픈 일이 있을 때 같이 아파하고 일어설 수 있도록 용기를 북돋아 주는 진정한 친구가 필요하기 때문이다. 여러 친구들 중에는 역시 오래된 친구와 마음이 통하는 친구가 나이 들면서 더 그리워진다.

나는 아주 사교적이거나 외향적이지는 않아서 친구도 가려 가며 (?) 사귀는 편이다. 술을 좋아하지도 않고 더구나 주량도 약해서 음주하는 자리를 피하다 보니 자연적으로 친구가 많지는 않다. 대신에 여러 방면에서 열심히 살고 있는 친구들과 친밀하게 지내는 편이다.

나는 의사의 길을 걷는 동료나 후배들에게 '같은 길을 가고 있는 의사 친구가 아닌 다른 분야의 친구를 많이 사귀어 두라'고 적극적으로 권유한다. 왜냐하면 의사라는 직업은 아픈 사람들을 치료해 주는 전문적인 분야로 의학에 대해서는 유식할지 모르지만 일반적인 사회생활에 대한 지혜나 요령은 많이 부족한 편이다. 의학과 사회생활과는 전혀 상관관계가 없기 때문에 의사들의 사고思考는 편협하고 막말로 무식하다고 보는 편이 맞을 것이다. 그래서 가능하면 여러 분야에 종사하는 친구들을 두루 사귀어서 그들의 조언과 충고를 들으면서 살아가는 것이 바람직하다.

절친한 친구에서 자주 만나지는 못하나 가끔 안부를 전하는 친구까지 여러 분야에 친구들이 있어서 외롭지 않고 든든한 마음이다. 일일이 거명할 수는 없으나 이들 오래된 친구들에게 건강하고 행복한 삶을 누리기를 바라는 안부를 묻고 싶구나. 이정하의 〈친구〉라는 시를 사랑하는 친구들에게 보낸다.

친구

당신에게는 아무 스스럼없이 대할 수 있는 다정한 사람이
몇 명이나 있습니까?

울고 싶을 때 함께 울어 주고, 웃고 싶을 때 함께 웃어 줄 친구가
몇 명이나 있는지요?

저녁 퇴근 무렵 문득 올려다본 서편 하늘에서
온 하늘을 벌겋게 물들이며 지는 노을이 갑자기 눈에 확 들어올 때
눈 내리는 겨울밤 골목길 구석에서 모락모락 김이 나는 포장마차를 지나칠 때
뜻하지 않은 영화 초대권이 몇 장 생겼을 때
전화 수화기를 서슴없이 들 수 있는 친구가 당신에겐 진정 있는지요?

그런 사람이 단 한 명이라도 내 주위에 있다면
우리는 이렇게까지 고독하지는 않을 겁니다

우리의 삶이 이렇게 쓸쓸하지는 않을 겁니다.

5는 연애 감정 안 생기는 속 깊은 이성 친구를 뜻한다.

누구라도 한번쯤은 '남녀 사이에 우정이 가능할까?'를 생각해 보았을 것이다. 물론 이 문제는 아직 결론이 나지 않았고, 앞으로도 영원히 숙제로 남아 있지 않을까. 단지 확실한 것은 남녀의 가치관이 분명 다르다는 점이다. 그래서 사랑하는 연인끼리도 곧잘 이 문제로 싸우곤 한다.

그런데 재미있는 것은 동성이라고 해서 모두 같은 생각을 가진 것은 아니라는 점이다. 동성이면서도 당신을 이해해 주지 않는 친구도 많다. 이럴 때는 오히려 '우정 이상 사랑 이하'의 속 깊은 이성 친구에게 고민을 털어놓는 편이 위안 받을 수 있는 방법이다. 이성으로서가 아닌 다른 성과의 솔직한 대화는 당신의 가치 성장을 위해 반드시 필요하다.

부담 없이 다가갈 수 있으며 허물도 덮어 줄 수 있는 친구와 같은 의미의 이성 친구를 말하는데, 급우classmate여도 좋고, 동아리의 단원이어도 좋다. 한번쯤 학창 시절에 진한 사랑의 러브 스토리를 갖는 것도 나쁘진 않겠지만, 이성에게 사랑이라는 감정이 개입되면 많은 시간을 허비하게 되고 부담스러워지기 쉽다. 그래서 부담 없고 허물 없는 이성 친구를 다섯 명 정도는 확보해 두라고 권한다.

의과대학을 입학하고 예과 2년 동안은 학점을 확실히 따 두어야 하는 것 외에는 시간적인 여유가 있다. 취미 생활도 즐기고, 여자 친구도 사귀면서 재미있고 활기 넘치는 2년을 보낼 수 있었다. 예과 1

학년 봄 축제에서 무작위 추첨에 의해 파트너를 정해 주었는데 영문과에 재학 중인 예쁘고 깜찍한 모습의 H를 만나게 되었다.

H는 솔직하고 활발한 성격의 여학생이었다. 축제 후 헤어질 때 '애프터'를 청했다. 수일 후 두 번째 만났을 때 나는 H에게 부담 없는 친구가 되기를 부탁하였다. 그녀는 흔쾌히 승낙했고, 의과대학을 졸업할 때까지 오랫동안 친구로 지내면서 후배들 미팅도 주선해 주기도 하고 동기들과 캠핑을 다녀오기도 하였다.

의대생들은 시험에 대한 스트레스가 이만저만이 아니다. 마지막 시험을 치룬 날은 어김없이 낮잠을 자고 목욕을 한 후에 모두들 술집으로 향한다. 끼리끼리 모여 시험 기간에 쌓였던 스트레스를 술로 푸는 날이다. 짝이 있는 친구들은 애인을 대동하고, 나같이 정해진 짝이 없는 경우에는 대부분 여자 친구인 H와 동석을 하였다. H는 술자리에서 제법 분위기도 잘 맞추어 주었고, 부담스럽지 않게 애인의 역할을 훌륭하게 대역해 주곤 했던 진정한 여자 친구였다.

본과 2학년 1학기 중간고사가 끝날 무렵에 미대 2학년 과대표로부터 과대표인 나에게 미팅을 하자는 제안이 들어왔다. 일반 대학 같으면 4학년인 셈이라 미팅 같은 것에 별 관심이 없었으나, 시험 스트레스도 풀 겸 제안을 받아들이기로 하고 양쪽 7명씩 만남을 가졌다. 그날 밤은 시험 스트레스를 단번에 날려 버릴 정도로 즐거운 시간을 가졌다.

그로부터 2주 뒤에 병리학 땡시험을 치르고 집으로 가기 위해 교정을 나서려는데 지난번 미팅에서 나의 짝이었던 S가 나를 기다리고 있었다. S는 활달한 성격에 매사에 적극적이었다. 미팅 때 한번 보고 헤어져서 섭섭한 마음이 들기도 하고, 마음이 서로 통한다면 친구하고 싶어서 일부러 찾아왔다고 하였다. 집안 사정이 대체로 넉넉한 편인 S에게서 맛난 것도 많이 얻어먹기도 하였다. 시간이 날 때는 영화도 종종 관람하였는데 그 당시에 선풍적인 인기를 끌었던 안인숙과 신성일 주연의 〈별들의 고향〉이라는 영화를 재미나게 본 적도 있었다.

의과대학 6년 동안 나는 미치도록 사랑하는 연인은 일부러(?) 만들지 않겠다는 것이 학창 시절의 소신이었다. 왜냐하면 일찍 사랑하는 사람이 생기면 학업에 지장을 초래할 수도 있을 뿐만 아니라 결혼이 빨라질 수도 있기 때문에 힘든 수련의 과정을 모두 마치고 좀 늦은 나이에 가정을 갖는 것이 바람직하다고 믿었다. 학창 시절에 친한 여자 동기들과 2명의 여자 친구를 합하면 5명 정도는 되는데, 이들 중에서 H와 S 같은 좋은 친구가 있어서 추억에 남는 학창 시절을 보냈다고 회상해 본다.

그럼 과연 1-3은 무엇일까?
후배나 친구들에게 이 질문을 던지면 의미가 있는 좋은 생각이라고들 말한다. 3은 내가 어려울 때나 선택의 기로에 섰을 때 믿고 의논할 수 있는 선배를 말한다.
누구든 인생을 살아가면서 중요한 선택을 해야 할 때가 있다. 진로를 결정해야 할 때, 사랑하는 사람을 만나 결혼을 할 때, 시험을 앞두고 족보가 필요할 때, 자격시험에 응시하였으나 낙방하였을 때 등 어렵고 힘든 문제들에 부딪혔을 때 도움이 되는 것은 나보다 먼저 이런 선택들과 맞닥뜨려 보았던 선배들의 지혜다.

가 보지 않은 길에 들어섰을 때 앞서 그 길을 먼저 거친 사람들이 전해 주는 충고가 얼마나 소중한 것인지는 누구나 다 아는 사실이다. 생각이 깊되 머뭇거리지 않고 결단력 있게 충고를 해 줄 수 있는 든든한 선배를 반드시 모시고 있어야 한다.

1은 스승님을 뜻한다. 나의 진로에 대한 조언과 도움을 줄 수 있는 스승님은 한 분 이상 반드시 모시고 있어야 한다. '교학상장敎學相長'이라는 말이 있다. 스승은 학생을 가르침으로써 성장하고, 제자는 배움으로써 진보한다는 말이다. 즉 스승과 제자는 가르침과 배움을 통해 서로가 발전해 나가는 좋은 관계가 유지되어야 진정한 스승과 제자의 관계라는 뜻이다. 나를 올바르게 성장하도록 밀고 당겨 줄 스승님은 갖추어야 할 필수 항목 중에 단연 으뜸 항목이다.

선배와 스승은 인생에서 보배와 같은 존재들이다. 후배나 제자의 입장에서는 자주 찾아뵙고 상담을 할수록 더 정겨워하고 가까워진다. 1-3과 더욱 친하도록 노력하라. 그러면 당신의 앞길에 순풍 달 듯 많은 일들이 순조롭게 풀릴 것이다.

시험 악몽

시험이란 무엇인가?

시험이 인생의 전부인가?

왜 열심히 하는데도 좋은 성적을 받지 못할까?

6.25전쟁 후 50~60년대에는 엄청나게 많은 신생아들이 태어났다. 이때 태어난 베이비부머들은 당연히 입학시험부터 취직시험까지 경쟁이 치열할 수밖에 없었다. 내가 초등학교를 졸업하고 중학교에 들어갈 때도 입학시험이 있어서 어린 나이 때부터 공부에 시달려야 했었다. 고등학교 입학시험, 대입 예비고사, 대학입학 본고사 등을 거쳤고 의과대학을 다니면서 비로소 진짜 시험이 무엇인지를 알게 되었다.

의과대학 수업은 고3 수업과 같다고 보면 된다. 예과 2년을 제외하고 본과 4년간은 고3 수업과 비슷하게 이루어지는데, 수강 신청 같은 것도 없다. 한 교실에서 1년 내내 수업을 받게 되는데 오전 9시부터 오후 6시까지 강의 스케줄에 따라 교수님들만 산더미 같이 많은 과제를 가지고 들락거린다.

본과 1학년부터는 정말로 시험의 연속이었다. 공부를 게을리하고는 버틸 수가 없는 구조였다. 게을리하여 시험을 망치면 방학 동안 계속 재시험을 치러야 하고, 재시험에서도 실패하면 유급되어 다시 일 년을 더 다녀야 했다. 의과대학은 일반 대학과 다르게 점수를 이수하지 못한 과목만 다음 학기에 수강하여 점수를 따면 되는 너그러운 구조가 아니다. 어찌 보면 불합리하다고 볼 수 있는 유급 제도가 의과대학이 생긴 수십 년 동안 변하지 않고 그대로 유지되고 있는 것은 올바른 의사 한 사람 만들기 위한 고육지책이라고 본다.

아침에는 강의실 앞자리를 차지하기 위해 쟁탈전이 벌어지는데, 늦어도 7시까지는 교실에 도착해야 좋은 자리를 차지하게 된다. 이런 일화가 있다. 아침 일찍 등교하여 앞부분의 좋은 자리를 차지하기 위한 경쟁이 치열하였다. 하루는 한 급우가 일찍 등교하여 여러 자리를 대신 잡아 두었다가 다툼이 생겼다. 학급회의 시간에 다시는 대신 자리를 잡아 주는 행위는 없기로 다짐하고 마무리가 되었던 적이 있었다.

1975년 겨울, 본과 1학년 2학기 기말고사를 앞두고 그해 겨울은 유난히도 눈이 많이 왔으며 추위가 매서웠다. 의대대학은 12월 초까지 수업을 하고 1주일 정도 시험 준비 기간을 주고 12월 한 달 내내 시험을 치르고 1월과 2월에 약 8주간의 방학 기간을 갖는다. 그런데 재시험이라도 걸리면 영락없이 방학이 없어지게 된다.

그해 겨울은 같이 그룹 스터디group study를 하면서 동고동락했던 친구들을 무척이나 힘들게 했던 계절이었다. 본과 1학년 당시 20명 가까이 되는 동기들이 유급의 칼날에 희생되었는데, 어떤 친구는 의학 교육에 흥미를 잃어 미리 포기한 동기도 있었지만, 대부분의 급우들은 열심히 했음에도 상대평가의 기준선 아래라는 이유로 유급을 당한 경우가 대부분이었다. 안타까운 일이었다. 사실 다 같이 열심히 공부한 친구들의 실력의 차이란 종이 한 장의 차이일 뿐인데도 말이다.

요즈음도 비슷하겠지만, 그때는 의대에 80명이 입학하면 반 정도는 정상적으로 졸업하고 삼분의 일 정도는 한 해나 두해, 심지어는 서너 해씩 늦게 졸업하고 나머지는 중도에 학교를 그만두기도 하였다.

의과대학의 학사 규정은 대학마다 약간의 차이는 있지만 한 학기에 한 과목이라도 60점 미달이면 유급이었고 또 유급이 세 번 이상이면 제적이었다. 한 과목이라도 펑크60점 이하가 나면 유급이 되는데, 다른 대학 같으면 다음 학기나 다음 연도에 펑크 난 과목만을 다시 수강하여 학점을 따면 되지만, 의과대학은 유급이 되면서 전 과목을 다시 수강하고 학점을 다시 취득해야 하는 모순된 구조이다. 억울하지만 수십 년 동안 관행처럼 굳어져 있어서 아무도 항의를 못하고 지속되고 있는 실정이다. 이는 한 사람의 훌륭한 의사를 배출하기 위한 고육책의 일환일 것이다.

이런 연유로 예과 2년을 제외하고는 '낭만적인' 대학 생활을 보낼 수 없었다. 유급이라는 커다란 장애물을 넘어야 하기 때문에 하루하루가 시험을 치르던 고3 때보다 더 치열하였고 살아남기 위해 매일 매일 새벽까지 도서관에서 살다시피 해야 했다. 그래서 의사들은 의과대학 공부를 다시 한다거나 수련의 과정을 한 번 더 겪어야 한다면 이 길을 포기하고 말 거라고 푸념하기도 한다.

지옥의 시간표, 그리고 커리큘럼 속에서 살아가는 힘겨운 인생

본과 1학년 때에 배우는 과목으로는 해부학, 생리학, 생화학, 조직학, 신경해부학, 해부학 실습, 태생학 등이 있다. 개인적으로 가장 힘들었던 시기는 본과 1학년이었던 것 같다. 고3처럼 빡빡한 수업 시간표만 문제겠는가. 한 학기 동안에 인체의 시스템을 다 이해하고 외운다는 것은 정말로 힘겨운 과정이었다.

매일 수업이 오후 6시경에 끝나니 사적인 모임이나 동아리 모임 같은 것은 꿈도 못 꾸었다. 어떤 동기생은 너무나 만나 주지 않는다고 여자 친구로부터 이별 통고까지 받았다는 웃지 못할 얘기도 있었고, 또 다른 친구는 공부를 등한시하고 여자 친구와의 열애로 인해 성적 부진으로 유급을 당하기도 하였다. 그만큼 한눈팔지 말고 죽기 살기로 공부해야만 살아남을 수 있었다.

의학이라는 학문은 이해하고 외워야 할 공부가 워낙 많기 때문에 과목마다 전설적으로 내려오는 족보의대에서는 야마라고 하며 일본말로 산이라는 뜻이다라는 것이 있다. 대개 이런 족보는 기출문제를 모아 놓은 것과 반드시 알아 두어야 하는 진수들인데, 많게는 100%까지도, 적게는 하나도 출제되지 않는 경우도 있다.

그런데 이 족보라는 것이 방대한 양의 시험을 앞둔 의대생들에겐

단비와도 같다. 너무 외워야 할 공부가 많을 때는 족보조차도 다 소화하지 못하고 시험장에 가기도 한다. 어찌 보면 전체 공부할 부분을 간략하게 간추려 놓은 섬머리summary와 같기 때문에 시험을 앞둔 의대생 책상에는 항상 족보가 있고 미친 듯이 외우는 진풍경을 볼 수가 있다.

이런 의대생들의 공부 방법이 무조건 잘못된 것이라고는 생각지 않는다. 지나치게 많은 양을 소화하기 위한 차선책일 것이다. 수년간 비슷하게 출제되었던 문제는 가르치는 교수 역시 '그 과정에서 그 정도만 알고 가도 충분하다.'고 생각했기 때문일지도 모른다.

의과대학에만 있는 '땡시험'

의대 시험 중에 해부학, 조직학, 미생물학, 병리학 같은 과목은 실습 시험이 따로 있는데 해부학 실습 시험의 경우에는 교실의 벽을 따라 30개 정도의 책상 위에 인체 뼈와 장기 모형을 두고 각 장기의 지시하는 부분의 명칭을 알아맞히는 시험이다. 30초 간격으로 '땡' 하고 종이 울리면 다음 테이블로 옮겨 다음 문제를 푸는 방식으로 테스트를 받는다.

해부학 실습 시험을 준비하기 위해서는 인체의 각종 장기 모형이나 뼛조각을 개인적으로 구비하기가 힘들기 때문에 그룹 스터디를 하는데 밤새 공부하다가 잠시 잠이 들었다 깨어 보면 머리맡에 해골두개골이 놓여 있어 순간적으로 놀라곤 했었다. 이 '땡시험'이라는 테스트 자체가 어렵다기보다는 치르기 전후에 오는 긴장감이 대단하였으며 시험을 마치고 나면 허리를 펴기가 힘들 정도로 고단했던 기억이 생생하다.

병리과 시험은 주관식과 객관식이 거의 반반 출제되었는데 객관식의 채점 방식이 독특하였다. 객관식의 문항이 4지선다형이 아니라 5지, 6지, 7지까지 많았으며 질문에 맞는 내용을 모두 골라내는 문제였다. 그런데 채점 방식이 틀린 것을 적어 내었다면 점수를 도리어 깎아 버렸던 것이다. 그러니까 아는 만큼만 선택해서 제출하라는 의도였으며 성적이 좋지 않았던 급우들은 점수가 형편이 없었으며, 오히려 마이너스를 기록하기도 하였다. 그래서 학기 중에 학업을 중도에 포기하는 친구들이 속출하였다.

본과 3학년에 올라가면 임상 과목을 공부하게 되는데, 과목마다 세분화되어 subspecial part 있어서 많은 교수님들의 수업을 받는다. 예를 들면 내과의 경우 순환기, 소화기, 호흡기, 내분비, 감염, 신장, 혈액 종양, 알레르기, 류마치스 내과 등으로 세분화되어 있어서 최소 8명 이상의 교수님들의 수업을 받는다. 그러니 여러 과의 수업을 받다 보면 20명이 넘는 교수님으로부터 수업을 받고 평가를 받게 된다. 중간고사와 기말고사 외에도 수시로 치르는 쪽지 시험까지 합하면 1년 내내 시험만 치르다가 세월을 보내는 것 같았다.

이렇게 많은 양을 이해하고 외우고 시험을 치르는 과정 중에 오는 시험 스트레스는 의대생들이면 누구나 겪게 마련이다. 나는 다행히 재시험 한번 치루지 않고 무사히 졸업을 하였지만 살아가면서 오랫동안 시험 악몽에 시달리곤 했다.

시험공부를 충분히 못했는데 시험장에 가는 꿈에 소스라치게 놀라 새벽잠을 깨곤 했는데, '아! 실제 상황이 아니구나. 다행이다!' 하고 다시 깊은 잠에 빠져들곤 하였다.

의과대학을 졸업하고도 시험은 기다리고 있었다. 인턴 들어갈 때와 레지던트 선발 때도 시험을 치렀고, 수련의 과정을 마치면서 정말로 중요한 전문의 고시가 마지막으로 기다리고 있었다. 전문의 고시 때는 수개월간 합숙을 하면서 필기시험과 실기 테스트를 준비했었는데, 인생에서 마지막 시험과 마찬가지라 정말로 최선을 다했었다. 다행히 나는 운이 좋았는지 한번도 실패하지 않고 오늘에 이르러 감사할 따름이다.

후배나 후세에도 지겨운 시험은 계속되겠지…….

과科대표의 추억과 소록도병원 탐방기

성격性格은 어떤 상황에 따라 개인의 고유한 행동으로 나타나는데, 그것을 유지하고 발전시킨 개개인의 독특한 심리적 체계를 말하며 인성人性이라고도 한다. 개인에게 형성된 성격은 쉽게 변하지 않는 안정적인 특징과 꾸준히 지속되는 일관적인 특징을 보이며, 그 결과 개인마다 독특한 특징을 보이게 된다. 성격 형성에 영향을 미치는 요인으로는 유전적 기질과 환경의 영향으로 나눌 수 있다. 최근의 심리학 연구에서는 유전적 기질보다는 환경이 성격 형성에 더 큰 영향을 미치는 것으로 보고 있다.

우리는 자신의 성격을 얼마나 이해하고 파악하고 있을까?

어떤 사람은 내성적이라고 하고 어떤 사람은 외향적이라고 딱 부러지게 구분하는 것은 사실상 불가능하다. 어느 한쪽으로 약간씩 치우쳐 보이기도 하지만 많은 사람들이 양쪽 성향을 고루 가지고 있는 경우가 훨씬 많은 것 같다. 나의 선친은 외향적이고, 언변도 뛰어났으며, 대중 앞에 나서는 것을 좋아하였기 때문에 남해군 의회 의장과 경상남도 교육위원회 의장까지 역임하셨다. 반면에 모친은 내성적이고 약간 소극적인 편이였으며, 자신의 불만스러운 의견도 밖으로 잘 표출하지를 않고 마음속으로 끙끙 앓는 편이였다. 나는 두 분의 성격 중에서 좋은 점과 나쁜 점을 혼합해서 나누어 골고루 가지고 있는 것 같다.

나는 원래 사람들 앞에 나서서 설치는 것을 즐겨하지는 않았다. 대체로 꼼꼼하고 자상한 편이며, 아이디어를 내거나 기획 같은 것을 잘 세우고 결정된 사항에 대해서는 과감하게 추진하는 편이다. 말주변이 없어서 여러 사람들 앞에서 말하는 것을 꺼리는 편이며, 대중들 앞에 나서는 것을 썩 좋아하는 성격은 아니어서 학생회나 과대표 등에 관심을 두지는 않았었다. 대신에 불합리하거나 사리에 맞지 않는 일을 보면 참지를 못하고 '욱하는 성격'이 발동하여 저돌적으로 소견을 피력하곤 한다. 그래서 간혹 주위의 오해를 사기도 하고 때론 일을 저지르기도 한다.

예과 2학년 때 이런 사건(?)이 있었다. 학기 중에 그 당시 과대표였던 K군과 학교 사이에 심각한 문제정확하게 무슨 문제였는지는 잘 생각이 나지를 않으나가 발생하여 학과장님이신 J교수님께서 과대표를 경질할 것을 요청하는 회의를 갖게 되었다. 격론이 오갔다. 거기서 나는 우리가 뽑은 대표를 학교의 방침에 따라 마음대로 경질하는 것은 옳지 않다는 것을 강조하는 즉, 학교의 방침에 반하는 소견을 발표하였고, 많은 급우들이 나의 의견에 동조하면서 과대표의 경질 여부는 없던 일로 되어 버렸다. 그 사건으로 인하여 나는 학교에 밉보이게 되었다.

본과 2학년이 되면서 이 사건으로 나에 대한 강직함 내지 성실함 등이 급우들의 마음을 움직였는지 과대표^{의과대학에서는 '총대'라고도 불렸다}로 선출되었다. 과대표로 활동하면서도 학교 측의 요주의 인물로 낙인 찍혀 있었다. 학년이 끝날 때까지 학과장님이신 J교수님과의 악연(?) 은 계속되었으며, 급우들이 모르게 제법 많은 시달림과 스트레스를 받았다.

의과대학 교과과정 중에 본과 2학년 때 예방의학을 이수해야 하는데, 예방의학의 학습목표 중에 소록도병원 견학이 포함되어 있었다. 나의 인솔 하에 예방의학과 주임교수이시면서 학과장님이셨던 J교수님을 모시고 70여 명의 급우들과 함께 소록도를 다녀왔다. 견학을 무사히 마치고 학교로 돌아온 후 근처의 선술집에서 교수님과 뒤풀이 시간을 가졌다. 그 자리에서 과거의 불편했던 일들에 대해 여러 가지 얘기를 나누면서 좋지 않았던 감정을 풀었던 기억이 생생하다.

소록도병원 탐방기

우리 일행은 맑고 시원한 공기를 마시며 국도를 따라 신나게 달리다 보니 어느덧 소록도에 도착하였다. 드넓은 바다, 길게 뻗은 신작로와 나무들이 우리 일행을 반기는 것 같았다. 하늘에서 내려다보면 아기 사슴을 닮았다 하여 '소록도'라는 이름이 붙여졌다고 한다. 병원장님의 안내로 병동과 재활치료실, 검시실, 감금실, 수술실 등을 둘러보았다. 한센인들의 애환을 직접 느낄 수 있는 기회를 가졌으며, 앞으로 뜻있는 분들의 기부와 정부의 적극적인 투자로 더 좋은 시설에서 치료와 요양을 받게 되기를 기원하면서 탐방을 마치고 무사히 돌아왔다.

한센병이라면 보통 일반인들은 가까이 가기를 꺼려하였으며 '문둥병'으로 놀리면서 천하에 몹쓸 병에 걸렸다고 멸시하였다. 한센병이란 나균에 의해 감염되는 만성 전염성 질환을 말한다. 6세기에 처음 발견된 병으로 최근에는 연간 1만 명당 1건 미만으로 발생하는 드문 질환이다. 나균은 피부, 말초신경계, 상기도의 점막을 침범하여 조직을 변형시키기도 한다.

국립소록도병원은 한센병 환자들의 진료·요양·복지 및 자활 지원과 한센병에 대한 연구를 목적으로 설립된 보건복지부 산하 국립병원이다. 연혁을 살펴보면 1916년 5월 조선총독부령 제7호에 의해 최초로 설립되었으며 '소록도자혜의원'으로 불리었다. 소록도갱생원, 국립나병원 등의 이름을 거쳐서 1982년부터 지금의 국립소록도병원으로 불리고 있다.

1935년에 건립되었다는 검시실檢視室은 두 칸으로 나누어져 있었으며, 입구의 넓은 방은 사망 환자의 검시를 위한 해부실로 사용되었고, 안쪽은 주로 검시 전의 사망 환자 유해를 보관하는 영안실로 사용되었다고 한다. 감금실監禁室도 둘러보았는데 일제강점기에 설립된 인권 탄압의 상징물이다. 일제 말기에는 부당한 처우와 박해에 항거하던 환자들이 무수히 이곳에서 사망하거나 불구가 되었으며 출감 시에는 예외 없이 정관절제를 당했다고 한다.

수술실, 그곳에서는 차마 피를 토하지 못하던 젊은 영혼들의 글귀가 우리의 발길을 잡았다. 4대 독자 젊은이가 수술대 위에서 자신의 잘려 나가는 생명의 근원을 느끼며 어머니를 생각하던 그 절규…….

이동이라는 분이 지었다는 〈단종대〉라는 시가 벽에 걸려 있었는데, 우리 일행의 마음을 찡하게 하였다.

단종대

그 옛날 나의 사춘기에 꿈꾸던
사랑의 꿈은 깨어지고
여기 나의 25세 젊음을
파멸해 가는 수술대 위에서
내 청춘을 통곡하며 누워 있노라
장래 손자를 보겠던 어머니의 모습
내 수술대 위에서 가물거린다
정관을 차단하는 차가운 메스가
내 국부에 닿을 때

모래알처럼 번성하라던
신의 섭리를 역행하는 메스를 보고
지하의 히포크라테스는
오늘도 통곡한다.

PK들의 하루

—임상 실습^{bedside trainning}

대학마다 커리큘럼의 차이가 있기는 하나 대개는 본과 3학년 2학기가 되면 그동안 임상 과목을 강의나 책으로만 공부해 왔던 것을 실제로 외래나 병동에서 환자들과 부딪치며 배우게 된다. 임상에서 행하는 이론과 실천을 연결하는 방법으로서 중요시되며, 특히 의학·간호교육에서는 오래전부터 행하여지고 있으며 교육과정에서 많은 시간을 할애하고 있다. 일반 회사로 치면 인턴사원과 비슷한 과정이다.

의과대학의 커리큘럼은 사실 대부분 강의를 듣고 책을 보고 시험을 치르는 일련의 과정이 압도적으로 많지만, 의사가 되기 위한 과정 중에 임상 실습은 매우 소중하다. 어원은 'Polyklinic'으로 독일어에서 왔다고 하는데, 의사가 여러 진료과목을 두루 접해 본다는 뜻을 지니고 있다. 'Polyclinic rotation'이라는 합성어의 의미를 가지고 있으며, 우리나라에서는 임상 실습을 도는 학생들을 줄여서 'PK'라고 부른다.

종합병원에는 여러 직종의 종사자들이 흰색의 오픈 가운을 입고 근무한다. 원무과 직원을 제외하고는 방사선사, 임상병리사들도 가운을 입기 때문에 가운의 명찰을 보기 전에는 무엇을 하는 사람인지 구별이 어렵다. PK들은 이름표 앞에 아무런 직책 등의 표시가 없이 이름만 표기된 가운을 입고 다니기 때문에 자칫 겉모습만으로는 의대생인지 의사인지 구별이 쉽지 않다. 청진기를 비롯해서 많은 것을 가지고 다니면서 깨끗해 보이지 않으면 대부분 인턴, 레지던트들이다. 그런데 비교적 깨끗한 가운 차림에 책을 끼고 삼삼오오 모여 다닌다면 영락없는 PK들이다.

임상 실습은 보통 조별로 돌게 된다. 기본적으로 회진, 외래 참관, 수술실 견학, 병동에서의 실습 및 각종 술기 참관 등이 있으며 컨퍼런스 등의 일정으로 계획되어 있다.

인턴과 비슷하게 임상 각 과를 1년 혹은 1년 반 정도 순환하면서 Field 임상 현장에서 직접 환자의 상태를 관찰하고 배우게 되는 예비 인턴인 셈이다. 임상 실습에 적극적으로 임하라고 선배들은 충고한다. 그래야만 나중에 인턴이 되었을 때 훌륭하게 업무를 수행할 수 있기 때문이다.

임상 실습을 받는다는 것은 수련의 생활을 미리 체험하는 것과 비슷한데, 내가 만약 저 상황이라면 '어떻게 대처할까?', '혹은 왜 저렇게 할까?'라는 의문을 가지고 적극적으로 임한 학생은 나중에 인턴이 되었을 때 훨씬 더 업무 능력이 뛰어날 것이고 인턴 성적도 좋게 받을 것이다.

반면에 시험 성적은 좋은 편이나 임상 실습에 등한하여 인턴 때 업무 능력이 떨어지는 친구들을 흔히 본다. 즉 실습 시간에 대충 시간이나 때우고 책으로만 공부를 하다 보면 시험 성적은 좋으나 일은 못해서 구박받는 인턴이 되는 것이다. 의학 특히 임상의학은 책으로만 전수받을 수 있는 성격의 것이 아니기 때문이다.

실제로 학교 다닐 때 성적은 높은 편이었으나 인턴 성적이 나쁜 친구들이 있었다. 학업 성적과 인턴 성적은 일치하지 않는 경우가 많다. 사회에 나와서 성공한 사람들을 보면 학창 시절에 반드시 공부를 잘했던 것만은 아니다. 오히려 공부는 별로 잘하지 못했으나 특정 분야의 실무에 뛰어나 남보다 앞선 경우를 자주 보게 된다. 학교 성적과는 무관하게 수기나 수술을 특히 잘하는 서전surgeon, 외과의도 많이 있다.

외과 파트를 도는 인턴의 경우 아침 일찍 병동 환자들의 채혈과 정맥주사 놓기를 비롯해서 수술에 들어가기 전에 전처치로 행하는 도뇨관Foley catheter 삽입, 비위관Levin tube 삽입이 있는데 이들 전처치를 미리미리 차질 없이 잘해 두어야 한다. 이런 기본적인 술기가 서투르면 본인뿐만 아니라 해당 병동, 주치의, 환자까지 모두 힘들어지면서 스케줄에 차질을 빚게 된다.

이처럼 채혈, 정맥주사, ABGA, 비위관과 도뇨관 삽입 같은 기본적인 수기를 잘한다고 해서 반드시 훌륭한 의사가 되는 것은 아니지만, 이런 기초적인 능력들이 떨어지면, 남은 일들이 쌓이게 되면서 능력이 부족한 인턴으로 낙인찍히고 인턴 성적에도 나쁜 영향을 미치게 된다. 종국에는 의사라는 직업에 회의를 느끼게 된다. 그래서 선배 의사들은 임상 실습 시간에 대충 시간을 때우지 말고 열심히 임하면서 기본 술기 등을 완벽하게 익혀 두라고 조언하는 것이다.

  내과 실습 중에 외래에서 교수님이 진료하기 전에 PK들이 먼저 문진을 해 보는 시간을 갖게 되었다. 하얀 오픈 가운을 입고 외래나 병실에서 전공의 선생님들과 같이 다니다 보면 환자들은 같은 의사로 여기기 때문에 '선생님'이라고 부른다. 처음에 들을 때는 무척 쑥스러웠다. 그래도 마음을 가다듬고 마치 의사인 양 근엄한 표정을 지으며 조심스럽게 환자에게 다가갔다. 처음으로 문진History taking을 하는데, 환자들이 호소하는 증상들이 너무 많아서 주소Chief complaint를 끄집어 내는 것도 쉬운 일이 아니었다.
  이들 환자들 중에는 질문을 하지도 않았는데도 말이 많은 분, 젊은 앳된 모습의 우리들을 보고 우습게 여기는 분, 개중에는 학생이라는 것을 눈치챈 분들도 있었다. 대학병원이라는 큰 덩치 때문인지 PK들의 권위가 심하게 훼손되는 경우는 별로 없었으나, 일반적으로 할머니들은 친절하고 협조가 잘 되는 편이었으며 할아버지들은 무뚝뚝하고 행동도 느린 경우가 많았다.

  의사가 되려면 '환자의 고통에 대한 이해와 공감'을 생각하라.
  어느 존경하는 교수님께서는 "훌륭한 의사가 되기 위해서는 따뜻한 가슴과 차가운 머리를 가지고 있어야 한다."고 말씀하셨다. 환자의 고통에 대한 공감과 측은지심은 갖되 상황에 대한 냉철한 판단력은 갖추고 있어야 함을 강조하였다. 의료는 감정이입이 되면 잘못된 판단을 하게 되고 이는 전혀 엉뚱한 결과를 초래할 수 있기 때문이다. 어찌 보면 피도 눈물도 없어 보이지만 긴박한 상황에 부딪쳤을 때 의사가 우왕좌왕하면 환자는 더욱 불안해하며 예기치 못한 결과를 초래할 수 있다.

또한 첫걸음부터 봉사와 희생정신을 가져야 하며, 환자를 대하는 태도와 예의를 갖추는 것이 중요하다고 강조하였다. 그 외에도 여러 가지가 있지만 환자와 가족들에게 충분히 말할 수 있는 기회를 주고, 호소하는 내용들을 선입견 없이 경청하는 것이 무엇보다도 중요하다고 말씀하셨다. 이를 바탕으로 논리적으로 접근하여 최종 진단에 이를 수 있도록 노력해야 한다. 쉽지 않다는 사실을 깨달으며, 다양한 성격의 환자들과 부딪힌 며칠을 경과하면서 문진하는 요령도 생기고 주소Chief complaint의 핵심을 꼬집어 낼 수 있었다.

책에서만 보았던 질병을 직접 환자와 대하면서 배우게 되어서 좋았고, 하얀 오픈 가운을 입어서 멋있어 보여서 좋았으며, 지겨운 수업과 시험을 치르지 않아서 신났던 임상 실습이었다.

하숙 생활의 애환

　도회지가 아닌 시골에서 태어난 사람들은 보다 나은 학교로 진학하기 위해 도시로 몰려든다. 옛날에는 학교에서 관리하는 기숙사가 별로 갖추어지지 않았기 때문에 하숙을 하거나 자취를 하면서 면학을 하였다.

　고향이 시골인 나도 초등학교 졸업 때까지만 부모님 밑에서 자랐고, 이후 중고등학교, 대학, 군의관 시절, 수련의 시절까지 하숙 또는 자취를 하면서 살았다. 거처가 일정하지 않은 떠돌이 생활을 한 셈이다. 아무리 허름한 집일지라도 내 집이 최고지, 떠돌이 생활은 서럽고 지겨웠던 것은 나만의 생각이 아닐 것이다.

　하숙이란 가장 낮은 등급의 생계형 숙박업소라고 볼 수 있으며, 방값과 식대를 지불하고 장기간 남의 집에 기거하는 것을 말한다. 도시의 발달로 학교, 회사, 은행, 관공서 등이 생겨남에 따라 학생과 직장인들이 도시에 몰리게 되었으며, 이들 대부분은 학생들과 독신 봉

급생활자들이었다. 이에 따라 장기간 집을 떠나 도시에서 생활해야 하는 학생들과 직장인들은 친척집에 머무르는 수도 있었으나 대부분 하숙이나 자취를 하였다. 하숙집은 처음에는 학교와 가까운 일반 가정집에서 방의 여유가 있을 때 한두 명을 부업 삼아 하거나, 전문적으로 하숙을 본업으로 하는 집도 있었다.

의대생들은 같은 동아리나 친한 친구들끼리 모여서 하숙을 하면서 소위 말하는 '그룹 스터디group study'를 하는 경우가 많았다. 왜냐하면 공부해야 할 방대한 자료와 족보 등을 서로 공유할 수 있기 때문이다. 보통 선배들이 하숙하던 집에 눌러앉아 생활을 하는 경우가 많아서 여러 학년의 선후배들이 같이 생활을 하는 경우가 많았다.

내가 기거했던 하숙집에는 의과대학 동기 4명과 2년 후배 3명이 있었다. 학창 시절에 한 집에서 그룹 스터디를 하면서 기거하였다는 것은 피를 나눈 형제들과 비슷할 정도로 미운 정 고운 정이 든다. 같이 생활했던 D군은 대학에 남아서 교수가 되었으며 의과대학 학장까지 지냈다. K군은 고향에서 개인 병원을 개설하여 진료에 전념하고 있다. 그런데 L군은 수련을 마치고 개업하여 성공하였으나 건강 관리를 잘못하여 몇 년 전에 암으로 세상을 등졌다. 친한 친구를 영원히 떠나보낸다는 것이 얼마나 마음 아픈 일인지 이루 말로 표현을 할 수 없었다. 하늘나라에 있는 L군의 명복을 빈다.

의대생들의 위계질서는 군대에 비견될 정도로 엄하기 때문에 후배들은 선배들의 도움도 많이 받지만, 그 대신 잔심부름도 많이 했다. 겨울에 기말고사는 보통 12월 초에 수업을 종강하고, 1주 정도 여유

시간을 두고 12월 말까지 약 3주간의 시험 기간 동안 긴 밤의 허기를 때우는 일이 상당히 중요했다. 그 당시에는 간식으로 배를 채울 만한 음식이 별로 없었으며, 간식을 준비할 만한 돈도 부족하여 한밤중에는 배가 고파서 힘들었던 기억이 생생하다.

겨울에는 해가 일찍 지기 때문에 오후 6시경에 저녁 식사를 하고 시험공부를 하다 보면 밤 12시를 넘기면서 배가 고파 오고 저혈당에 빠져서 능률도 오르지 않았다. 이때는 어김없이 후배들이 밤참을 준비해야 하는데, 요기를 때우기에는 라면만한 야식夜食은 없었던 것 같다. 추운 날씨에 주인아주머니 몰래 부엌에 들어가서 조심조심 라면을 끓여 와 머리를 맞대고 먹었던 맛은 지금도 잊지를 못하고 있다. 그때의 그 라면 맛이란!

객지 생활을 하는 하숙생들에게는 여러 가지 애환들이 있다.

첫 번째로 꼽으라면 향수鄕愁일 것이다. 향수는 개인 간 정도의 차이는 있지만 누구나 어느 정도 느끼며 산다고 본다. 그래서 향수를 달래기 위해 하숙생들끼리 모여서 술도 한잔씩 하고, 화투놀이를 하기도 한다. 향수를 가장 많이 느끼는 때는 신학기 때다. 방학 중에 가족들과 부대끼며 살다가 혼자 떨어져 나와 객지의 하숙방에 들어갈 때의 기분은 참으로 묘하고 쓸쓸함을 느끼게 한다. 이 느낌은 객지 생활을 경험해 보지 않은 사람들은 아무도 상상하지 못할 것이다.

두 번째로 가장 서글플 때는 몸이 아플 때이다. 하숙집 아주머니가 신경을 써 준다지만 어머니의 손길만 못한 것은 당연하다. 아플 때는 정말로 집이 그리워지면서 서럽기 그지없다. 나는 시험 때만 되면 사랑니가 아파서 고생을 많이 하였다. 치과에 가 볼 엄두도 못 내고 그때마다 약국에서 진통제를 사서 먹으며 버티곤 하였다. 객지 생활하면서는 절대로 아프지를 말아야 하는 것이 불문율이다. 그래서 부모님 밑에 있을 때보다 몸가짐에 더 많은 신경을 써야 한다.

내가 기거했던 하숙방은 크기가 두 평 남짓 되었던 것 같은데 책상 두 개 놓고 나면 두 사람 겨우 누워 잘 수 있을 정도로 좁았다. 여러 가지 에피소드가 있는데, 그중에서 가장 기억에 남는 것은 연탄가스에 중독되어 응급치료를 받았던 일이다. 아주 심하게 중독되지를 않아서 다행이었지만, 황천길을 다녀올 뻔했다. 이런 힘든 일이 생겨도 걱정하실까 봐 부모님께 연락을 취하지도 않았다. 다들 살기가 힘든 시절이어서 자식 된 도리로 부모님께 걱정을 끼쳐 드리지 않는 것이 옳다고 여겼기 때문이다. 철이 들었다고나 할까.

그 외에 아끼고 소중했던 물건을 잃어버렸을 때이다. 그 당시에는 살기가 힘들었던 시절이어서 좀도둑들이 많았는데, 새 구두를 사서 신은 지 며칠 만에 도둑을 맞기도 하였으며 옷가지, 책 등 제법 많은 것들을 잃어버렸다. 그중에서 가장 속상했던 때는 나의 재산목록 중에서 제일 비싸고 귀한 제품이었던 일제 녹음기를 도둑맞았을 때이다. 너무나 속상하고 허전해서 한동안 잠을 세내로 이루지를 못하였다.

하숙 생활의 장점도 몇 가지 있다. 여러 부류의 사람들과 기거하다 보면 생각의 폭이 넓어지고, 참을성도 키우게 된다. 하숙을 처음 하게 되면 간섭하는 부모님이 없어서 무절제해질 수 있으나 세월이 흘러 연륜이 쌓이면 독립심과 생활력이 강해진다. 객지에서 오랫동안 하숙 생활을 하다 보면 부모님과 형제들이 같이 사는 집의 소중함을 알게 되며, 오랜 하숙 생활에 대한 서러움과 그리움이 추억으로 남는다.

부모님께서는 의과대학을 입학하고 졸업하는 6년 동안 한번도 나의 사는 모습을 보기 위해 와 보시지는 않았다. 어찌 보면 너무 무심했다고 볼 수 있으나 그때는 집안 사정도 넉넉하지 않았고 또 자식인 나를 믿고 있었기 때문일 것으로 생각된다. 졸업식 때 처음이자 마지막으로 6년 동안 기거했던 하숙집을 방문하였으며 주인아주머니에게 고맙다는 인사와 함께 조그만 사례를 했었다. 나의 애환이 깃든 좁고 허름한 하숙방을 둘러볼 기회를 가졌다. 천장은 낮고 두 평 남짓한 방을 보면서 감성적인 아버지와 어머니께서

"이런 좁고 환기도 잘 안 되는 열악한 방에서 공부를 했구나. 고생이 많았다."

하며 눈물을 글썽이셨다.

"대견하구나. 자랑스럽다!"

"아닙니다. 어려운데도 공부를 시켜 주신 것만 해도 고마울 뿐입니다."

한바탕 눈시울이 붉어졌다. 주인아주머니까지.

나는 중학교 시절부터 아내를 만나기까지 약 20년을 부모님 곁을 떠나 객지 생활을 하였다. 중간에 자취 생활을 잠깐 하기도 했으나 주로 하숙을 하였으며, 수련의 시절에는 병원 내에서 기거하다시피 살았다.

혼자 떠돌이 생활을 하면서 살다가 33세 늦은 여름에, 지금 나의 곁에서 행복한 가정을 위해 애쓰고 있는 아름답고 지혜로운 아내를 만났다. 인생에서 가장 중요한 두 가지 선택 중의 하나인 배우자 선택에서 최고의 선택을 하였음을 깨달으며 살아가고 있다. 하숙 생활로 잘 먹지를 못하고 살아온 과거가 불쌍하다며 식사에 더욱 신경을 써 주는 아내에게 고마움을 전하고 싶다. 결혼과 함께 지긋지긋한 하숙 생활을 끝내고 난생처음으로 생일 케이크도 받아 보았고, 가족의 소중함과 사람답게 산다는 것이 무엇인지를 깨달으며 살아가고 있다. 하숙 생활이여 bye-bye!

졸업을 앞두고 선택의 기로에 서서

길고 힘든 시험과의 싸움을 거치면서 의과대학을 졸업하고 의사 고시에 합격하면 비로소 의사가 된다. 졸업장과 의사면허증을 받아 들고는 각자의 사정에 따라 진로를 찾게 되는데 남자의 경우 군대 입대 시기에 따라 여러 가지 경우가 있다. 이런 계획을 최초로 입안한 국방부 장관의 성姓 Kim을 따서 Kim's plan이라고 하는 규정이 있다.

첫 번째의 경우는 학교를 졸업하자마자 바로 군에 입대하는 것이다. 3년간의 군의관 복무를 마치고 다시 인턴, 레지던트 과정을 시작해야 한다. 이런 경우를 난킴non-Kim이라 부르며 3년간의 공백으로 의학 지식을 많이 까먹게 되어 나중에 수련 받을 때 애로 사항으로 남는 단점이 있다.

두 번째의 경우는 인턴 과정을 마치고 원하는 과科에 도전하였으나 경쟁에서 밀려서 레지던트로 남지 못하고 군대에 가는 경우인데

3년간 군의관 근무를 마치고 다시 레지던트 과정에 응시해야 한다. 인턴을 마치고 가는 경우를 군에서는 가장 선호하는 군의관이기 때문에 대부분이 전방에서 근무를 하게 되며 대체로 고생을 하는 편이다.

세 번째의 경우는 졸업하자마자 바로 인턴과 레지던트 과정을 거치는 동료들을 킴Kim이라고 한다. 수련 과정을 모두 마치고 나면 나이가 32세를 넘기게 되어 군 복무를 해야 하기 때문에 훈련 과정도 힘들어하며 군 복무를 모두 마치고 나면 외과 의사의 경우 손놀림이 둔해졌다고도 한다.

군 복무를 먼저 마치고 난킴으로 수련을 받는 경우가 최신 정보나 시술 등에 최근에 접하게 되어서 전문의 자격을 딴 후에 더 유리하다고도 하나 서로 장단점이 있으며 순서만 바뀌었을 뿐이지 결국에는 공평한 셈이다.

킴스 플랜 중에는 산부인과나 성형외과와 같이 군에서 크게 필요치 않는 과는 '난킴' 자리가 더 많아지게 되고 군에서 꼭 필요한 정형외과의 경우에는 '킴' 자리가 더 많은 편인데 대부분은 균등하게 배분되어 있다.

의사가 되려고 할 때도 중요한 선택을 하였지만 국가고시를 치르고 의사 자격을 취득한 후에는 전문의가 되기 위해 또 하나의 산을 넘어야 한다. 무슨 과를 선택해야 할지를 두고. 이때 겪어야 하는 한 번의 선택이 평생을 좌우하는 것인 만큼 다들 여간 신중하고 치열하다. 장차 평생을 즐겁게 일할 수 있으면서 수입 면에서도 만족할 수 있는 소위 '인기 과'로 몰리기 때문에 경쟁이 치열한 편이다.

시대 변천에 따라 인기 과도 부침을 거듭한다. 예전에는 주로 내과, 외과, 소아과, 산부인과 같은 메이저 과를 선호하였으나 최근에는 스트레스는 덜 받으면서 금전적인 풍요를 누릴 수 있는 '정재영^{정신건강의학과, 재활의학과, 영상의학과}과 피안성^{피부과, 안과, 성형외과}' 등의 과들이 꾸준히 인기를 누리면서 경쟁이 치열하다.

나는 어릴 적부터 어린이들을 좋아하였으며 어린이들과 관계가 있는 일을 직업으로 갖거나 소일거리로 삼고 싶었다. 학부 과정 중에 임상 실습을 돌면서 소아과에 대한 매력에 빠졌으며 경제적인 풍요나 스트레스 등의 유무와 상관없이 전공으로 선택하기로 마음먹었었다.

졸업이 가까워 오면 무슨 과를 선택해야 하는지를 두고 경쟁이 심화되고 눈치작전도 치열해진다. 대개는 성적순으로 성적이 우수한 동기들이 원하는 과를 먼저 선점하고 나머지 과를 두고 비슷한 성적을 가진 동기들끼리 경쟁하게 된다.

나는 졸업을 하자마자 '킴^{kim}' 자리는 적고 '난킴^{non-kim}' 자리가 많은 소아과를 전공하기 위해 졸업과 동시에 바로 군에 입대하였다. 그 이유는 그 당시에는 전공할 과를 먼저 정하고 인턴으로 남게 되어 있었는데 소아과 킴스로 배징된 수가 1명이었다. 그런네 수석으로 졸업하는 친구가 소아과를 남겠다고 하여, 할 수 없이 그 당시에 최고의 인기 과로 여기던 이비인후과에 지원하게 되었으며 남기로 확정되어 있었다.

이비인후과에 지원 후에 깊은 고뇌에 빠졌었다. 원래부터 전공하고 싶었던 소아과에 대한 미련을 버리지 못하였다. 빠른 시일 내에 군대에 먼저 가야 하느냐 아니면 이비인후과를 전공해야 하는지를 두고 고뇌에 빠졌으며 가장 중요한 선택을 해야 하는 시점이었다. 이럴 때 나에게 항상 조언을 아끼지 않았던 K선배와 절친한 친구들과 많은 얘기를 나누었다. 이들 멘토들과 상의 끝에 결론은 이비인후과를 포기하고, 소아과를 나중에 지원하기 위해 군 복무를 먼저 하기로 결정하였다.

그때만큼 나의 인생에서 가장 중요한 결정을 앞두고 깊은 고뇌에 빠졌던 적은 없었다. 평생을 두고 소아과를 전공하지 못하게 되는 후회를 하지 않기 위해 과감하게 군대에 먼저 다녀오기로 했다. 지금 생각해 보면 그때의 선택이 최고의 선택이었다. 나는 35년여의 의사 생활에서 항상 느끼고 있지만 소아과 의사로 아픈 어린이들과 부대끼며 살아오면서 한번도 후회하거나 힘들어한 적이 결코 없었다. 소아과 의사가 천직임에 틀림없는 사실이기 때문이다.

내가 떠난 이비인후과에는 친한 친구이며 하숙집 그룹 스터디 멤버였던 D가 다행히 남게 되어 얼마나 다행이었는지 모른다. D는 주임교수를 거쳐 나중에 의과대학 학장까지 역임하였다. 결론적으로 보면 나는 소아과 의사가 팔자(?)이며, 친구인 D는 이비인후과가 적성에 맞아 교수가 되는 것이 팔자였는지 모를 일이다.

졸업은 끝이 아니라 시작이다

일반 대학은 졸업과 동시에 취직을 하여 생을 꾸려 가며 사회의 한 구성원으로 살아갈 수 있다. 그러나 의과대학은 6년을 모두 수료하고 졸업하면서 학사학위를 받고 국가가 인정하는 의사국가고시에 합격하여 의사면허증을 받았지만 제대로 할 수 있는 것은 아무것도 없다. 환자를 보기 위해서는 임상 경험이 필수적이다. 인턴과 레지던트라는 4~5년간의 수련의 과정을 거치면서 또 다른 배움의 기회를 거쳐야만 제대로 의사 구실을 할 수 있다. 그래서 학부 과정을 마치는 의대생은 환자를 잘 케어care할 수 있는 의사가 되기 위해서는 "졸업은 끝이 아니고 시작이다."라는 말이 딱 맞는 말인가 보다.

2월 초에 군의軍醫학교에 입소하여 훈련을 받기 때문에 훈련 기간 중에 졸업식에 참석하기 위해 졸업식 전날 하루 외출을 공식적으로 해 주었다. 훈련용 군복 차림으로 졸업식에 참석하게 되는데, 군복 위에 졸업식 가운을 걸치고 있었기 때문에 어색하기 그지없었다. 부모님께서 졸업식에 오셔서 졸업을 축하해 주셨다. 다들 사랑하는 애인이나 결혼을 약속한 사이의 연인들이 꽃다발을 건네는 모습을 보면서 부러운 마음이 들었다.

졸업식이 끝나고 그동안 기거했던 하숙집에 들러 주인아주머니에게 감사의 인사를 드리고 귀대하였다. 군의학교가 있는 대구로 돌아오는 길이 무척 멀었던 느낌을 받았다. 군복 차림의 졸업식에 대한 어수선한 기분과 고된 훈련이 기다리고 있었기 때문이었다. 조홍기의 〈졸업〉이라는 시가 졸업은 끝이 아니라고 일러 준다.

졸업

푸르른 교정에서의
꿈과 희망을 만들어 간 시간들
교우와의 아름다웠던 추억
목표를 이루기 위한 땀과 열정의 시간들이

어느덧 차가운 서릿눈과 매서운 겨울바람에
시간마저 소유하려는 듯
내 기억 속에
소중한 그것들과의 이별을 준비하라 한다

만남이 있으면 이별이 있듯
옛것을 비워 새로운 것을 들일 공간이 만들어지듯
또 다른 시작을 준비하기 위한
정든 것과의 이별이 수순이란다

기억하리라
내 열정 내 꿈 내 정체성이 푸르른 교정 아래
무르익던 그날의 아름다운 청춘을……

추억하리라
첫사랑의 달콤함과 설레었던 교우와의 첫 만남을…….
이렇게 시작은 또 다른 이별을 고하며 새로움을 준비한다.

여유로웠던 전방에서의 군의관 시절

　1월 10일경 의사고시를 치르고 약 3주간의 달콤한 휴식을 취한 후 2월 초에 군의학교가 있는 대구로 향했다. 군의학교에서 약간의 준비 과정을 거친 후 군대의 매운맛을 느끼게 하는 군사훈련은 제3사관학교에서 위탁 교육을 받았는데 힘이 들기는 하였으나 정신적으로는 편하였던 것 같았다.

　훈련받는 동안에는 항상 배가 고팠으며 맛있는 식사는 아니었으나 밖에서 늘 먹었던 어떤 식사보다도 더 맛있게 먹었던 기억이 생생하다. 훈련받는 중에는 공부에 대한 스트레스도 없고 날마다 운동을 하는 셈이라 훈련을 무사히 마치고 나서 몸무게가 5kg이나 늘었었다. 역시 군대는 먹여 주고 재워 주고 입혀 주고 좋은 곳이야(?), 거기다가 운동까지 시켜서 체중도 늘고 몸도 튼튼하게 해 주니까.

　4월 중순에 임관식을 마치고 군의관의 신분으로 강원도에 배치를 받아 근무를 위해 전방 부대에 도착하였다. 나이가 50쯤 되어 보이는 선임하사라는 분이 나에게 거수경례를 하여 무척 당황스러웠다. 계급에 대한 개념이 없었고 군대라는 새로운 세계에 모든 것이 어색하고 서툴렀다.

위생병들이 옷은 깨끗하게 세탁해서 다려 주고 주름도 칼날같이 잡아 주었으며 군화도 파리가 미끄러질 만큼 윤이 나게 해 주었다. 부대의 다른 장교들의 군의관에 대한 인식은 반은 군인, 반은 민간인으로 여기는 것 같았고 중령인 대대장도 잘 대해 주어서 편하고 여유로운 전방 생활을 하였었다.

다른 군인들과는 다르게 나는 반군인 혹은 반민간인 같은 느낌으로 군대 생활에 임하였던 것 같다. 군의 엄격한 계급적인 개념도 일부러(?) 무시하거나 회피하면서 계급의 높고 낮음을 가리지 않고 부대원들에게 부담 없이 다가갔었다. 그래서 그런지 당시 같이 근무했던 ROTC 장교들과 대대장님이셨던 고동완 예비역 대령님과는 요즈음도 연락을 주고받으며 간혹 뵙기도 한다.

말년차 때 원주에 있는 사령부에 근무할 당시 만난 육사 출신인 김호동 씨는 제대 후에도 계속 연락을 주고받으며 우정으로 발전하였다. 가끔 가족끼리 만나 즐거운 시간을 갖기도 한다. 지금은 문화체육부에 근무하고 있어서 간혹 좋은 공연이나 큰 스포츠 경기가 있으면 티켓을 주어서 관람할 기회를 갖기도 하였다. 군의관으로 근무하면서 다방면의 사람들과 만나고 교분을 쌓아 갈 기회가 있었던 것이 좋은 추억으로 남아 있다.

전방에서의 생활은 시간적인 여유가 많았다. 의과대학을 다니면서 시험과 의학원서를 보는 것도 버거워서 인문학이나 교양 도서를 읽는 것은 엄두를 내지 못했다. 자연히 다른 문과나 일반 대학을 다니는 친구들과 대화를 하다 보면 교양이나 시사, 인문학 전반에 대해 무식하기 그지없었다.

그래서 언젠가는 시간이 나면 책을 많이 읽어 두기로 마음먹고 있었다. 평소에 책을 많이 읽기로 소문난 옆 부대에 군의관으로 근무하는 김철우 선배를 만나 조언을 듣고 3년 동안 독서에 몰입하였다. 3년간 대략 100여 권의 독서를 했던 것 같았으며 그때 읽었던 책들은 많은 도움이 되었으며 일생에서 가장 유익한 시기였다.

고등학교를 다닐 때 도산 안창호의 '흥사단 아카데미' 라는 동아리에서 과외활동을 하였었다. 예전부터 도산에 대한 존경심을 가지고 있었으나 책을 접할 시간이 없었는데 마침 시간적인 여유가 많은 전방에 근무하는 동안에 보고 싶었던 책들을 펼쳐 보기로 하였다.

그 당시에 가장 감명 깊게 읽었던 책은 도산 안창호의 『나의 사랑하는 젊은이들에게』, 『겨레의 스승 안창호』라는 책이었다. 함석헌의 『뜻으로 본 한국역사』, 헤르만 헤세의 『데미안』 그 외 이규태의 『한국인의 의식구조』 등 다양한 책들을 읽었다. 그때 읽었던 책들로 인하여 인생을 살아가면서 많은 도움이 되었다고 자부한다.

계급과 서열

계급이나 서열이 뚜렷한 곳으로 군대 혹은 경찰을 연상할 것이다. 그러나 일반적으로 가장 신사적일 것으로 여겨지는 병원에서 실상은 가장 비신사적으로 힘들게 근무하는 전공의들이 있다. 대학병원의 전공의들은 군대보다 더한 서열이 존재하는 곳에서 엄격하게 '교육이라는 미명' 하에 혹독한 수련을 받고 있는 것이 사실이다.

수련 과정을 도제제도나 군대에 곧잘 비유하곤 한다. 군대에 비유하는 것은 계급에 따라 엄격하게 서열화되어 있음을 뜻한다. 전공의들의 서열은 군대보다 더 엄격하다고 보는데, 이는 한 치의 실수나 잘못을 저지르지 않도록 하기 위한 하나의 방편일 것이다.

외과 계열의 수련의들은 지금은 많이 나아졌지만 옛날에는 윗년차나 스태프에게 폭행을 당하기도 하였다. 환자나 환자 보호자가 지켜보는 앞에서 험한 말을 듣거나 폭행을 당했을 때 갖는 모멸감이란 이루 말로 표현을 할 수가 없다. 오직 "배움의 길은 험하고 멀다."라는 말로 위안을 삼으면서 참고 견디는 것일 뿐이다.

군대 계급으로 따져 본 의사 서열을 살펴보면

〈전공의〉
인턴-훈련병 또는 무관 후보생
레지던트 1년차-이등병
레지던트 2년차-일등병
레지던트 3년차(바이스)-상병
레지던트 4년차(치프)-병장
전문의 고시 앞둔 레지던트 4년차-말년 병장

〈전임의fellow〉
전임의 1년차-하사

전임의 2년차-중사
전임의 3년차-상사
전임의 4년차-원사

〈스태프〉
스태프-소위, 중위, 대위(근무 햇수에 따라 위관급)
분과장, 과장, 학과장-소령, 중령, 대령(영관급)
병원장, 의료원장-장군(병원의 크기에 따라 준장부터 대장까지)
이사장-참모총장

위와 같이 군대의 계급과 비슷하게 의사들의 서열도 엄격하게 나누어져 있으며 명령 체계 또한 유사할 것이다. 연차가 올라가면서 의학 지식에 대한 습득의 차이도 엄청나게 많고 생명을 다루는 의료에서는 한 치의 실수도 용납되지 않기 때문에 계급과 서열이 존재하는 또 하나의 이유일 것이다. 다만 그 강도의 차이만 있을 뿐.

제2장

초보 의사의 하루

인턴 시절. 소아과 병동에서 간호사들과 함께.

도제제도 같은 수련의 과정 · 인턴

원래 도제제도는 유럽 중세 도시의 상인이나 수공업자의 동업조합이었던 길드 내부에서 후계자 양성을 위한 기술적 훈련의 실시와 더불어 동업자 간의 독점을 목적으로 하여 설립된 제도였다.

내부 조직은 도장인都匠人, 장인匠人, 도제徒弟라는 세 가지 계층으로 구성되어 있었다. 수업 기간은 대륙에서는 2~8년, 영국에서는 약 7년이었는데 이 기간은 도장인 집에서 침식을 함께하면서 기술을 연수하였다. 도제 기간을 마치면 다시 3년 정도의 장인 과정을 거쳐야 했다. 장인 기간을 마치면 도장인 시작품試作品을 동업조합에 제출하여 기능 심사에 합격해야 했고, 그 이후라야 한 사람의 도장인으로서 독립할 수 있었다.

도제제도의 교육적 득징을 살펴보면 첫째 교육자都匠人와 도세와의 관계가 인격적 관계였다는 점, 둘째 기술교육과 인성교육이 병행하여 이루어졌다는 점, 셋째 장래의 지위를 보장하는 교육이었다는 점 등이다.

도제제도에서 수업 기간 7~8년은 의과대학의 6~8년과 비슷하고, 3년 정도의 장인 과정은 인턴 레지던트 4~5년과 비교가 되는데, 이들 과정을 모두 수료하고 기능 심사 혹은 전문의 고시에 합격함으로써 도장인 또는 전문의가 될 수 있었다. 기술교육에 대한 부분은 수련의 과정이 도제제도와 거의 비슷함을 볼 수 있으나 인성교육에 있어서는 의사들의 수련 과정에서 더 강조해야 할 것으로 본다.

의과대학 6년간의 모든 커리큘럼을 이수하고 국가가 인정하는 의사고시에 합격하여야만 비로소 의사가 된다. 졸업 후에는 전문의가 되기 위한 더 큰 고생이 기다리고 있는데, 그것은 도제제도 같은 인턴과 레지던트 과정이다. 인턴과 레지던트를 예전에는 수련의로 부르다가 요즈음은 레지던트는 '전공의'라고 부른다.

수련병원에서 흰색의 의사 가운을 입고 원내에서 가장 바쁘게 움직이는 존재가 의사로서의 첫걸음인 인턴intern이다. 인턴의 어원을 살펴보면, 사전적 의미는 '구금하다, 억류하다, 강제 수용하다' 등의 뜻도 있다. 레지던트Resident는 '병원에 거주하는resident 사람'이란 뜻에서 비롯되었다면 인턴은 '억류하다에서 파생된 Internee피억류자'라는 의미를 갖게 되었다는 설이 있으며, 다른 의미로는 병원 밖으로 나가지 못하고 '병원 안In에서 뱅뱅 돌며Turn 일한다'고 해서 Intern이라고 부르는 것 같다. 대개는 한 달 간격으로 각 과를 순환하며 의사로서의 기본적인 지식과 처치를 배우게 된다.

병원에는 의사, 간호사, 방사선 기사, 임상병리 기사, 원무과 직원 등 많은 사람들이 근무한다. 그런데 그중에서 독특한 직함을 가진 직원이 있는데 그가 바로 인턴이라는 초보 의사들이다. 실제로 피억류자의 신분에 걸맞게 인턴들은 병원을 벗어날 수 없으며 근무시간도 일정하게 정해져 있지 않다. 각 과의 사정에 따라 근무시간이 조금씩 차이는 있으나 매일 거의 20시간 이상의 근무에 시달린다. 정규직도 아니고 1년 한시적으로 근무하는 일용잡직이며 의사라고 하기에는 임상에 대한 지식이 부족하고 소속도 무슨, 무슨 과 소속이 아니고 교육수련부에 속한다.

인턴들은 '인턴'이라는 말을 싫어한다. 레지던트나 스태프들은 'ㅇㅇㅇ 인턴 선생'이라고 통상 부른다. 무슨 과 소속이 아니기 때문에 명찰도 '소아과 ㅇㅇㅇ'이 아니고 '의사 ㅇㅇㅇ'로 표기되어 있다. 환자나 환자 보호자들이 "인턴 말고 의사를 만나게 해 달라."는 말을 들을 때마다 제일 불쾌해하는 위치에 있다.

인턴 밑에는 시멘트 바닥과 지하실밖에 없다는 말이 있을 정도로 병원 내에서 가장 말단이다. 유머로 코끼리를 냉장고에 넣기, 낙타를 바늘구멍에 통과시키는 일을 인턴에게 시키면 가능하다고 할 정도로 인턴은 위에서 시키는 일은 뭐든지 할 수 있어야 하고 해내야 하는 사람들이다. 그런데 선배 의사뿐만 아니라 간호사, 다양한 직종의 사람들, 심지어는 환자나 환자 보호자들에게도 무시당하기 일쑤이며 모두에게 만만한 존재이다. 그래서 인턴 1년간은 빨리 지나가 버리기를 고대하면서 하루하루를 버티고 있는 것이다.

인턴이 하는 일은 주로 1년차 레지던트^{주치의}의 지시에 따라 환자에 대한 기본 처치나 치료를 하는데 관장, 심전도^{EKG} 찍기, 위장관 튜브

L-tube 삽입, 채혈, 검사 결과와 방사선 필름 찾아 놓기, 교수가 회진할 때 문 열어 주기, 심지어는 치질 수술을 위한 전처치로 항문 주위의 털을 깎는 일 등 중요하지만 하기 싫은 일이 주로 인턴의 몫이다.

인턴 시절에 가장 힘든 것 중에 하나가 호출call이다. 하루 종일 인턴을 찾는 호출에 엄청난 스트레스를 받는다. 호출의 방법은 예전에는 전화나 삐삐였으나 최근에는 휴대폰으로 바뀌었다. 그래도 찾지를 못하면 페이징paging이 울린다. 'ㅇㅇㅇ 선생님 응급실'이라는 식으로 원내방송을 타게 되는데, 아주 위급하거나 위의 방법으로 찾지 못하는 경우에 울린다. 인턴들은 시도 때도 없이 찾는 호출 때문에 잠도 눈치껏 자야 하는 처지이다.

근무시간은 병원 규모나 과에 따라 천차만별이지만 대부분 병원 내에서 대기 상태로 근무하는 셈이다. 살인적인 근무에 근로기준법 같은 것은 인턴에게는 무용지물이다. 대개 한 달에 한 번 정도의 비번을 빼고 한 달 내내 병원 내에서 살아야 한다. 여기서 공포의 단어 '풀당'이라는 말이 있는데, 풀당Full, 當直이란 1주일 내내 당직 서는 것을 전공의들이 합성어로 만들어 쓰고 있다. 보통 인턴은 한 달에 한 번 과를 바꾸어 가며 순환하게 되는데 바뀐 첫 주는 대개 풀당을 한다.

의사로서 첫걸음인데 이렇게 힘든 공부를 해서 말도 되지 않는 단순 노동을 해야만 하는지 회의가 들 때가 많다. 환자들 앞에서는 초보 운전자같이 매사가 서툴러 보인다. 그러다가 환자나 보호자에게 무시를 당하거나 욕을 듣기도 하며 간호사, 선배 의사들로부터 항상 무시당하는 느낌을 받으며 '잘 알지도 못하는 인턴 주제에'라며 핀잔을 받기도 한다. 반면에 나쁜 의도가 아니었다면 어떻게 보면 모든 것이 용서될 수 있는 위치가 인턴이기도 하다.

인간의 한계를 실험하는 고된 일과 도제식 명령 체계, 엄격한 규율, 굴욕 등을 참아야 한다. "위계질서가 무너지면 병원이 돌아가지 않는다."는 말로 이 같은 시스템을 옹호한다. 자신의 과거를 회상하고 반추하면서 말이다. 나 자신 뿐만 아니라 대부분의 인턴들이 일loading이 많아서 힘든 것보다 자존감에 상처를 입을 때에 더 힘들어한다.

잦은 밤샘에 식사도 거르고 힘들어하면 선배 의사들은
"내가 수련 받을 때는 더 심했다."
"지금은 그래도 약과다."
"이런 것도 못 견디면 어떻게 하느냐."
라며 핀잔을 준다.
그러면 인턴들은 하고 싶은 불만을 속으로 삼키면서
"체력이 떨어지면 무능한 의사가 돼야 하느냐."
고 항변한다.

인턴들이 이런 악조건에서도 끝없이 인내심을 발휘할 수 있는 정신적 근거는 자명하다. 언젠가는 자신도 연차가 올라가면서 그동안 받아 왔던 서러움들을 되갚을 수 있을 것이라는 기대와 전문의가 될 수 있다는 희망에서다. 그리고 전문의를 따고 나면 스태프가 되고 장차 교수가 될 것이라는 소망과 경제적으로도 풍요로움을 누릴 수 있을 것이라는 기대가 함축되어 있기 때문이다. 그러나 작금의 의료 환경은 그런 기대감을 갖기가 어렵다. 개업을 해도 성공하리라는 보장이 없으며 대학교수로 남는 것도 만만치 않기 때문이다. 어쨌든 이 고비를 이겨 내지 못하면 햇빛을 볼 수 없으니 버티고 또 버텨야 하는 것이다.

수련병원에서 오래전부터 내려오는 이런 말도 되지 않는 일화가 있다. 회진을 돌다가 스태프가 질문을 하였을 때 레지던트나 학생이 대답을 못하면 야단을 맞지만 인턴이 대답을 못하면 오히려 스태프가 웃으며 "인턴 선생이었나? 미안하네!" 할 정도로 그런 것까진 몰라도 되고 몸만 바쁘면 되는 사람으로 취급받는 존재다.

항상 약간 지저분해 보이고 졸리는 듯 게슴츠레한 모습이고 학술 집담회conference에서 푹 졸아 주는 센스를 보여 주어야 윗사람들이 "이번 인턴 선생은 식음을 전폐하고 밤잠을 안 자고 열심히 일하고 있구나!" 하고 인정해 주는 존재가 초보 의사 인턴이다.

인턴 1년간 엄청나게 많은 임상 경험과 술기를 배울 수 있다. 물론 잡다한 일들로 자존감에 상처를 받기도 하였지만 이들 상처도 수련의 일부라고 자위하면서 한해를 넘긴다. 수련병원의 규모와 내원 환자의 정도에 따라 얼마나 힘들고 얼마나 많이 배우게 되는지가 판가름이 난다. 내원하는 환자가 많은 병원에 근무하는 인턴과 레지던트들은 고생을 많이 하는 반면에 여러 가지 수기手技들을 배울 기회가 많아지고 다양한 환자들의 임상을 곁에서 보고 배우게 되어 나중에 전공을 떠나서 의학 전반에 대한 폭넓은 지식을 갖게 되는 것은 사실이다.

최근 인턴이라는 제도를 없앤다고 한다. 물론 개선할 점이 많은 것도 사실이다. 폐지를 주장하는 학자들의 의견도 일리는 있지만 좀 더 많은 검토를 거친 후에 실시하였으면 한다. 의학전문대학원 같이 깊은 검토도 없이 시행하였다가 폐지하였던 전례를 참고하길 바란다.

비록 1년이라는 짧은 기간이지만 여러 과를 돌면서 임상의학의 전반적인 경험을 쌓게 되고 의사로서의 기본적인 소양을 기르게 된다. 또 어느 과가 자신의 적성에 맞는지를 시험해 보는 중요한 시기임을 아무도 부정할 수 없을 것이다. 인턴이라는 제도를 없앤다는 것은 이런 좋은 기회를 박탈하는 것과 다름없기 때문이다.

고쳐야 할 부분이 있으면 개선해 가면서 존속을 바라는 마음이다. 인턴은 힘들고 서럽지만 1년간 임상 각 과의 기초적인 지식의 습득을 위해 반드시 필요한 제도라고 생각한다. 인턴을 겪어 본 많은 의사들의 추억거리도 후배 의사들은 모르고 지내게 되었다는 소회도 남는다.

바람직한 전공의 선발을 바라며

인턴 선발 시험은 의외로 간단하다. 옛날에는 의학의 전반적인 내용을 묻는 필기시험, 영어, 그리고 학교 성적과 면접으로 당락을 갈랐다. 그런데 최근에는 의사국가고시의 성적이 수능과 마찬가지로 전체적인 석차가 나와 있으며, 영어는 토플이나 토익 점수로 대체하여 환산하기 때문에 성적이 좋은 순서대로 합격 가능성이 높다. 그러나 전공의 선발은 약간 다른 점이 있는데 그것은 1년 동안 각 과를 돌면서 받은 인턴 성적과 면접이 포함되기 때문이다.

인턴은 학부 과정을 모두 마치고 국가가 인정하는 의사국가고시에 합격하여 의사면허증을 받은 엄연한 의사임에도 불구하고 하는 일은 1년차 레지던트를 보조하는 정도에서 진료 업무와 무관한 잡일과 잔심부름이 많다. 예전에는 실제로 사진관에 가서 슬라이드 필름 찾아오기, 관공서에 가서 민원서류 찾아오기까지 개인적인 심부름도 해야 하는 경우에는 심한 자괴감에 빠지기도 하나 이내 미래를 생각하고 참고 또 참는 것이다. 이런 모멸감을 주는 일들을 다른 방향으로 좋게 생각한다면 자존심의 한계를 시험하는 것으로 볼 수 있을 것이다. 공부 잘하고 곱게 자란 초보 의사들에게는 평생 처음으로 겪게 되는 일들로 인격 수양의 계기로 삼는 것이 훨씬 마음 편하게 1년을 넘길 수 있다고 본다.

이렇게 모멸감을 느끼게 하고 자존심에 상처를 받는 일이라도 열심히 해야만 하는 이유는 인턴이 절대적인 약자이기 때문이다. 최근에는 많이 공정해졌다고 하지만 원하는 임상과의 전공의가 되기 위해서는 결정적인 변수가 되는 것이 인턴 성적과 면접이다. 이 인턴 성적은 지극히 객관적이고 공정한 것처럼 보여도 점수를 주는 사람의 감정이 개입된 주관적 성적이기 때문에 인턴은 절대적인 약자가 될 수밖에 없다. 내가 수련을 받았던 80년대에는 이런 사사로운 감정들이 개입되는 경향이 더욱 강했다는 사실을 숨길 수 없을 것이다.

인턴 성적의 중요성

통상적으로 전공의 선발은 영어, 임상 과목 성적, 인턴 성적, 면접으로 구성되어 있는데 이 중에서 면접이 결정적인 요인으로 작용할 수 있다는 것은 숨길 수 없는 사실이다. 또한 인턴 성적은 인턴의 성실성과 업무 능력을 평가하는 지표이며 면접에도 영향을 미치기 때문에 매우 중요하다고 할 수 있다.

인턴의 성적은 원칙적으로 스태프가 평가하게 되어 있지만 통상 인턴과 가장 밀접하게 일을 하는 1, 2년차 전공의의 평가를 바탕으로 치프chief가 매기는 경우가 대부분이다. 인턴 선생의 업무 능력이 떨어지거나 나태하거나 건방지거나 하면 병원 전체에 소문이 퍼져서 형편없는 성적을 받게 된다. 즉 어느 과에서든 한번 밉보이게 되면 자신이 원하는 과에 남는 것을 포기해야 하거나 지원자가 없는 과에 지원해야만 한다. 따라서 인턴들은 좋은 인턴 성적을 받기 위해서는 성실하고 업무 능력도 탁월해야 하며, 특히 항상 민첩하게 일하면서 인사성도 좋아야 한다.

그런데 전공의 선발 시험이 끝나고 나면 뒤끝이 깨끗하지 못한 잡음들이 이는 경우를 종종 본다. 일부 전공의들이 결과에 승복하지 않고 소송을 제기하기도 한다. 병원에서 임의적으로 설정하여 전공의를 선발하는 이른바 'Arrange' 제도(?)에 대해 대한전공의협의회가 공식적으로 문제를 제기하는 지경에 이르렀다. Arrange라는 말은 '미리 정리하여 배열하다' 라는 의미를 지니고 있는데, 병원에서는 전공의를 뽑을 적에 의국醫局이나 주임교수의 의향意向에 따라 시험을 치르기 전에 암암리에 특정 전공의로 내정해 두는 것을 말한다.

시험과 면접 등을 종합하여 선발하는 공식적인 절차가 있음에도 미리 전공의를 Arrange하는 불합리한 관행이 지속되고 있어서 불만의 목소리가 끊이지 않고 있는 것이다. 이런 관행적으로 내려오고 있는 Arrange제도에 대해 불만의 목소리가 있기는 하나 나중에 연차가 올라가면서 다시 후배 전공의를 뽑을 때도 역시 인품이 좋고 인턴 성적이 탁월한 친구를 미리 Arrange하여 뽑고 싶은 것은 인지상정人之常情이 아닐까.

능력으로 사람들을 분류해 보면 세 부류가 있는 것 같다. 한 사람은 주어진 일만 수행할 능력을 갖춘 보통 사람들, 또 한 사람은 자기에게 배당된 그 일조차도 수행할 능력을 갖추지 못한 무능력한 부류, 세 번째 사람은 주어진 일도 잘 해내고 그 위에 덤으로 시키지도 않은 일까지 능숙하게 해내는 능력을 갖춘 부류로 나뉜다.

각 과에서는 레지던트를 선발할 때 세 번째 부류의 능력 있는 인턴을 뽑으려고 하는 것은 당연한 이치일 것이다. 능력 있고 인간성이 좋은 친구가 자기 교실에 들어오므로 해서 의국 분위기도 좋아지고 의국의 발전에도 기여하기 때문에 레지던트들은 인턴들의 능력과 인성에 따라 후한 점수와 야박한 점수로 평가를 하게 된다. 그런데 단순히 사교성만 가지고 좋은 평가를 받을 수 있는 성질의 것은 아니다. 기본적으로 좋은 인품에 업무 능력도 갖추어야 하며 절대적으로 성실해야 한다.

초보 의사인 인턴의 업무 수행 능력은 모두 같을 것 같지만 실제로 그렇지도 않다. 학부 때 익힌 이론과 실제 임상과는 엄청난 차이가 있다. 학부 때 성적이 좋았던 친구라고 해서 임상에서 겪게 되는 술기나 처치 등을 반드시 잘 수행하는 것은 아니다.

각 개인의 능력과 취향에 따라 차이가 많이 나는데 일례를 들면 채혈, 정맥주사, 요추천자 같은 기본 술기를 쉽게 잘 수행하는 인턴이 있는가 하면 눈치가 없고 손재주가 별로여서 매우 힘들어하는 인턴들이 간혹 있다. 이런 인턴들은 일이 밀리게 되고 능력이 부족한 것으로 비치게 되며 좋은 인턴 성적을 받을 수도 없거니와 원하는 과에 남기도 어렵게 된다. 이런 인턴은 처치가 별로 없으면서 환자와 부딪치는 경우가 적은 영상의학과 같은 지원 파트를 전공하는 것이 권장된다.

본과 3학년 때 1년 반 정도 임상 실습Polyclinic rotation을 각 과마다 순환하게 되는데, 이때 얼마나 열심히 집중해서 실습에 임했느냐에 따라 인턴의 업무 수행 능력도 큰 차이가 나게 된다. 실제로 학교 성적은 상위권인데 인턴의 업무 능력은 형편없는 친구들이 있는데, 이는 임상 실습 시간에 열심히 하지 않고 책으로만 공부를 하다 보면 시험 성적은 좋으나 일은 못해서 구박받는 인턴이 된다. 환자를 치료하는 임상 현장은 이론과 실제가 많은 차이를 보이며 책으로만 터득할 수 있는 성질의 것이 아니기 때문이다.

병원 생활도 여러 구성원이 모여 사는 일반 회사와 다를 바 없다. 업무 능력도 중요하지만 예절도 바르고 인간성이 좋아야 한다. 그런데 대인 관계가 원만하지 못하거나 업무에서 성실하지 못하다면 인턴은 결코 좋은 성적을 받지는 못할 것이며 원하는 과에 남기도 힘들어지는 것은 기정사실이다.

삼신

—병신病身 · 걸신乞身 · 잠신-身

의과대학 6년 동안 시험과 씨름하면서 학부 과정을 모두 마치고 의사국가고시를 무사히 통과하면 국가가 인정하는 의사가 된다. 그래서 일반인이나 부모님들은 훌륭한 의사가 된 줄 알겠지만 실상은 그렇지 못하다. 병원에서 근무하는 여러 종사자들 중에서 인턴은 제일 밑바닥이고 이론만 알았지 임상을 잘 몰라 무시를 당하는 처지이다.

인턴들에게 쏟아지는 스태프, 전공의, 간호사들의 비난 반, 조롱 반의 말이 있다. 일 못해 병신, 눈치 보는 데는 귀신, 먹는 데에는 걸신, 항상 잠이 모자라 졸리는 모습으로 다니는 잠신 등을 합쳐서 '삼신三身'이라 부른다. 이 삼신이라는 비난조의 말에 일부는 공감하면서 힘든 1년을 버텨 내는 것이다. 시간만 흘러가면 장차 '전문의가 되면 나아지겠지'라는 희망에 스스로를 위로하면서 하루하루를 버텨 내고 있는 인턴들, 선배들로부터 전해 내려오는 삼신에 대해 알아보자.

병신病身

병신病身 혹은 등신이라는 말은 욕에 가까운 의미를 지니고 있으며 대개 남을 비하할 때 쓰는 말이다. 원래의 뜻은 신체의 어느 부분이 온전하지 못한 기형이거나 그 기능을 잃어버린 상태를 일컫는다. 예를 들면 '그 아이는 태어날 때부터 병신이었어' 혹은 '그 사람은 교통사고로 다리를 다쳐 병신이 되었다'고 한다.

또 다른 의미로는 모자라는 행동을 하는 사람을 낮잡아 이르는 말로 주로 남을 욕할 때에 쓴다. 예를 들면 '그런 것도 못하면 병신이다' 혹은 '안 할 말이긴 하다만 그러니까 병신 소리를 듣고 살지'라는 표현으로 통용되고 있다. 그런데 이런 의미의 병신이라는 말을 일이 서투른 초보 의사인 인턴에게 비웃는 투로 병원 내에서 통용되고 있다.

잠을 제대로 잘 수가 있나, 제대로 먹을 시간이 있나, 아는 게 많아서 일이 쉽기를 하나. 인턴 생활은 문자 그대로 고난의 시작이었다. 나라고 별수 있었을까 군대를 먼저 마치고 온 난킴스Non-kim's, 군대를 마치고 인턴으로 들어온 case라고 봐주었는지 모르지만 직설적으로 등신 소리를 듣지는 않았으나 제대로 일을 처리하지 못해 혼쭐나는 일이 허다했다.

인턴 1년 중에 제일 힘든 과는 외과다. 한 달 내내 하루에 2~3시간 새우잠으로 버티는 게 일상이었다. 밤중에 응급수술이 많기 때문에 레지던트들도 힘들어서 중도에 전공을 포기하려고 도망(?)가는 경우도 많았다.

외과를 전공하는 스태프들은 대부분 성격이 거칠고 무서웠다. 외래에서나 수술실 밖에서는 호인같이 잘 대해 주다가도 수술만 시작하면 피blood를 보는 순간부터 돌변한다.

"야! 바로잡아!"

"석션suction!"

"거즈, 잘 닦아 봐!"

한순간이라도 재빠르게 대응하지 못하면 갑자기 욕을 해대며 살벌해지곤 한다. 특히 P스태프는 인턴들에게 가장 두려운 존재였다. 외과의 이런 모습들은 소아과를 전공하고 싶은 나에게는 정말로 당황스러웠다. 천금을 준다고 하여도 나는 외과는 지원하지 않으리라 다짐했다.

등신같이 일도 못한다는 인턴들도 나름대로 살아남기 위해 열심히 뛰어다니면서 배운다. 인턴들이 숙소에 모이면 어느 과의 어느 선생이 가장 신사적이고, 어느 선생이 가장 많이 부려 먹어서 밉다고들 평가하면서 스트레스를 풀기도 한다. 일종의 억울함이나 서러움 같은 것을 동료들과 대화를 나누면서 위로를 받곤 했다.

의과대학을 다니면서 공부한 이론과 임상에서 접하는 실제와는 엄청난 차이가 있음을 뼈저리게 느끼게 된다. 인턴 초기에는 시행하는 모든 수기들이 처음으로 행하는 일들이라 서툴고 실패하는 때가 많다. 입원 환자들의 채혈과 정맥주사 놓기도 처음에는 등신같이 힘들고 서툴렀다. 나머지 많은 수기들도 세월이 흘러 시행 횟수가 늘어나면서 익숙해지고 차츰 도사의 경지에 도달하게 된다.

주로 내과 계열의 과는 1년차와 2년차가 주치의가 되어 입원 환자를 주로 치료하고 연차가 올라가면 차트나 퇴원 기록지 등을 정리하는 페이퍼 잡job에서 벗어나게 된다. 그 대신에 어렵고 힘든 수기나 수술 등을 배우게 되며, 교과서나 최신 저널 등을 볼 기회도 많아지게 된다.

연차가 올라가면 그동안 배운 실제적인 임상 경험과 이론적인 지식이 쌓이면서 후배 연차들을 가르치고 환자들도 이중 삼중으로 관리를 한다. 그래서 연차 간의 임상에 대한 실력 차이는 엄청난데 아무리 열심히 해도 정작 중요한 문제에 부딪히면 허둥대는 인턴이나 1년차들을 고운 눈으로 볼 리가 없다. 자신들은 그때 그러지 않았다면서 '등신같이 일도 못한다' 고 힐난하곤 한다.

인턴과 1년차 주치의 때는 발바닥에 불이 나도록 뛰어다녀도 일이 끝나지 않았다. 욕은 욕대로 들으면서. 문득 어느 선배의 말이 생각났다. 선배에게 매일 심한 질책을 받으면 더 잘하라는 격려이고, 하루에 한두 번 정도만 혼나면 그런대로 잘하고 있는 거라나. 인턴과 1년차에게는 '칭찬' 이라는 단어가 없는 신세다.

걸신乞身

걸신이란 빌어먹는다는 뜻으로 '염치없이 음식을 지나치게 탐하는 일' 을 비유하여 이르는 말이다. 인턴에서 1년차 마칠 때까지 2년간은 아침 식사를 운 좋은 며칠을 빼고는 먹어 본 적이 없었다. 항상 아침 시간이 제일 바쁜데 늦어도 아침 6시까지는 병동으로 간다. 회진이 있기 전에 밤사이에 입원 환자의 상태변화와 전날 오더order 낸 검사 결과를 챙기기 위해 인턴은 검사실과 방사선과로 바쁘게 뛰어

다니면서 챙겨야 하고, 1년차는 프리 라운딩prerounding, 정식 회진을 돌기 전에 주치의가 환자 상태를 파악하기 위해 도는 것을 말함을 돈다.

그리고 곧장 집담회장으로 향하여 오전 컨퍼런스를 갖는데 새로운 의학 지식의 습득과 진단이 쉽지 않고 치료 경과가 좋지 않은 환자 problem case에 대한 토론이 끝나면 본격적으로 회진을 돌게 되는데 9시가 되어서야 바쁜 아침 스케줄이 끝나는 것이 보통이다.

그러니 매번 아침 식사 시간을 놓치게 되고 배가 고프니 할 수 없이 환자들이 사례로 준 오렌지 주스나 빵 조각 등으로 끼니를 때우곤 했다. 전공의 시절에는 틈날 때마다 먹을 것이 있으면 잽싸게 먹어 치워야 쓰러지지 않을 정도의 체력이나마 유지할 수 있었다. 그런데 나는 식성이 까다로운 편이라 더욱 고생이 많았다. 체력의 한계를 느끼면서도 정신력으로 버티었다고 회상해 본다.

예전에 선배로부터 들었던 걸신에 대한 웃기는 일화가 하나 있다. 모 대학병원 교육수련부IR에서 어느 날 고생이 많은 인턴들을 위해 식사할 기회를 마련했다. 모두 30여 명이 모여 고기를 먹기 시작하였는데, 순식간에 고기가 동이 나 버렸다고 한다. 고기집 주인은 이 정도면 충분하겠지 하고 준비를 해 두었던 것이 순식간에 바닥이 나 버렸던 것이었다. 1인당 3인분 정도로는 부족했던 모양이었다.

인턴들의 불만과 항의가 거세졌다.

"고깃집에 고기가 떨어졌다는 게 말이 되느냐?"

"이건 직무유기다. 징계를 받아야 마땅하다."

"고깃집 주인마저 인턴이라고 무시하느냐?"

만약에 인턴이 업무를 수행하다 이와 유사한 일이 벌어졌다면 '병신' 같은 인턴이라고 핀잔을 듣는 것은 당연한 일이다. 모처럼 에너지를 비축하기 위해 고기로 몸보신해 볼 작정으로 나왔건만 고기가 부족하다니, 인턴들의 항의가 이어졌고 주인은 수육과 냉면을 덤으로 주기로 하고 무사히 수습이 되었던 적이 있었다고 한다.

그래서 인턴들은 틈날 때마다 먹을 것이 있을 때 왕창 먹어 놓아야 하고 잘 수 있을 때 무조건 자 두어야 했다. 걸신과 잠신이라는 말이 괜히 나온 말이 아니었다.

월말이 되면 돌던 과에서 치프chief가 그동안 고생했다고 Farewell일종의 작별 회식이라고 함을 갖는데 그날이 유일하게 병원 밖의 세상을 구경할 수 있는 날이다. 주로 힘내라고 고기를 사 주었는데 모처럼 포식할 기회였다. 그러나 인턴들은 회식 때도 마음은 별로 달갑지가 않았다. 식사 후에 다시 병원으로 돌아와 남은 일을 마쳐야 하고 다음 달 돌게 될 과의 인수인계도 남아 있었기 때문이다.

이런 Farewell도 실상은 인턴만을 위한 회식이라고 보기는 힘들고 의국의 단합대회와 마찬가지인 셈이다. 그래서 약간은 부담스러운 마음을 안고 참석한 자리이기는 했지만 일단은 병원을 벗어났다는 것만으로도 좋았으며 모처럼 소고기로 배를 채울 수 있었다.

치프의 건배 제의가 이어졌다.

"위하여! 위하여! 위하여!"

"인턴 선생, 고생했어요!"

"한 달 동안 비위 맞추어 가며 일하느라 힘들었지요?"

이런 위로의 한마디에 그동안 서운했던 감정이 풀어지면서 아쉬운 마음이 들었다. 소주잔도 한 바퀴 돌고 한 달 동안 고생했다며 여러 번의 건배가 이어지는 바람에 얼결에 몇 잔을 받아먹었다. 오랜만에 취기가 돌아 금방 얼굴이 빨개졌다.

술잔이 돌면서 거나해진 선배들은 자신들이 겪은 인턴과 주치의 시절 얘기를 하면서 그때는 정말로 힘들었고, 잠 못 자고, 배 고프고, 욕은 욕대로 얻어먹으면서 배웠다고 자랑스럽게 주절거리고 있었다. 지금 우리들이 겪고 있는 일과 비슷한 내용들이었다.

"지금 인턴들도 힘들긴 하지만 옛날 우리들보다는 덜 힘들지."

"예나 지금이나 서럽긴 마찬가지겠지."

라며 서로 추억을 안주 삼아 얘기꽃을 피운다. 그러면 개구리 올챙이 시절 생각해서도 평소에 무시나 하지 말든가, 아니면 이런 날은 빨리 보내 줘서 푹 쉬게 해 주든가.

바로 1년차 선생님에게 병원에 들어가 봐야겠다는 사정을 얘기하고 회식 자리를 빠져나왔다. 병원으로 돌아와서 남아 있는 일을 처리하고 다음 달 돌게 될 과의 인턴과 인수인계를 마치고 나니 새벽 2시가 넘어서고 있었다.

평일 날은 보통 5시 반이나 6시경 일어나는데 내일도 아침 식사는 못 찾아 먹을 것 같고 얼마나 많은 일들이 나를 기다리고 있을지?

출근 시간은 정해져 있고 퇴근 시간은 기약 없는 이네 신세!

잠신·身

잠신이라는 말은 순우리말인 잠과 몸 신身자를 붙여서 만든 단어로서 의사들만 알아들을 수 있는 말이다. 나는 원래 잠이 좀 많은 편인데다 초저녁잠은 없고 아침잠은 많아서 밤늦게 일하고 늦은 잠을 자는 것은 견딜 수 있으나 아침에 일찍 일어나는 것은 정말로 죽기보다 힘든 편이었다. 그런데 전공의가 일찍 잘 수 있는 시간은 잘해야 새벽 2시는 넘어야 되는데 아침에 6시 전에 깨기란 나에겐 힘든 일이었다.

인턴이 된 후 낮에도 쉴 틈 없이 일하지만 밤늦게까지 일하는 것이 당연한 것이었고 습관이 되었다. 그러니 항상 잠이 부족한 상태로 일을 계속하였으며 정신이 몽롱한 경우가 지속되었다. 그래서 삼신 중에 제일 무섭고 힘든 것은 뭐니 뭐니 해도 잠신이었다. 의대 다니면서 시험 때문에 수없이 날새기를 해 봤지만 인턴과 1년차 때 겪는 과도한 육체적 노동과 수면 부족은 말로 표현을 다할 수 없을 것이다.

죄인들을 심문할 때 자백을 받아 내기 위한 고문 중에 외상은 주지 않으면서 견디기 힘든 고문이 잠을 재우지 않는 거라고 하지 않았던가. 충분한 시간 동안 잠을 잘 수 있다는 것이 얼마나 고마운 것인지 예전엔 미처 몰랐었다.

나는 언제나 원 없이 잠을 잘 수 있는 기회가 올까, 하루빨리 지겹고 힘든 인턴과 1년차 시절을 무사히 넘겨야 하는 게 그 당시에는 지상 과제였다. 어느 주말 오후 회진이 끝나자마자 오후 3시쯤 잠에 빠져들었다. 깨어 보니 일요일 아침 7시였다. 장장 16시간을 잠에 취해 있었던 것이다. 얼마나 잠에 원수가 들었으면 두 끼 식사도 거른 채 잤던 것이다. 그렇게 자고 나니 앞으로 한 달 정도는 자지 않고 버틸 것 같이 개운하였던 기억이 난다.

인턴 때 제일 힘든 과는 외과였는데 한 달 동안 하루에 잠잔 시간은 고작 2~3시간 정도 되었던 것 같은데 그것도 두 다리 쭉 뻗고 편하게 잔 것은 아니었다. 수술실 내에 의사들이 수술복으로 갈아입는 경의실 소파에서 새우잠으로 때우는 것이 대부분이었다.

낮 시간에 미리 스케줄을 잡아서 하는 일렉티브 수술^{정규 수술}만 있으면 일의 로딩을 그나마 견딜 수 있는데 밤에 응급실을 통해 들어오는 온콜 수술^{응급수술}이 많은 경우에는 그만큼 잠잘 시간은 줄어들게 되고 초죽음이 된다. 그래서 인턴 숙소나 다른 곳에서 잠이 든 경우에는 1년차가 인턴을 찾지 못하는 경우의 수를 생각해서 미리서 수술실 내의 경의실 소파에서 외과가 끝날 때까지 잠을 잤었다.

어느 주말 모든 일을 마치고 모처럼 인턴 숙소에서 퍼지게 자려고 머리를 눕히는 순간 또 삐삐가 울린다. 1년차의 호출이다. 역시나 이번 주말도 쉬지를 못하게 하는군. 투덜거리며 응급실로 향했다.

20대 후반의 젊은 청년이 높은 곳에서 낙상하여 복부가 부어오르면서 창백해지고 혈압이 떨어지고 있었다. 이런 경우에는 복부 내 간이나 비장이 파열되었거나 큰 혈관이 터져서 출혈을 일으키는 것으로 의심되는데, 복강 내출혈^{hemoperitonium}을 추정하여 최대한 빨리 수혈을 하면서 개복수술을 하여야 한다.

야간에 특히 주말 야간에 응급수술을 하는 경우에는 평일 낮 시간에 하는 일렉티브 수술을 할 때보다 외과 인원이 부족하여 인턴도 한 몫을 하게 된다. 이 청년의 응급수술에도 인원이 부족하여 수술에 참여하게 되는데 인턴의 역할이라는 것이 수술 시야를 넓게 하기 위해 리터렉터^{retractor, 복강 내의 장기를 잘 보이게 하기 위해 집도의 옆에서 당겨 주는 기구}로 잘

당기고 있으면 된다.

집도의 능숙한 솜씨로 복부가 열리자 복강 내에는 피로 흥건하게 고여 있었으며 suction과 함께 거즈로 피를 제거하고 보니 비장 파열로 인한 출혈이었다. 외과 수술팀은 부지런히 빠른 손놀림으로 수술은 한참 진행되고 있는데 인턴인 나는 리터렉터를 오랫동안 같은 자세로 힘을 주고 견디는 것은 가히 막노동에 버금가는 일이었다.

순간적으로 엄습해 오는 졸음, 옆에서 같이 어시시트assist하던 1년차가 팔꿈치로 옆구리를 치는 바람에 다시 정신 차리고 기구를 다시 잡아당긴다. 이렇게 잠과의 사투를 여러 번 반복하다 보면 수술에 열중하던 스태프도 한마디 한다.

"요새 인턴은 잠 안 재우나?"

1년차가 재빨리 대답한다.

"사실, 요즈음 주말만 되면 응급수술이 많아서 제대로 잠잘 시간이 없는 게 사실입니다."

그렇게 해서 불쌍한 인턴을 변호해 주면서 위기를 넘기게 된다. 수술이 무사히 끝나면서 한 청년의 생명을 건지게 되는데 우리 같은 아랫것들인턴이나 1년차은 잠과의 사투를 벌이고 있는 셈이다.

그 후에도 잠과의 싸움은 수련이 모두 끝날 때까지 계속되었다.

힘들었던 100일

가장 많이 알려진 '100일'은 당연히 새로 태어난 아기들의 '100일 기념'을 상기할 것이다. 신생아의 사망률이 높았던 옛날에는 출생 후 100일이 지나면 생존 확률이 높아지고, 앞으로 건강하게 자라기를 바라는 마음에서 잔치를 마련해 주었던 것이다. 아기가 100일 정도 자라면, 엄마도 알아보기 시작하며 목도 가누기 시작한다. 비로소 인간으로서의 모습을 갖추어 가고 있는 셈이다.

어느 과를 전공하던 3월에 학기를 시작하여 첫 100일 동안은 '100일 기도' 같이 집에 가지를 못하고 병원 내에서만 생활하면서 당직 근무를 하게 된다. 마치 이 과정은 스님들의 행자 과정과 비슷한 것으로 정말 상상도 하지 못할 정도로 혹독하다. 그 100일 동안은 제대로 끼니를 찾아 먹지도 못하고, 잠은 아무 곳이라도 틈만 나면 새우잠으로 때운다.

이 100일 동안에 정말로 평생에 걸쳐 먹을 욕은 다 먹는 것 같으며 인간 이하의 무시를 당하기도 한다. 아마도 학부 시절에 시험으로 받은 스트레스 이상으로 평생 동안 할 고생 다하게 된다. 다시 한 번 더 이 고생을 해야 한다면 아마도 의사면허증 반납하고 다른 길로 가고자 하는 마음은 모든 전공의들이 갖는 공통된 마음이 아닐는지.

해병대나 특수부대에 입소하자마자 수 주간 특수 훈련을 혹독하게 받는 것은 적과 싸워 이기기 위해 강철 같은 체력과 정신력을 키우기 위함일 것이다. 그래서 전문의가 되기 위한 수련 과정을 군대의 훈련 과정에 곧잘 비유하곤 하지만 훨씬 힘들며 자못 비인간적이거나 야만적으로 비쳐지기도 한다.

아이가 100일 정도 지나면 목도 가누기 시작하고 옹알이도 시작하면서 제법 사람다운 모습을 갖추어 간다. 전공의도 100일 정도 지나면 어느 정도 여러 가지 시술도 익숙하게 되고 환자를 다루는 솜씨도 나아진다. 이처럼 처음 100일 동안의 온갖 고생을 이겨 낸다면 앞으로 부딪힐 수많은 중한 환자나 응급 환자를 살려 내는데 필요한 체력과 인내심을 인정받게 되고, 앞으로 4년간의 수련을 허락받는 셈일 것이다.

반복되는 수술이나 처치를 하는 과정에서 매너리즘이나 피로에 지쳐 저지르게 되는 실수나 집중력 저하를 막기 위해 혹독한 수련 과정을 받게 된다고 본다. 의사들의 실수는 운전을 하다가 무심코 접촉 사고를 내거나 길을 가다가 타인의 발을 밟는 것과는 차원이 다르다. 한순간의 실수도 한 개인의 생명과 직결되고 때론 치명상을 입힐 수 있기 때문이다.

신학기가 시작되고 100일 동안은 어느 과를 막론하고 제일 힘든 기간으로 인턴이나 레지던트 1년차들이 환자 처치나 시술에 처음으로 접하는 경우가 많아서 실수를 하거나 의료사고가 일어날 가능성이 가장 많은 시기다. 그래서 의사들 사이에서는 신학기 100일 동안에는 아프지 말아야 하고, 가능하면 병원에 가지도 말아야 한다는 비밀스러운(?) 말도 있다.

시술 솜씨가 좋아지다

누구든지 처음으로 해 보는 작업은 서툴고 실수가 많을 수밖에 없다. 의료에서는 장난감을 만들거나 시계를 수리하는 것과는 차원이 다르다. 이런 것들은 고치다가 실패하면 다시 고치면 된다. 그러나 인체는 한 생명과 직결되고 한 번의 실수가 치명적일 수 있기 때문에 긴장도가 높을 수밖에 없다. 그래서 의료에서는 최대한 실수를 줄이기 위해 고된 수련 과정을 거치며 배우고 또 배우고 하는 것이다.

무슨 일을 하던 처음으로 배우고 처음으로 겪어 보는 작업들이 있게 마련이다. 어느 의사라도 임상을 처음으로 배우고 익히는 과정을 거치게 되는데 수련 과정 중에 있는 초보 의사인 인턴과 전공의를 모든 환자들은 만나게 되어 있다. 그런데 만약에 어느 환자가 수련 과정 중에 있는 의사에게 진료 받기를 거부한다면 어떻게 될까. 그리고 많은 환자들이 이들 전공의에게 진료 받는 것을 꺼려 한다면 모든 의사들은 항상 초보 의사에 머물러 있을 것이나. 그렇다면 저명한 교수님도 손재주가 탁월한 외과 의사도 존재할 수 없을 것이다. 다행히도 대다수의 환자들은 수긍하고 몸을 맡겨 왔기 때문에 대학병원들이 유지되고 의학은 발전하고 있는 것이다.

초보 의사인 인턴이 하는 Job은 대부분 실수를 하더라도 커다란 문제를 일으키지 않는 범위 내에서 허용되는 시술들이다. 예를 들면 채혈을 하거나 관장, L-튜브 삽입, 기관내삽관 등 비교적 단순하고 안전한 수기들을 하며 말턴쯤 되어 가면 1년차 주치의가 하는 수기들도 철저한 감독supervise 아래 시술할 기회를 갖게 된다.

가을에 내과 인턴을 돌 적에 각종 수기들을 주치의 감독 하에 시술할 기회가 주어졌다. 결핵 합병증으로 발병하는 흉강에 물이 차는 결핵성 늑막염 환자들이 많이 입원해 있었으며, 치료와 진단 목적으로 흉강천자thoracentesis를 많이 시술하였다. 주치의 옆에서 보조를 하면서 많은 환자들의 흉강천자를 보아 왔기 때문에 나에게도 흉강천자를 시술해 볼 기회가 주어졌다. 물론 순조롭게 시술하였으며 생검biosy까지 하였었다.

외과를 돌 적에는 컷다운Cut-down 같은 수기도 능숙하게 해내곤 했었다. 컷다운이란 혈관이 collapse심한 출혈이나 탈수로 인하여 혈관이 탄력이 없어진 상태되어 도저히 채혈을 하거나 정맥주사를 투입하기가 힘들다고 판단될 때 직접 혈관에 수액관을 연결하는 것을 말하는데 제법 손재주가 요구되는 시술이다.

이들 처치들은 시술하는 과정을 상세하게 기술해 놓은 '진료 지침서'라는 책을 숙지하고 시행한다. 이 책에는 인턴부터 전공의 모두에게 필요한 진료에 대한 모든 지침과 시술 방법들이 수록되어 있다. 처음 몇 번의 시술에는 주치의의 감독supervise 하에 이루어지며 그다지 위험한 경우는 없다. 감독하는 의사가 보기에 배우는 의사가 충분히 할 수 있는 능력이 갖추어졌다고 여겨질 때 기회를 주기 때문이기도 하고, 일단 기회가 되면 배우는 의사도 긴장해서 임하기 때문이다.

일부 전공의들 중에는 힘든 100일 동안을 견디지 못하고 도망(?)가는 친구들이 간혹 있었다. 중도에 수련 과정을 포기하는 셈인데 실제로 이런 친구들은 전문의가 되지를 못하고 일반의로 평생 의업에 종사해야 하는 처지가 된다.

100일이 지나면 아이들처럼 100일 기념잔치 같은 것은 없지만 병원 내에서만 생활해야 하는 족쇄에서 벗어나게 된다. 100일을 경과하면서 환자 처치에 제법 요령도 생기고 병원에도 적응이 될 무렵 처음으로 외출이 허락되는 셈이다. 미혼인 동기들은 부모님이 계시는 집으로, 결혼한 동료는 부인이 기다리는 집으로 가서 맛있는 음식으로 대접을 받고 푹 쉬고 올 것이다. 그러나 미혼인 나는 부모님이 시골에 계셔서 따로 가서 쉴 곳이 없어 의국에서만 생활을 할 수밖에 없었는데, 이럴 때면 가정이 있는 다른 동료들이 부러웠고 때론 서러움이 밀려오기도 했다.

그 힘든 100일을 무사히 넘기고 나면, 이제 끝이 아니라 새로운 시작이 기다리고 있었다. 하루 종일 발바닥에 땀이 나도록 뛰어다녀야 하고, 오늘 밤도 내일 밤도 잠과의 사투를 벌여야 했으며, 이러한 생활은 내일도 모레도 계속되었다. 수련 과정이 모두 끝날 때까지.

삶과 죽음의 갈림길

의과대학을 졸업하면서 곧바로 군에 입대하였다. 우여곡절이 있었으며 나중에 소아과를 전공하기 위해 군에 먼저 입대하였다. 학교에 다니면서 어깨너머로 배운 임상 경험만 가지고 군의관이 되기 위한 기본 훈련을 마치자 전방 부대에 배치를 받았다.

그런데 부임하자마자 근무 첫날에 죽음과 부검에 대한 아무 지식이나 경험이 없던 나에게 전방 부대에 근무하던 사병이 자살을 하여 이 사병에 대한 검안을 하게 되었다. 이것이 내가 의사가 되고 처음으로 겪게 된 죽음과의 대면이었으며 심리적인 충격이 컸다. 앞으로 내가 얼마나 많은 슬픈 죽음들을 겪게 될지 두려움이 앞섰다.

수련의 시절에 의료 현장에서 겪게 되는 그 긴장감은 이루 말로 다 표현할 수가 없을 정도로 많다. 인턴과 1년차 시절에 미처 승강기를 기다릴 시간이 없어서 응급실과 중환자실, 병동을 오르내리다 보면 매일매일 마라톤을 완주한 것과 같았고 그 덕분에 운동은 따로 하지 않아도 되었던 것 같았다. 차라리 이런 육체적 고통은 그런대로 견딜 만하였으나 정말로 견디기 어려운 것은 평생 처음으로 직접 대면하게 되는 수많은 죽음들이었다. 스물 후반의 나이에 맞닥뜨리게 된 무수한 죽음들은 심리적으로 대단한 충격이 아닐 수 없었다.

의과대학 다닐 때 해부학 실습 시간에 난생처음으로 죽음에 대해 고뇌하였고 의사가 된 후에는 응급실과 중환자실에서 수많은 죽음들을 보면서 삶과 죽음에 대해 진지하게 고민하게 되었다.

나도 그랬다. 인턴을 시작하고 응급실 근무를 할 때 하루에도 여러 명씩 들어오는 DOA^{death of arrival, 병원 도착 당시에 사망 상태인 경우}와 수술실이나 중환자실의 처치를 받아 보지도 못하고 숨을 거두는 많은 죽음들…….

사랑하는 부모나 자식, 아내와 남편 그리고 연인들의 갑작스런 이별을 지켜보면서 느끼는 정신적 충격은 내게 생과 사에 대한 가치관에 커다란 영향을 미쳤다.

바쁜 병원 생활 속에 세월이 흐르면서 죽음에 대한 감정도 나도 모르게 점점 무디어 가고 있었다. 어느덧 그렇게 길들여진 냉정함에 소스라치게 놀라곤 하며 다시 타인의 죽음을 생각하고 돌아보기를 반복하곤 했다. 종합병원의 응급실과 중환자실은 생과 사의 경계를 넘나드는 환자들로 북새통을 이루고 거기에서 근무하는 의료인들은 항상 긴장 속에서 바쁘게 움직인다.

사례 1

1년차 여름에 중환자실에 29개월 된 남자아이가 라이증후군으로 입원하여 치료를 받고 있었다. 이 환아는 중환자실에 입원하고 있는 동안 수차례에 걸쳐 삶과 죽음의 갈림길에서 헤매다가 극적으로 소생하여 약 30일간의 병원 생활을 하였다.

입원 2일째 혼수상태로 빠지면서 호흡과 심장이 멈추었다. 약물 투여와 함께 인공 심폐술을 실시하여 겨우 소생시켜 놓으면 다시 멈추고 하기를 10여 차례, 꼬박 3일간은 아이의 옆에서 keep한 상태로 밤을 새우며 지켰다. 생과 사의 경계를 오락가락하는 긴박한 상황을 겪으면서 나와 인턴 선생은 피로가 극에 달했다.

힘들게 지킨 보람인지 4일째 되는 날부터 겨우 바이탈vital이 정상으로 돌아오고 의식도 되찾으면서 회복하기 시작하였다. 생과 사의 긴박함을 곁에서 지켜본 아이의 엄마는 까무러치기를 여러 번, 이 모습을 곁에서 지켜보면서 생명의 소중함을 새삼 깨닫게 되었다. 의사 생활을 하면서 이 아이만큼 힘들고 긴박한 상황을 여러 번 겪은 아이는 없었으며, 가장 힘들었으나 보람을 안겨 준 아이였다.

어른들의 경우 한번 Arrest심정지가 오면 심폐소생술을 하더라도 다시 살려 내기가 쉽지 않다. 쉽게 얘기하면 다시 소생하기가 어려울 뿐더러 소생하더라도 후유증을 남기는 경우가 많다. 그러나 아이들의 경우에는 어른들에 비해 훨씬 가역적이며 후유증의 발생 빈도도 낮은 편이다. 이 아이도 여러 번의 CPR에 잘 반응하면서 기적적으로 소생하였으며 장기적인 관찰을 필요로 했지만 건강한 모습으로 퇴원을 하였다.

사례 2

살림살이가 나아지면서 우울증, 남녀의 애정 문제, 학교 폭력 같은 정서적인 문제들로 목숨을 버리는 사람들이 늘어나고 있다. 그러나 먹고살기가 힘들었던 옛날에는 생활고를 비관하여 자살하는 경우가 많았다.

20대 후반으로 보이는 여자가 생활고를 비관하여 자살을 목적으로 농약을 먹고 응급실로 실려 왔다. 농약은 냄새가 독하기 때문에 온 응급실 전체가 역한 냄새로 진동하였다. 위stomach에 들어 있는 농약을 빼내기 위해 튜브를 삽입하여 위세척을 해야 한다. 응급처치 중에 가장 하기 싫은 일의 하나이다. 위세척을 마무리할 즈음에 환자의 어머니가 도착하였다.

"야이 년아! 왜 죽어? 니가 죽으면 나는 어떻게 사니? 죽으려면 같이 죽자."

어머니의 울부짖음에 응급실은 슬픔에 잠겼다.

환자의 어머니에게 지금의 상태가 위중하며 소생하기 어렵다는 말을 해야 하는 순간들이 의사들을 우울하게 만든다. 결국 이 환자는 응급처치가 끝나고 중환자실로 옮기기 전에 Arrest가 와서 사망하였다. 어머니의 간절한 소망을 뒤로하고……

사례 3

어느 날 해질 무렵 비상 사이렌이 울리면서 구급차가 도착하고 40대 후반의 남자가 들것에 실려 응급실에 왔다. DOA 상태로 의학적으로는 동공이 열려 있고 혈압, 맥박, 호흡이 없는 상태로 심폐소생술도 소용이 없는 사망 환자였다. 이런 경우는 급성으로 심장마비가 왔거나 뇌출혈일 가능성이 크다. 보호자에게 사망 상태를 설명하고 항문 체온 등을 체크하고 영안실로 내려 보냈다.

그런데 이런 와중에 조금 늦게 도착한 부인이 남편의 죽음이 믿기지 않는 듯 침대를 붙잡고 오열하면서 체온이 따뜻하다면서 아직 죽지 않았으니 살려 달라고 애원하는 것이었다. 이런 경우에는 정말로 안타깝지만은 냉정하게 일을 처리하게 된다. 의사들에게는 매번 있는 일상이기에 모든 죽음에 대해 슬퍼하거나 처치를 더 이상 하지는 않는다. 이 사망 환자도 차트 정리를 모두 끝내고 바로 영안실에 내려 보냈다.

북새통 응급실에서 다른 위급한 환자를 한참 보고 있는데 조금 전에 영안실로 내려 보낸 사망 환자의 보호자와 부인이 다시 찾아와 아직 죽지 않았으니 한 번만 더 확인을 해 주기를 바라며 떼를 쓰는 것이었다. 이런 난감한 경우가 어디 있단 말인가.

만약에 그 환자가 죽지 않고 살아 있다면 부활을 했거나 응급실 진료를 담당한 나와 의료진들이 씻을 수 없는 잘못을 저지른 경우일 것이다. 너무나도 강력하게 요구하는 바람에 당직 스태프와 상의한 후 영안실로 가서 시신을 다시 검안하고 사망 상태임을 재차 확인하고서야 비로소 어처구니없는 사건은 일단락되었다.

사랑하는 가족을 떠나보낸다는 것이 얼마나 견디기 어려운 일이란 것을 느끼게 해 주었을 뿐만 아니라 내가 의사 생활을 하면서 두고 두고 기억하고 싶지 않은 일로 뇌리에 남아 있다.

일반인들은 의사를 굉장히 냉정하다고 한다. 사실 냉정한 것이 맞으며 엄격하게 말하면 냉정해질 수밖에 없다. 수많은 위중한 환자들과 죽음을 노상 대하고 살면서, 이들 환자들에게 그때마다 사사로운 감정을 갖거나 공감을 하게 되면 슬픔이나 괴로움에 의업을 유지하기가 어려울 것이다. 의사들이 일상적으로 일어나는 이들 죽음에 대해 면역이 되어 자신도 모르게 차츰 냉정해지는 것이다.

그러나 평소에 냉정해 보이는 의사들도 때로는 참을 수 없는 슬픔이나 아픔을 느낄 때가 있다. 아무리 자주 죽음과 마주친다고 해도 항상 냉정한 것은 아니다. 연로하신 분들이 사망하는 경우에는 스스로도 놀라울 정도로 담담하게 느끼지만, 한참 일할 나이에 꿈을 키우고 청춘을 구가해야 할 젊은이나 어린아이가 불치의 병에 걸리거나 죽음을 피할 수 없을 때는 심한 자괴감에 빠지고 슬픔을 느낀다.

흡혈귀를 닮아 가다

전공의 과정 중에 초보 의사인 인턴이 하는 일은 과마다 무척이나 다양하다. 외과의 경우에는 상처나 수술 부위의 소독과 드레싱이 기본이고 수술실에서는 수술을 보조assist하는데, 보통 '스크럽scrub을 선다'고 하며 수술 보조 역할을 한다. 내과의 경우에는 채혈각종 혈액 검사를 위해 정맥에서 피를 뽑는 것을 말함과 정맥주사가 기본이고 주치의가 시술하는 처치를 보조하기도 하고 월말이 되어 가면 직접 요추천자spinal tapping, 늑막천자thoracentesis 등을 시술해 볼 기회를 주기도 한다.

응급실의 인턴은 환자의 초진부터 기본적인 필수 검사routine lab와 수액요법까지 기초적이고 필수적인 모든 진료 행위를 수행하며 필요시에 각 과 당직 의사에게 노티notify하여 지시를 받고 처치를 하게 된다. 또한 각 과科로의 교통정리를 잘해서 번잡한 응급실을 원활하게 돌아가도록 하는 것도 인턴의 역할이자 능력이다.

모든 인턴들이 공통적이고 능숙하게 할 수 있어야만 하는 인턴 잡

jobs이 있다. 채혈, 정맥주사, 동맥혈 채혈ABGA 등이 있으며, 특히 이 세 가지는 반드시 능숙하게 할 수 있어야 하는 기본 중의 기본이다.

정맥혈의 채혈은 피부 바로 밑에 있는 정맥에서 피를 뽑기 때문에 뚱뚱하거나 심한 탈수로 혈관이 심하게 약해져 버린collapse 경우만 아니라면 비교적 쉽게 채혈을 할 수 있다. 의사뿐만 아니라 간호사, 병리사들도 채혈을 할 수 있으며 실제로 초짜 인턴보다는 다년간 수많은 환자들을 채혈해 온 병리사들이 훨씬 능숙하게 피를 뽑는 게 사실이다.

정맥은 피부 바로 밑에 위치하고 대개는 잘 보이기 때문에 혈관으로 채혈도 비교적 쉽지만 동맥채혈ABGA은 피부보다 깊은 곳에 위치해 있어서 맥박이 뛰는 느낌으로 천자puncture를 하여 채혈을 한다. 정맥과 달리 채혈시 혈액 응고의 위험이 있으며 응고로 인하여 조직의 허혈ischemia의 위험이 있어서 반드시 의사가 시술을 하고 있다.

ABGA는 동맥 내 혈액의 산소포화도, 산염기평형, 폐의 환기 능력 및 상태를 평가하기 위한 것으로 호흡이 곤란한 호흡기 질환자나 심부전 환자에서 꼭 필요한 검사이며 치료에 대한 평가 및 향후 치료의 지침을 정할 때 도움을 주기 때문에 자주 채혈을 하게 된다. 그런데 이 ABGA가 상당히 아픈데 환자들의 표현에 의하면 바늘에 찔리는 듯한 불쾌감, 전기에 감전될 때 오는 찌릿찌릿한 느낌, 더 엄살이 심한 환자들의 경우에는 못으로 쑤시는 것 같다고 한다.

인턴이 된 지 6개월이 지나고 내과 외과, 응급실을 모두 돌았기 때문에 제법 채혈에 대한 내공이 생길 때쯤에 소아과 병동에 당도하여

벽에 부딪치게 된다. 5세 이상의 아이들의 채혈은 별 문제 없이 할 수 있는데 특히 2세 이하의 영유아들은 혈관도 잘 보이지 않을 뿐더러 워낙 울어 대기 때문에 채혈을 실패하는 때가 많아서 1년차 주치의들이 직접 채혈을 하고 정맥주사도 놓는다.

생후 몇 개월이 채 지나지 않은 아이들은 혈관 자체도 작고 가늘며 울면서 움직이기 때문에 채혈하기가 정말로 어렵다. 그래서 간혹 목이나 사타구니의 혈관으로 채혈을 하기도 하는데 부모님들은 목에서 피를 뽑는다고 불안해하며 불평불만이 많기는 하나 비교적 안전하고 채혈하기가 수월한 편이라 가끔씩 이용하기도 한다. 소아과 수련 과정 중에 가장 하기 싫고 힘든 작업이 3세 이하 꼬마들의 채혈이나 시술이다.

꼬마들의 채혈에서 부담감은 엄청나지만 과감하게 시술하고 한 번만에 성공하면 기분도 뿌듯하며 옆에서 지켜보던 엄마들이 더 기뻐한다. 대부분의 아이들이 채혈하려 다가가면 필사적으로 저항하면서 울고불고 난리가 난다. 그런데 그중에서도 드물게 순순히 응하는 아이들이 있어서 소아과 의사들과 간호사들에게 귀염을 독차지하기도 한다.

"선생님은 하루 종일 피만 뽑으러 다니세요?"라는 말을 인턴 때부터 소아과 2년차 때까지 들어야 했다.

흰색 옷을 입은 흡혈귀처럼…….

인턴 후반기가 되면 모든 술기가 그렇듯이 채혈도 자꾸 하다 보면 눈 감고도 할 수 있을 것 같다. 감^感을 잡았다고 볼 수 있다. 이쯤 되면 직업병 현상이 나타나는데 사람들을 보면 손이나 팔의 혈관 상태가 제일 먼저 눈에 들어온다. 마치 이발사가 사람들의 머리카락만 눈에 들어오듯이. 혈관 상태가 좋은 환자나 보호자들을 보면 손이 근질거리며 주사 바늘을 꽂고 싶은 충동을 느끼게 된다. 멀리서도 바늘을 던지면 꽂힐 것 같은 자만에 빠진다. 마치 흡혈귀가 되어 가고 있는 것이다. 환자의 상태가 중한 경우에는 주치의 오더order에 따라 수시로 채혈을 해야 하는데 한밤중에도 남의 피를 탐하며 돌아다니는 인턴은 현대판 흡혈귀라 부를 만하다. 가운이 검정색이 아니기 망정이지.

채혈에 대한 자신감도 생기고 어떠한 채혈도 자신 있을 것 같아도 언제나 수월한 것은 아니다. 내과 병동에는 장기간 입원해 있는 환자들이 많은데 병원 생활을 오랫동안 하다 보면 몸이 쇠약해져서 혈관이 약해져 있고 잦은 채혈로 멍이 많이 들어 있어서 정말로 채혈하기 힘든 경우가 많다.

69세 할머니가 위암으로 수술을 받기 전에 채혈과 함께 정맥주사를 위해 혈관을 확보해야 하는데 마땅한 혈관이 정말로 없었다. 수술의 크기에 따라 주사 바늘의 굵기가 달라지는데 이 할머니는 전신마취를 해야 하는 큰 수술이라 더군다나 굵은 바늘이 필요했다. 몇 번의 시도 끝에 겨우 성공할 수 있었는데 실패할 때도 불평 없이 잘 참아 주셨다.

할머니는 "별스럽게, 혈관이 약해요." 하면서 분위기를 어색하지 않게 하였다. 미안해하는 나에게 오히려 냉장고에서 음료수를 하나 꺼내 주면서 뭔가 하고 싶은 얘기가 있었는지 머뭇거리다 말을 꺼냈다.

"의사 선상님! 지금 총각이시제? 좋은 처자가 있는데."

"……."

조카 딸아이가 예쁘고 참한데, 한번 관심을 가져 보면 어떨까 하고 나의 의중을 떠본다.

"저 같은 흡혈귀도 괜찮으시겠어요?"

응급실 트리아제 Triage

─응급실에서 기다리라는 것은 나쁘지 않다

우리나라가 경제 기적을 이루기 전에는 약간의 순서를 무시하고라도 뭐든지 빨리빨리 해치워야 했던 시절이 있었다. 역사적으로 외침을 수차례 당했으며, 일본의 식민지 시절과 6.25전쟁 등으로 피폐해진 삶을 살아오면서 순서가 무시되어 왔던 것은 미루어 짐작할 수 있다.

남자라면 누구나 군 복무를 마쳐야 하는데, 훈련병 시절을 생각하면 좋지 않은 기억들이 떠오를 것이다. 이들 훈련 중에 '선착순 달리기' 라는 얼차려가 있다. 이것은 군의 기율을 바로잡기 위해 상급자가 하급자에게 비폭력적인 방법으로 육체적인 고통을 주는 것으로 가장 군대답고(?) 가장 불합리한 훈련 중의 하나라고 생각한다. 체력적으로 잘 달리는 병사는 항상 한 번으로 끝나지만 체력이 약한 병사는 언제나 손해를 보기 때문이다. 이런 불합리한 순서 지키기는 하루빨리 없어져야 할 것이다.

노약자나 임산부에게 자리를 양보한다거나 장애인을 위한 사회적 배려 같은 것은 통상적인 예의에 속한다. 이런 예외적인 경우를 제외하고는 순서를 잘 지켜야 하는 것은 미덕美德 중에 하나이다. 그런데 피치 못해 순서를 지키기 어렵거나 양보를 해야 하는 곳이 있다. 그곳이 바로 가장 효율적으로 팀워크가 짜여 있어야 하며, 재빠르게 대응하면서 한 사람의 생명이라도 건지기 위해 대기 상태로 있는 응급실이다.

도떼기시장-응급실

대형 병원 응급실은 도떼기시장을 연상케 한다. 그 이유는 너무 많은 환자가 몰려들기 때문이다. 하지만 이들 응급실에 내원한 환자 중에 많은 수가 진정한 응급 환자가 아니라는 것이다. 한 조사에 의하면 진정한 응급 환자는 5%에 불과하다고 한다. 나머지 95%는 진짜로 위중한 환자에게 진료 순서가 밀리게 되어 있다.

"나도 아픈데 왜 빨리 안 봐주느냐?"는 불만이 쏟아진다. 겉으로 보기에 당장은 응급 환자가 아닌 것 같은데 왜 응급실에 왔느냐고 무조건 나무랄 수도 없다. 왜냐하면 고혈압, 동맥경화, 당뇨병 같은 만성질환을 앓고 있는 환자가 흉통을 보이면 당장 응급실로 방문하여 심근경색에 대한 선제적 치치를 하는 게 옳기 때문이다. 물론 흉통을 호소하여 응급실을 내원한 환자 10명 중에 1명만이 심근경색으로 밝혀지긴 하지만 그 1명이 당신일 수도 있기 때문에 주저 없이 응급실로 달려와야 한다.

응급실에는 인턴과 응급의학과 전공의들이 항상 상주하고 있으며 경험이 많은 간호사들이 만약의 경우에 대비해 대기 상태로 근무하고 있다. 파트 별로 분주하게 움직이고 있는 모습이 마치 전쟁터 같은 긴장감이 흐른다.

사례 1

"Arrest^{심장박동 정지}!" 라고 한쪽에서 간호사가 소리를 지른다.

65세 할아버지가 호흡곤란으로 내원하여 X-선 검사 중에 호흡과 맥박이 멈추었다. 순간 주위에서 진료를 하고 있던 의료진들이 벌 떼같이 모여든다.

"빨리 모니터 연결!"

Intubation^{기관내삽관}을 하면서 다음 처치를 지시한다.

"Oxygen, Bagging!"

"에피네프린 0.3ml 슈팅!"

"흉부 압박!"

긴박한 순간에 다들 민첩하게 각자 임무를 잘 수행하고 있음을 볼 수 있다. 응급실에서는 이런 급박한 상황은 하루에도 수도 없이 겪게 되는데, 이 환자도 순식간에 Arrest가 왔으며 일사불란하게 심폐소생술을 시행하였으나 모니터에 정상적인 그래프를 그리지 못하고 사망하였다.

소생술로 회복을 못하고 죽음을 맞게 되면 주치의가 Expire^{사망} 선언을 하고 영안실로 옮겨져 안치된다. 이처럼 수도 없이 많은 생과 사의 사건들이 모여 있는 곳이 응급실이다.

사례 2

밤중에 갑자기 불덩이가 된 네 살 난 아이를 안고 부모가 응급실을 방문하였다. 고열이면서 부들부들 떨고 있었으며 아이의 부모는 초조하게 진료 순서를 기다리고 있었다. 고열 환자에 대한 매뉴얼에 따라 간호사가 옷을 벗기고 미지근한 물로 닦으라고 지시하면서 당직 선생이 올 때까지 기다리라고 이른다. 진료 순서가 늦어지면서 보호자는 참다못해 소리를 지른다.

"고열로 몹시 힘들어하는 아이가 응급이 아닌가요? 소아과 선생님 빨리 불러 주세요. 아이가 부들부들 떨고 있어요."

보호자들의 초조함과는 괴리가 존재하는 듯 응급실의 분위기는 이 열나는 아이에게는 서두르는 모습을 찾아볼 수가 없다. 사실 열이 나면서 경련을 하거나, 심하게 처지는 경우, 탈수 소견만 보이지 않으면 크게 걱정하지 않아도 되기 때문이다.

고열로 내원한 이 아이는 특별한 처치 없이 미지근한 물로 닦아 주는 동안에 열은 내리기 시작하였으며 컨디션도 좋아지고 있었다. 당직 선생의 진찰 소견은 응급을 요하는 다른 소견이 없는 단순 열감기로 인한 고열로 진단하였으며, 해열제를 처방받고 몇 가지 주의 사항을 듣고 집으로 돌아갔다.

이 아이의 부모는 지난밤에 응급실을 다녀온 후 몇 가지 사실을 깨달았다. 응급실은 함부로 갈 곳이 못 된다는 것을. 다른 위중한 환자들이 옆에서 치료받고 있는 모습이 나의 위급함에 가려져 우리 아이만 빨리 봐 달라고 소리 지른 것도 후회스러웠으며, 응급의료관리료 때문에 진료비도 많이 나와 놀랐으며, 열나는 정도 가지고는 응급 질환에 속하지 못한다는 교훈을 얻었다. 고열에 대한 응급처치 요령을 익히고 다시는 응급실 근처에는 얼씬거리지 않겠다고 다짐하였다.

Wating is good at ER^{Emergency room}

응급실은 하루 종일 한가하다가도 갑자기 환자가 몰려서 오는 경우가 많다. 한꺼번에 응급 환자가 몰려올 때면 전쟁터를 방불케 한다. 환자나 보호자들의 심중이 이해가 가지 않는 것은 아니나 바로 옆에서 호흡과 심장박동이 멎어서 심폐소생술을 실시하고 있는데도 먼저 내원하였다며 빨리 진료해 주기를 재촉하는 경우에는 참으로 괴롭다. 이 환자는 지금 당장 치료해 주지 않으면 사망할 수 있다고 설명을 해도 막무가내인 보호자를 만나면 인간에 대한 회의감이 들기도 한다.

응급실에 온 환자들은 대부분 응급처치를 요하는 위중한 환자들이기는 하지만 그중에서도 질병의 경중에 따라 나름대로의 기준을 가지고 가장 위중한 환자부터 살려 놓고 보는 것이 응급실의 불문율이다. 이런 경우를 '트리아제^{Triage}' 라고 말한다. 트리아제의 사전적 의미는 선별, 등급 매기기, 후방 병원으로 후송하기 전에 일선에서 하는 부상자의 분류 등의 뜻을 가지고 있다.

어떠한 경우에도 순서를 지키는 것이 당연한 이치지만 응급실에서만은 예외가 될 수 있음을 알아주었으면 한다. 물론 최대한 순서를 지키면서 치료해야 함은 당연한 일이다. 응급실에서는 초를 다투는 위급한 환자부터 살려 놓고 본다. 어느 누구라도 자신이나 가족이 가장 위급한 환자의 위치에 있지 말라는 법은 없음을 인지하고 응급실 진료에 협조해 주길 의사들은 바란다.

Wating is good. It means you're not going do die. The person you need to feel sorry for is the one who gets rushed into the ER and treated first.

기다림은 좋은 것이다. 당신은 지금 당장은 죽지 않을 거란 것을 의미하니까. 당신이 안타까워해야 할 사람은 응급실로 돌진하듯이 들어와 가장 먼저 치료를 받는 사람이다.

위의 명언은 응급실에서 기다리게 했다는 것은 덜 위급한 환자일 가능성이 크기 때문에 얼마나 다행인지 모른다는 의미이며, 다른 위중한 환자들의 사정을 감안하여 나만 빨리 치료해 달라고 조르지 말고 기다려 달라는 메시지이다.

응급실에 온 환자 중에는 외래에서 병실의 부족으로 인하여 입원 수속이 여의치 않았던 환자들이 편법으로 빠르게 입원하기 위해 방문하는 얌체들이 있다. 또 어린이들의 경우 고열로 내원하는 경우가 많으나 대부분은 외래에서 치료가 가능한 질환들이며, 부모님들이 겁을 먹고 내원하는 경우가 많은 것이 현실이다.

이들 열나는 아이들의 부모들이 응급실의 생사를 다투는 위급한 상황을 목격하고는 슬그머니 도망치듯 집으로 돌아가는 경우를 꽤 많이 볼 수 있다. 그리고 응급실에 접수를 하고 진료를 하게 되면 기본적으로 하는 루틴검사routine lab를 하게 된다. 이들 기본 검사에는 피검사와 소변검사가 포함되기 때문에 아주 어린아이들도 채혈을 하게 되는데 약간의 고통이 따르게 된다. 외래에서 간단한 진료로도 치유가 가능하다는 것을 나중에 깨닫고 다시는 응급실에 가지 않겠다고 다짐하기도 한다.

고열인 경우 매뉴얼에 따라 가정에서 처치하고 다음 날 외래에서 진료를 받으면 되는데, 군이 응급실을 내원하여 진료비도 많이 부담하게 되고 당직 선생들의 로딩loading이 늘어나서 힘들어지게 된다. 비교적 가벼운 질환으로 온 아이들 때문에 진정으로 위급을 요하는 다른 환자들에게 피해를 끼칠 수 있기 때문에 응급실 내원을 최대한 자제해야 하는 것이다.

공포의 풀당all day-watch keeping

세상에는 수많은 직종들이 있는데 하루 24시간 365일 쉬지 않고 일을 해야 하는 분야들이 제법 많이 있다. 그중에는 방송국, 항공사, 기상청, 병원 등이 있으며 종사자들의 대부분은 주간에 근무를 하고 야간에는 돌아가면서 당직 근무를 서게 된다.

이들 직종 중 야간에도 근무하는 직원이 가장 많은 곳이 종합병원일 것이다. 종합병원에는 다양한 직종의 사람들이 근무하는데, 가장 중요한 일을 하는 의사들이 있고 그 의사들의 진료에 도움을 주는 방사선 기사, 임상병리 기사, 원무과 직원, 간호사들이 교대로 근무하면서 진료에 차질이 없도록 하고 있다. 간호사들은 3교대 근무를 한다.

종합병원에 근무하는 의사들은 위로 스태프들로부터 전임의Fellow, 레지던트, 인턴들이 있으며 이들 중 인턴과 레지던트는 도제제도 같은 시스템으로 교육을 시킨다는 명목 하에 혹사(?)를 당하고 있는 셈이다.

병원은 24시간 돌아가야 하기 때문에 인턴 레지던트들은 사실상 24시간 일하는 것과 다름없으나 그래도 당직 스케줄에 따라 당직이 아닐 때는 쉴 수 있는 시스템을 마련해 두고 있다. 그렇게라도 하지 않으면 정말로 전공의들이 피곤해져서 쓰러질 것이다.

인턴들은 돌고 있는 과에 따라 당직 스케줄이 다르다. 외과와 같이 힘든 과를 돌 때는 당직 스케줄에 OFF가 있어도 응급수술이 있게 되면 쉴 수가 없게 된다. 그러나 마이너 과(안과, 피부과, 이비인후과 등)를 돌 때는 많이 쉴 수도 있고 자기 시간을 가질 수도 있다. 대개 인턴들의 스케줄은 체력 안배를 위해 힘든 과를 2~3개월 돌다가 가끔 편안한 마이너 과를 돌게 배려를 해 준다.

'퐁당' 이라는 말이 있다. 보통 2일에 한 번, 3일에 한 번 당직을 서게 되는데 이틀에 한 번 당직을 서는 경우에 '퐁당', 3일에 한 번 당직을 서는 경우에 '퐁퐁당' 이 된다. 즉 퐁은 당직이 아닌 날, 당은 당직을 서는 날로 구분하는 것이다. 그러면 '풀당full'은 OFF 없이 매일 당직을 서는 경우를 말한다.

당직일 때는 말 그대로 24시간 대기 상태로 병원에서 근무하고 있어야 한다. 당직을 선 날은 24시간 근무를 하였기 때문에 다음 날 쉬어야 할 텐데 다음 날도 당직을 서지 않은 날과 마찬가지로 근무를 하게 되는데, 출근은 했으나 퇴근이 없는 셈이다. 48시간, 72시간, 심할 경우에는 풀당으로 주당 144시간 근무하는 경우도 생긴다.

법적으로 따지면 근로기준법에 정한 근로시간과는 너무나 괴리가 커서 말로 표현할 수가 없다. 전문의를 만들기 위한 수련 과정이라는 미명 하에 풀당도 감수하고 있는 것이다. 전공의들의 피곤은 곧바로 의료사고와 직결된다. 저비용, 저급여, 저수가를 지향하는 현재의 건강보험 체계를 적정 급여 적정 수가로 전환하여 환자에게는 좋은 진료를, 전공의에게는 덜 피곤하면서 교육을 받을 수 있는 계기가 마련되기를 기대해 본다.

병원에서 일을 할 때는 힘들긴 하지만 나름대로 재미도 있고 보람도 있다. 드레싱을 하거나 처치를 할 때 환자나 보호자와 이런저런 얘기도 하고 수다를 떨기도 한다. 환자들에게 마음의 위안을 위해 쉽게 용어를 선택해 가면서 대화를 하다 보면 환자들의 불만 사항도 알 수 있고 질병으로부터 오는 공포감 내지 좌절감에 방황하고 있음을 알 수 있다. 소통이 부족하지 않았나 하고 자성해 보기도 한다.

환자들이 보기에는 낮이고 밤이고 24시간 내내 근무하고 있으니까.
"선생님은 밤에 잠도 안 자고 일하세요?"
하고 묻기도 한다.
"아니오, 세 시간 정도는 자기도 합니다."
"너무 힘들어서 어쩌나."
하고 위로해 주기도 한다.
오히려 불쌍해 보이는 인턴이나 레지던트들을 이렇게 위로해 주기도 하고 측은해하면서 자식이 있으면 아들은 저렇게 힘든 과정을 겪는 의사 시키지 말고 사위감은 의사로 구해야겠다는 이기심을 보이기도 한다.

당직이 아닌 '퐁'을 오프off라고 한다. 오프일 때는 대개는 그동안 부족했던 수면을 보충하기 위해 시간이 허락하는 데까지 잠을 잔다. 내일부터 또 수면 부족에 시달려야 하기 때문이다. 잠이 해결되고 나면 맛있는 것을 먹거나 그동안 소원했던 지인들을 만나기도 하고 아주 가끔 집에 가서 정성 어린 식사로 몸보신을 하고 옷가지를 챙겨 온다.

선배 의사들이 하는 "전공의에게 OFF는 정말로 소중해."라는 말은 아마도 바쁘고 힘든 전공의들의 삶에 있어 나름대로 여유를 가지고 템포를 조절할 수 있는 유일한 시간이기 때문이라는 생각이 든다.

가장 하기 싫은 말 'Hopeless'

Hopeless!

희망이 없다는 뜻으로 환자에게는 소생의 가능성이 없음을 뜻한다. 의학적으로 더 이상의 치료법도 없을 뿐만 아니라 회복을 기대할 수 없을 때 쓰는 말이다. 즉 환자의 상태가 위중하여 회복 가능성이 희박해진 경우의 환자를 의사들은 'Hopeless case' 라고 한다. 진료를 하면서 이 말처럼 절망적이고 무기력해지는 경우는 없다.

한 환자가 회복할 가능성이 제로에 가까워졌을 때 보호자에게 마음의 준비를 바라면서 'Hopeless' 상태라는 것을 알려 준다. 이때 보호자들이 치료를 중단하고 퇴원하기를 바라는 경우 옛날에는 DAMA라는 자의퇴원서를 쓰고 퇴원을 허락하였던 때가 있었다. 이 DAMA라는 용어는 자의퇴원이라는 뜻을 가지고 있으며 Discharge against medical advice의 줄임말이다. 회복 가능성이 희박한 환자의 경우에 형식적으로 받아 놓는 양식의 하나이다.

그러나 응급실이나 신생아실 등에서 환자의 상태가 위중하여 더 많은 검사와 입원 치료 등이 필요함을 강조하는 의사들의 소견에도 불구하고 입원비와 같은 경제적인 곤란함으로 인하여 치료를 중단하고 퇴원하기를 원하는 경우가 가끔 있다. 이럴 때 환자나 환자 보호자들로부터 의사가 반드시 받아 두어야만 하는 양식이 자의퇴원서이다. 환자나 환자 보호자가 임의로 치료를 거부하여 차후에 발생하는 합병증이나 후유증에 대해 어떠한 책임도 의료진에 없음을 주지시키는 내용으로 되어 있다.

이런 DAMA라는 양식도 법적인 구속력은 전혀 없다. DAMA에 보호자가 서명을 하고 퇴원했던 환자에 대해 법원에서 주치의에게 유죄를 선고한 일명 '보라매병원 사건'이 있었다. 이 사건을 자세히 살펴보면, 보호자들의 강력한 요청으로 회복 가능성이 없는 뇌사 환자를 퇴원시킨 전공의 두 명이 살인죄 명목으로 기소되어 유죄선고를 받고 의사면허가 박탈되었다. 물론 충분한 설명과 함께 자의퇴원서를 작성하고 퇴원을 허락하였지만.

이제 갓 의사 가운을 입고 의사로서의 미래를 꿈꾸며 환자들 앞에 섰던 젊은 의사가 살인죄라는 엄청난 죄목을 뒤집어쓴 전과자로 낙인찍혀 버린 것이다. 나는 아직도 이 사건에 대한 판결이 사회 경험이 적고 세상 물정을 잘 모르는 엘리트 의식에만 빠져 있는 법조인들의 객기客氣에 불과하다고 본다. 이들 법조인들은 환자들의 생生과 사死에 대해, 또 남은 자와 떠나는 자의 관계에 대해 얼마나 진지하게 고민해 보았는지 묻지 않을 수 없다.

중환자실에 기약 없이 누워 있는 뇌사자에게, 가족들의 강력한 치료 중단 요청을 거부하면서 마지막 심장이 멈추는 순간까지 소위

'연명 치료'를 계속해야 하는 것일까? 그렇다면 그 치료 과정에서 엄청나게 불어나는 병원비 때문에 남은 가족들의 삶은 어떻게 되는 것일까?

아직까지 연명 치료에 대한 사회적인 합의는 없는 상황이다. 뇌사자나 회복 가능성이 희박한 환자들에 대한 국가적인 보조를 확대하거나 치료 중단에 대한 기준을 마련해야 할 것이다. 그렇지 않으면 의사들은 끊임없이 환자 가족들로부터는 퇴원 압력을, 사법 당국으로부터는 신변 위협을, 의사 개개인은 양심과의 번뇌 속에서 힘들어하게 될 것이다. 이 사건이 있은 후부터는 의사들이 보호자들의 어떠한 요구에도 응하지 않고 마지막까지 연명 치료를 계속하였다. 그로 인해 의료비는 눈덩이처럼 불어났으며 가정의 파탄이 이어지고 건강보험 재정 상태는 나빠지게 되었다. 이 지경에 이르러서야 겨우 연명 치료에 대한 논의가 진행되고 있는 실정이다.

인간은 그 자체 하나의 우주이며 생명은 그 무엇보다도 존귀하다. 그러나 인간답게 살아가지 못하고 단순히 목숨만 이어 가는 극단적인 경우에 인간은 더 이상의 무의미한 연명 치료를 중단하고 평온하게 삶을 끝낼 엄숙한 권리를 가진다. 이를 생명의 자기결정권이라고 하겠다.

의학의 발달로 회복하기 어려운 환자도 인공호흡기나 심폐소생술 등 연명 치료로 생명을 연장하는 것이 가능하다. 그러나 무의미한 연명 치료는 환자에게 고통스러울 뿐 아니라 가족들에게도 정신적, 경제적 고통을 안겨 준다. 회생 가능성 없는 환자가 중환자실에서 온갖 기계에 주렁주렁 매달려 기약 없이 생명을 연장하는 모습을 생각해 보았는가?

환자는 환자대로 육체적 고통을 겪으며 인간답고 평온한 죽음을 맞을 권리를 빼앗긴다. 가족들은 기약 없이 환자를 간병하면서 정신적, 육체적인 피로를 호소하며 엄청난 병원비로 인한 경제적인 고통까지 감내해야 한다. 사회적으로도 보험 재정은 열악해지고 의료비 상승으로 건강보험료는 올라가게 되어 모든 국민들이 고통을 받게 된다. 이제는 더 이상 무의미한 연명 치료에 관한 사회적 합의를 미룰 수 없는 지경에 이르렀다.

옛날에는 집이 아닌 밖에서 사망하면 객사客死라고 하여 나쁘게 생각해 왔다. 그래서 병원에서 치료를 받다가도 사망이 임박하면 집으로 가서 임종을 맞기를 원하는 경우가 많았으며, 이러한 경우 관행적으로 퇴원을 허락하여 왔었다. 그러나 병원에서 치료를 받다가 집에서 임종을 맞고 싶다고 하여 언제나 허용되는 것은 아니었다. 의사가 반드시 동행해야 하는데 그렇게 한가하게 놀고 있는 의사도 없을 뿐만 아니라 동행하는 것을 기꺼이 응하는 의사도 많지 않았기 때문이다.

이들 Hopeless case로 이송하는 환자들은 자발 호흡이 없기 때문에 기도에 기관내삽관Intubation을 한 채로 앰부백Ambu bag으로 공기를 환자의 가슴속으로 넣으면서 가야 한다. 심장의 박동만 약하게 살아 있을 뿐 자발 호흡을 못하기 때문에 이미 거의 사망한 상태와 마찬가지다. 집에 도착하면 가족들이 환자의 사망을 받아들일 마음의 준비가 되었을 때 사망 선언을 하게 되는데 이를 Confirm한다고 한다.

사례 1

나는 인턴 때 Hopeless case 환자에 대한 두 번의 기억하고 싶지 않은 경험을 가지고 있다. 한 번은 내과 중환자실에서 말기 췌장암으로 입원 치료를 받던 환자가 병원장님의 지인이었다. 스태프의 지시로 할 수 없이 내가 집에까지 동행하기로 하여 성남에 있는 달동네까지 다녀와야 했다.

인턴 시절에는 윗년차의 지시에 이유를 달 수가 없다. 이 발걸음은 정말로 내키지 않았지만 또 하나의 경험을 하는 셈치고 다녀오기로 했다. 앰뷸런스는 경광등 소리를 울리며 빠르게 달렸다. 내가 잡고 있는 앰부백은 한 번 쥐어짤 때마다 500cc의 공기를 환자의 가슴속으로 불어넣고 있었는데, 그때 나는 내 호흡에 맞춰 한 번도 틀리지 않으려고 무진 애를 썼다. 팔이 몹시 아파 왔지만, 혹시라도 이송 중에 임종을 내가 맞게 되는 상황이 되기 때문에 어떻게든지 이 환자의 심장이 멈추지 않기를 간절히 바랐다.

1시간여를 달려 달동네의 허름한 집 앞에 도달하였다. 가족들이 둘러앉아 마음의 준비를 하고 있었다. 사망 선언을 하고 나의 임무는 거의 끝났다. 이때 가족들의 오열이 시작되었는데 이 틈에서 기관지삽관과 정맥주사 바늘 등을 제거하는데 곤혹스럽기 짝이 없었다.

돌아오려고 앰뷸런스에 타려는 순간 망자의 따님으로 보이는 분이 "선생님!" 하고 불렀다.

"선생님, 먼 길 오시느라 수고하셨습니다."

호주머니에서 하얀 봉투를 내밀며

"조그만 성의지만 받아 주시면 고맙겠습니다."

나는 얼결에 마주친 일이라 당황스러웠다.

"아닙니다."

하며 거절하였으나 막무가내로 호주머니에 넣어 주었다.

거절한다고 해서 받아들여질 것 같지를 않았다.

돌아오는 길에 운전수가 하는 말 '마지막 임종을 보는 분에게 사례를 하는 것이 통례'로서 받아 두어도 된다는 말을 하였다. 돌아올 때에도 기사는 경광등을 울리면서 빠르게 달렸다. 어둠이 깔리기 시작할 무렵에 병원에 도착했는데 생전 처음으로 한 사람의 마지막을 선언하고 돌아오는 길이 그렇게 멀 수가 없었다.

사례 2

또 한 번의 경험은 더욱 황당한 일로서 신경외과 인턴으로 돌고 있을 때 일이다. 뇌출혈로 인하여 수술도 받았으나 회복하지 못하고 식물인간 상태의 환자였다. 보호자들이 환자가 그동안 살아온 집에서 임종을 맞기를 원하여 기관내삽관 상태에서 Ambu bagging^{인위적으로 공기를 주입하는 행위}을 하면서 몇 시간 걸려 환자의 집으로 이송한 적이 있었다. 이웃 사람들을 포함해서 많은 가족들이 모인 자리에서 엄숙하게 기관에 삽관되어 있는 튜브를 제거하면서 오늘 밤을 넘기지 못할 것이라 설명하고 자리에서 일어나 밖으로 나왔다.

이어서 울음소리가 사방으로 울려 퍼지고 나는 조용히 물러나 구급차를 타려고 나오는데 가족 중 한 분이 수고하셨다며 봉투를 내미는 게 아닌가. 지난번의 촌지에 대한 경험도 있었던 차에 한두 번 사양했다가 모양새만 나빠질 것 같아 받아들고 곡소리를 뒤로하고 병원으로 돌아왔다. 그런데 병원에 도착하고 봉투를 확인해 보니 당시로선 거금인 10만 원이 들어 있었다. 그 당시 나의 월급이 35만 원정도였으니 상당히 큰돈이었다.

그 일이 있은 2일 후 중환자실에 들렀는데 깜짝 놀라지 않을 수 없는 광경을 목격하고 말았다. 가망이 없다고 집에까지 이송하고 온 그 환자가 병상에 누워 있는 게 아닌가. 간호사에게 어찌된 영문인지 자초지종을 물어보았더니 환자가 기관내삽관을 제거한 후에도 2일간이나 운명하지 않아 할 수 없이 다시 병원으로 모셔 왔다는 것이었다. 기뻐해야 할지 슬퍼해야 할지 당혹스럽기 그지없었다. 물론 주치의 지시에 따라 한 행위였지만 사망에 대한 예측이 틀려 보호자들 보기가 민망하였던 점과 받은 촌지는 어떻게 해야 할지 혼란스러웠던 기억이 생생하다.

한 달 간격으로 순환하는 스케줄에 따라 신경외과 인턴이 끝나고 내과를 돌 적에 우연히 중환자실에 들러 간호사로부터 그 환자의 경과를 들을 수 있었다. 다시 입원한 이후 일주일 정도 더 버티다가 병원에서 임종을 맞았다고 하였다.

제3장

소아과에 입문하다

1984년 소아과 레지던트 2년차 때,
소아과 교실원들과 함께.

도제제도 같은 수련의 과정 · 레지던트

레지던트는 1년간의 인턴 과정을 마치고 자기가 원하는 과에 응모하여 합격하게 되면 보통 4년간의 수련 과정을 밟게 된다. 레지던트는 'Resident^{거주하다}' 라는 의미인데 병원 내에 거주하면서 환자를 돌보면서 비상시에는 언제라도 진료 업무에 투입되어야 하는 신분의 의사를 말한다.

인턴을 마치면 자기가 원하는 과^科에 지원하게 되는데 시대에 따라 선호하는 과가 변천을 거듭해 왔다. 향후 수련의 과정을 모두 마치고 전문의를 취득한 후에 개인 병원을 개설하였을 때, 좋게 말하면 경제적으로 성공할 가능성, 나쁘게 말하면 돈을 많이 벌 수 있는 과에 지원자가 많이 몰려서 경쟁이 치열해지는 경향이다.

옛날에는 메이지 과를 주로 지원하는 경향이었으나 80~90년대에는 안과, 이비인후과, 피부과 등을 선호하였으며 요즈음은 정신과, 영상의학과, 피부과, 성형외과 등이 인기여서 경쟁률이 높은 편이다. 물론 적성에 맞는 과를 전공하는 것이 바람직하고 권장들 하지만, 요즈음은 의료사고의 위험 부담이 적고 편하게 수련 받을 수 있으면서 향후 돈을 많이 벌 수 있는 과에 지원자가 몰리는 것이 현실이다.

보통 수련병원에서는 1년차 레지던트가 주치의가 되지만 외과 계열은 2, 3년차가 주치의가 되기도 한다. 레지던트의 최고참인 4년차는 보통 '치프chief'라고 하며 아래 연차에게는 스태프보다 더 무서운 존재다. 군대로 치면 내무반의 권력을 장악한 최고참 병장으로 보면 된다. 고참 병장의 위세는 군대를 다녀온 사람이라면 모두 다 알 것이다.

1년차, 2년차 레지던트가 입원 환자의 주치의가 되는데 수련 기간 중에 제일 힘든 시기이다. 일과를 보면 보통 6시에 기상하여 병동 입원 환자의 상태를 파악하고 처치를 하면서 회진 준비를 한다. 회진 준비가 끝나면 7시 반경에 집담회conference에 참석하여 최신 학술지Journal로 update된 의학 지식을 배우고 스태프에게 문제가 있는 환자에 대해 보고를 한 뒤 토론의 시간을 갖는다.

집담회가 끝나면 각 파트 별로 회진을 돌게 되는데 환자의 경과와 향후 치료 계획에 대해 지시를 받게 되는데, 할 일은 많지 공부할 시간은 없지, 그래서 회진 돌 때는 대부분 혼나는 경우가 많다. 회진이 끝나면 보통 9시 정도 되는데 퇴원할 환자와 기존 입원 환자의 처치 및 투약에 대한 오더order 내는 일, 채혈 및 수액 놓기 등 이리 뛰고 저리 뛰다 보면 곧이어 외래에서 새로 입원할 신환이 올라온다.

신환에 대한 진찰과 차트 작성, 각종 검사와 처치에 대한 오더를 내고, 기존 입원 환자의 각종 검사 결과 등을 챙기다 보면 어느덧 오후 4시가 가까워지는데, 오후 회진을 위한 준비를 해야 한다. 오후 회진은 주니어 스태프나 치프와 함께 돌게 되는데 오전에 교수님과 회진을 돌 때보다는 긴장감이 덜하지만 깐깐한 치프를 만나면 더 많이 깨지기도 한다. 1년차 주치의는 항상 깨지면서 실력도 늘고 요령도 생기는가 보다.

얼마 전에 지인의 병문안을 갔다가 병동에서 1년차 전공의가 치프에게 당하는(?) 모습을 보고 옛 생각이 나서 가슴이 아팠던 적이 있다. 병동의 한쪽에서 겁먹은 모습의 1년차 전공의가 선배 의사에게 사정없이 깨지는 모습은 예전에 모든 전공의들이 수없이 겪었던 일이다.

"도대체 뭐하고 있는 거야?"

"사진X-ray은 왜 안 찍었어?"

"모르면 물어라도 보거나."

"나빠지면 어떻게 할 거야, 니가 다 책임질 거야."

"자신이 없으면 공부를 하든가 노티notify를 해야지."

"멍하고 있으면 뭐하자는 거야?"

1년차 얼굴이 뻘게지며 금방 울 것 같았다.

이런 질책을 들을 때는 도망중도 포기가고 싶은 마음이 굴뚝 같다. 그러나 이런 서러운 일들도 이를 악물고 견디어 내는 것이 모든 전공의들의 심정이다.

1년차의 일과가 끝나는 시간은 대개 새벽 2시인데 응급실이나 중환자실의 환자들이 평온할 때 얘기다. 외과의 경우 응급수술이 있는 경우에는 꼬박 밤을 새기도 한다. 잠을 한숨도 못 잤다고 해서 다음 날 쉬는 게 아니고 다른 날과 마찬가지로 근무를 하기 때문에 지쳐 쓰러지기 일보 직전까지 간다. 잠깐잠깐 토막잠으로 때우기는 하지만 얼빠진 모습으로 하루하루를 넘긴다고 보면 된다.

최근 대한전공의협의회에서 "잠깐, 눈 좀 붙이면 안 될까요? 돌볼 환자를 생각해서 일어날 겁니다. 하지만 눈이 감기고 머리가 몽롱해요."라는 포스트를 만들어서 전공의들의 열악한 실상을 알리는 여론몰이에 나서 주목을 받았다. 이같이 전공의들의 근무시간은 살인적인 주 120시간을 넘기도 한다. 정부에서 근무시간 상한제를 도입하려고 한다니 얼마나 다행인지 모른다. 이르면 2014년부터 전공의들의 근무시간이 주당 80시간 이내로 제한될 것으로 전망된다. 주당 100시간이 넘는 살인적인 근무 환경 속에서는 제대로 된 수련이 불가능하다는 공감대를 통해 전공의 근로시간 상한제가 마련됐기 때문이다.

1년차 전공의는 입원 환자의 주치의 역할을 하면서 당직을 서는 날에는 응급실과 중환자실을 커버해야 하기 때문에 고된 나날의 연속이다. 당직은 소아과의 경우 평균적으로 2일에 한 번 정도 서고, 외과의 경우에도 당직 스케줄은 비슷하나 응급 수술이 발생하면 OFF를 찾아 먹지도 못한다. 당직이 아니더라도 수술 기록, 환자 상태 기록, 입퇴원 기록지 등 주치의가 기록해야 할 일들이 산더미처럼 남아 있어서 퇴근을 못하고 병원에서 자는 경우가 다반사다.

2, 3년차도 1년차와 마찬가지로 입원 환자를 보는 주치의이면서 주로 중환자를 맡아서 보고 1년차를 감독한다. 당직 때는 1년차와

함께 Back duty를 서는데 1년차가 도움을 필요로 하면 가르치면서 도와주기도 한다. 2, 3년차가 되면 내시경, 초음파 등 고난도 기술을 배우고, 외과 계열의 경우 아주 간단한 수술의 집도의가 되기도 한다.

3년차 후반기에 들면 전공의 꽃이라 불리는 '치프'가 되며 당직과 집담회 스케줄 등을 짜고 의국의 모든 살림살이를 맡아서 꾸려나간다. 보통 4년차 9월부터 12월까지는 병원 일은 손을 놓게 되며 의사로서 마지막 시험인 전문의 고시 준비를 위해 공부에만 몰두하게 된다. 이 전문의 고시에 합격함으로써 도제제도 같은 길고 힘든 수련의 과정과 작별하게 된다.

이렇듯 수련 과정은 힘들지만 의사라는 직업의 자존감과 보람을 가질 수 있다는 희망에 이들 고달픔을 기꺼이 참고 견디는 것이다. 의사로부터 보람을 빼앗아 가는 제도적인 문제점들이 많은 것도 사실이지만, 그래도 의사로서의 삶의 보람은 힘든 수련 과정을 이겨냄으로써 환자에게 도움을 줄 수 있는 능력을 갖추었다는 데서 찾을 수 있을 것이다.

우리나라에서 전문의의 탄생은 많은 문제점들을 내포하고 있지만 철저한 도제제도의 과정과 비슷함을 알 수 있다. 이런 수련의 제도가 실력을 키우고 조직을 움직이는데 도움이 되기는 하나 과도한 근로시간과 업무량, 전근대적인 군대식 시스템으로 비판받고 있는 것은 사실이다. 이렇게 힘든 과정을 마친 의사들은 좋게는 자부심을, 나쁘게는 엘리트 의식을 갖게 되며 이런 자부심과 엘리트 의식이 의사 사회를 지탱하는 마지막 보루라는 점을 부인할 수 없을 것이다.

소아과 교실의 소중한 인연들

　학부를 마칠 무렵에 이비인후과를 지원해서 남기로 확정되었다가 고심 끝에 소아과를 전공하기 위해 군에 입대하였다. 무사히 3년간의 군 복무를 마무리할 즈음 전공의 모집요강에 따라 12월 중순에 강남성심병원에서 인턴 시험을 치렀다.

　킴스군보, 수련 후에 군의관으로 가야 하는 자원을 뜻함로 뽑는 수는 15명에 30명 넘게 지원하여 2:1이 넘는 경쟁률이었으나, 난킴비군보, 군필을 마쳤거나 면제된 경우은 10명 정원에 10명이 지원하여 모두 합격이라고 좋아하면서 헤어졌다. 다음 해 5월 초에 병원에서 모두들 근무하게 되었다며 기뻐하였다. 그런데 나중에 합격자 발표를 보고 놀라움을 금치 못했다. 난킴으로 지원한 10명 중에 나와 다른 친구 1명을 포함해서 두 명만 합격시키고 나머지는 전부 불합격 처리를 하였다.

　원래 군대 생활하면서 학부 때 배운 지식들은 대부분 잊어 먹게 되어 있다. 사실상 지금 본과 4학년으로 다니면서 국가고시까지 준비

중에 있는 킴스들과 성적을 비교한다는 것은 무리이다. 그런데도 난 킴이라는 사실을 참작하지 않고 필기시험 성적만으로 절대평가하여 불합격시킨다는 것은 억울한 면이 없지 않았다.

나중에 안 사실이지만, 시험 성적이 킴스에 지원한 친구들보다 현격하게 차이가 나서 두 명만 합격시키고 나머지는 불합격 처리했다는 것이었다. 다른 1명의 친구는 같은 사단에서 근무했던 아는 사이였는데, 강남성심병원은 너무 일이 많고 힘든 병원이라 근무를 포기하고 다른 병원에 지원하여 가게 되었다고 들었다. 그래서 졸지에 난킴으로는 나 혼자 근무하게 되었다. 의학이라는 학문에 3년이라는 공백 기간을 가지고 킴스들과 같이 근무하게 되어 좀 외롭고 힘들었다.

난킴이 혼자라서 힘들기도 하였지만 전체적인 인턴 숫자가 적어져서 일의 로딩loading이 많아져 더욱 힘들었다. 25명이 할 일을 16명이 해내야 하기 때문에 로딩이 2배 가까이 늘어난 셈이었다. 아마도 전국 인턴 중에서 가장 바쁘고 힘들게 과정을 거쳤을 것으로 생각되었으며, 그 대신에 가장 많이 배우고 보람도 있었다.

인턴 수가 부족했기 때문에 안과, 이비인후과, 피부과와 같이 비교적 편하게 지낼 수 있는 마이너 과는 돌지를 못하고, 내과 돌고 다음 달 응급실 돌고, 외과 돌고 응급실 도는 식으로 메이저 과와 응급실을 교대로 돌았었다.

강남성심병원은 응급 환자가 많기로 소문난 병원이었다. 응급실은 2명의 인턴이 돌았는데 48시간 근무하고 24시간 OFF를 받아 쉴 수 있는 시스템이었다. 하루 쉬는 날은 녹초가 되어 잠만 자는 생활이었다. 몸은 힘들었으나 각종 시술 수기를 일찍부터 많이 배웠었다.

인턴 과정을 좋은 성적으로 마쳐야 원하는 과에 남을 수 있다. 어느 과를 돌더라도 게으름을 피우지 않고 열심히 돌았었다. 소아과를 전공하기 위해 군대를 먼저 다녀왔으나 막상 인턴을 돌면서 갈등이 생기기 시작했다. 안과와 피부과를 전공하는 것도 좋을 것 같다는 또 다른 욕심이 일었다. 난킴이 나 혼자였기 때문에 무슨 과든지 하고 싶으면 남을 수 있었기 때문이었다. 알량한 욕심으로 인하여.

대개 가을에 접어들면서 각자 자기가 지원할 과를 선택하고 의국을 방문하여 인사도 드리면서 지원 의사를 밝힌다. 외부에서 난킴으로 각 과를 지원하고 싶어 하는 선생님들이 나 때문에 어느 과를 선택해야 하는지를 두고 논란이 일었다고 한다. 난킴으로는 나 혼자밖에 없어서, 내가 빨리 과를 선택해 주어야 다른 병원에서 응시하는 선생님들에게 선택의 기회가 주어지기 때문에 마음을 정리하고 있었다.

소아과를 돌고 있던 중에 10월 말쯤 소아과 1년차 선생님이 나에게 귓속말로 유기양 과장님께서 "우 선생 같은 사람이 소아과에 지원하면 좋을 텐데."라며 은근히 소아과에 지원하기를 바라는 눈치였음을 알려 주었다. 이 사실은 나에게 굉장한 희망과 용기를 주는 멘트였다. 레지던트를 뽑는데 결정적인 역할을 하는 과장님께서 긍정적인 신호를 보내 준 것은 나에게 행운이었다. 학부 때부터 소아과를 전공하고 싶어 했던 소망과 소아과 교실의 지원사격으로 결심을 하였다. 최종 선택은 소아과로.

그 당시에는 출생률이 높아서 동네마다 아이들이 넘쳐났다. 그래서 그런지 소아과가 인기 과 중의 하나였으며 지원자도 제법 많았다. 시험이 임박하면 대개는 의국에서 치프가 어떤 친구를 뽑을 것인지 과장님의 의중을 봐 가면서 'Arrange미리 정하여 배치하다'를 하였던 관례가 있었다. Arrange의 이점은 차선책으로 다른 과를 지원하도록 배려하는 의미가 있으나 담합 같은 불합리한 면이 있어서 원성을 사기도 하였다.

이렇게 하여 2명을 뽑는 소아과에 3명이 응시하여 합격하였으며, 다른 1명은 참으로 귀한 인연을 만나게 되었다. 우禹씨는 굉장히 드문 성씨다. 보통 중고등학교를 다닐 때에도 전교에 한두 명밖에 없을 정도로 드문 성姓이다. 그런데 우씨 성을 가진 우철제 선생이 지원하여 같이 근무하게 되었다. 수련이 끝날 때까지 아무 다툼 없이 무사히 수료하고 요즈음도 종종 만나면서 같이 늙어 가고 있음에 고마울 따름이다.

소아과 의사들은 대체로 온순하고 젠틀한 편이다. 1년차 위인 박수언, 홍상훈 선생님도 아래 연차인 나와 우 선생에게 야단 한번 치지 않고 잘 가르쳐 주어서 얼마나 고마웠는지 모른다. 그리고 2년차 위에는 임진영, 김양수 선생님이 back duty로 봐주었는데 모두들 천사에 버금갔다. 그 위에는 임윤배, 정성기 선생님이 수료를 하였으며, 1년 아래에는 조영빈, 임규호 선생과 그 밑에 김덕규, 김민수 선생이 같은 의국에서 수많은 애증愛憎의 시간을 가지며 동고동락同苦同樂하였다.

이들 의국 선배님과 후배들께 고마운 마음을 전하며 오래도록 정을 나누며 살아가게 되기를 기원한다. 그런데 김양수 선생님은 중고등학교부터 대학을 거쳐 소아과 교실까지 내리 선후배 사이로 같은 길을 걸어온 셈이다. 햇수로 치면 6+6+5=17년을 같은 길을 걸어온 것으로 예사로운 인연이 아닐 수 없다.

참스승이신 유기양 교수님과의 인연

초등학교를 시작으로 상급학교를 거치면서 많은 선생님들을 만나고 배운다. 의사의 길은 고단하고 멀다. 대학도 6년이나 다녀야 하고 졸업 후에도 수련의 과정을 5년이나 거쳐야 비로소 전문의가 된다. 학년이 올라가면서 담임선생님이 바뀌게 되어 어느 한 분의 선생님과 오랫동안 인연을 맺는 것은 아니다. 그래서 중고등학교와 학부 때 만났던 은사님들은 추억으로 남아 있을 뿐인 경우가 많다.

그러나 수련 과정 중에 만나는 스승님은 적어도 4년 이상 가르침을 받으면서 희로애락을 같이하는 셈이다. 수련이 끝나고도 같은 교실에 남아서 연※을 이어 가며 학문에 매진하는 경우도 있고, 같은 학문이기 때문에 학회에서나 세미나 참석 시에도 종종 뵙게 되고 가르침을 받기도 한다.

특정 과 레지던트에 수련을 받을 수 있도록 뽑아 주고 가르침을 주신 주임교수님의 제자들에 대한 관심과 사랑은 남다르다. 그런데 실상 제자들은 스승님의 은혜에 보답하지 못하는 것이 사실이다. 내가 유기양 교수님을 처음 뵌 것은 인턴 때 소아과를 돌 때이다.

소아과 회진 중에 레지던트 선생님들에게

"저 인턴 선생, 일 제법 잘 하는 것 같은데. 저런 친구가 소아과를 지원해야 하는데……."

라는 말씀을 흘리셨다고 하였다.

인턴인 나에게 희망과 용기를 주는 메시지를 주셨다. 그로 인해 더욱 소아과를 과감하게 지원하게 되었으며, 지금까지 그 가르침으로 이렇게 열심히 환자를 보면서 나름대로 성공한 삶을 영위하고 있다.

나는 감히 말할 수 있다. "유기양 교수님이 학문적으로나 사회적으로나 보잘것없는 나를 여기까지 가르쳐 주셨다."라고. 전공의를 시작한 1983년부터 가르침을 받기 시작했으니 햇수로 벌써 30년째 은혜를 입고 있다.

스승님은 무엇보다도 마음이 따뜻한 분이다. 제자들의 성공을 자신의 일처럼 기뻐하시는 분도 많지 않을 것이다. 나이가 들면서 제자들과 어울리기를 좋아하셔서 봄가을로 운동을 같이 즐기면서 땅(?)따먹기도 하곤 한다. 같이 어울려 놀 적에는 마치 친구와 다름없이 대해 주시는 분이다.

정년을 맞을 때까지 대학에 계시면서 많은 제자들을 길러 내셨는데, 다들 교실에서 혹은 개원해서 성공한 삶을 살아가고 있다. 많은 제자들 중에서 제일 혜택을 많이 받은 사람은 나일 것이다. 소아과를 전공할 수 있도록 기회를 주시고 가르침을 주셨다. 개원 후에도 최신 지식을 전해 주시면서 지난 30여 년간 나는 속절없이 스승님께 은혜를 입기만 했다. 이런 행운이 또 어디에 있을까?

환타와 내공

　'일복^{日福}이 터졌다'는 의미로 의사들 사이에 알려져 있는 '환타'
라는 말이 있다. 이는 모회사의 음료수 이름이 아니라 흔히들 하는
얘기로 환자를 타는 즉, 환자를 물밀 듯 몰고 다니는 의사를 일컫는
말이다. 즉 특정 의사가 근무할 때 환자가 몰린다거나 혹은 당직을
서는 경우에 환자들의 상태가 나빠져서 갑자기 일이 폭주하는 경우
를 '환자를 탄다'라고 표현하며 줄여서 '환타'라고 한다.

　같은 당직임에도 밤새 콜^{call} 하나 없이 푹 자는 당직의가 있는가 하
면, 반대로 밤새 10분이 멀다 하고 콜이 와서 한숨도 못 자고 머슴같
이 일해야 하는 경우도 있다. 또한 평소에 조용하던 응급실이나 병
동이 특정 당직의로 근무가 바뀔 때마다 매번 갑자기 바빠지게 되는
경우가 있는데, 한두 번은 그러려니 하지만 자꾸 동일 인물이 등장
할 때마다 반복이 되면 해당 당직의의 환자복^福 때문이라는 해석밖
에는 달리 설명할 방법이 없다.

　보통 사람들은 다른 사람들보다 자신의 일이 더 힘들고 더 많은 일

을 한다고 생각하기 쉬운데 객관적으로 볼 때 유독 일을 몰고 다니는 사람들이 있는 것 같다. 마치 먹을 복을 타고난 사람같이.

내공불변의 법칙

전공의들 사이에 일복이 많아서 환자를 몰고 다닌다는 의미의 '환타'와 비슷한 뜻을 가진 '내공'이라는 용어도 회자되고 있다. 전공의 시절에는 몸이 너무 고단하기 때문에 일복이 많은 것이 달갑지은 않다. 틈만 나면 체력의 안배를 위해 쉬고 싶은 것이 모든 전공의들의 희망사항이다. 일복이 많아서 많은 환자들을 돌보다 보면 엄청나게 고달프다. 그 대신에 많은 임상 경험을 하게 되면서 실력은 쌓이고 훌륭한 의사로 서게 된다.

'내공'이란 업무량의 많고 적음을 결정하는 보이지 않는 일종의 기氣와 같은 것이다. 대학병원에서 수련을 받을 적에 어떤 의사는 내공이 좋아서 문제를 일으키는 환자가 없거나 응급 환자가 적어서 편하게 당직을 서는 것을 볼 수 있다. 그런 친구들을 두고 내공이 하늘을 찌른다고 한다. 반면에 내공이 약한 전공의가 당직을 설 때면 응급실의 환자가 문전성시를 이루고 병동의 입원 환자들도 문제를 일으켜 잠시도 쉬지를 못하고 고생을 많이 하는 것을 볼 수 있다.

이런 경우에 흔히들 하는 말로 '내공불변의 법칙'이라는 오래전부터 내려오는 가설이 있다. 한번 내공이 충만한 전공의는 계속 내공이 좋아서 항상 할 일이 적으며 편하게 수련을 마치게 되고, 내공이 약한 전공의는 계속 내공이 약해서 수련 기간 내내 할 일이 많아 고생을 많이 한다는 가설이다. 환타와 비슷한 의미로 쓰이고 있다.

이 가설에는 개인이 보유하고 있는 내공의 총량은 누구나 동일하다고 보는 개념이 숨어 있다. 단기간에 보면 어떤 사람은 내공이 강해서 일이 적고 어떤 사람은 내공이 약해서 일이 많지만, 장기적으로 보면 누구나 보유하고 있는 내공의 양이 같아서 초기에 일이 적었던 사람은 나중에 일을 많이 하게 되고, 애초에 일이 많았던 사람은 나중에 적게 일하게 된다는 가설이다. 어찌 보면 공평해 보이지만 실은 가장 불공평한 가설이다.

왜냐하면 평생 동안 보아야 하는 환자수가 정해져 있다고 보면, 전공의 시절에 편하고 여유롭게 시간을 보낸 사람은 나중에 개업하였을 때 환자가 많이 와서 돈을 많이 벌게 되고, 반면에 전공의 시절에 바쁘고 힘들게 고생하며 실력을 쌓았던 친구들은 나중에 개업하였을 때 일이 없어서 망한다는 뜻이기도 하다. 내공이 약했던 전공의들은 절대로 인정하고 싶지 않은 법칙 중의 하나이다.

나는 전공의 시절 지독한 '환타'였다. 어느 명절 연휴에 당직 근무를 하게 되었는데 하룻밤 사이에 100명 이상의 응급 환자가 몰려들었다. 밤새 한잠도 못자고 고생하였다. 연휴 둘째 날 다른 전공의에게 당직을 넘기면서

"고생 좀 해야 될 거야."

라고 일러 주고 퇴근하였다.

그런데 다음 날 당직을 선 전공의가

"너무 한가해서 별로 할 일 없이 잠만 잘 잤다."

"아니, 이럴 수가!"

염장을 지르는 것이었다.

이렇게 시작된 환자복은 수련 과정이 모두 끝날 때까지 계속되었다.

3년차 레지던트 봄에 병원 근처에 개원하고 있는 외래교수님으로 계시는 B소아과의원의 원장님께서 해외 학회 참석차 장기간 병원을 비우게 되어 외래 진료의 경험도 쌓을 겸하여 주임교수님의 지시로 대진을 나가게 되었다. 그 당시에 유명한 소아과로 소문이 나 있어서 하루에 평균 300명 이상 환자가 몰려드는 대박 소아과였다.

그런데 대진을 나간 첫날부터 300명 넘게 환자가 몰려들었다. 통상 개인 소아과의 경우 원장이 자리를 비우면 환자가 줄어드는 것이 보편적인데 대진하는 1주일 내내 환자가 줄지를 않았으며 오히려 더 많은 환자가 내원하였다. 이는 환절기에 바이러스 감염에 의한 감기 환자가 많이 발생하는 계절적인 요인도 있었겠지만, 유독 환자를 많이 몰고 다닌다는 것이 증명되었던 셈이다. 또한 보호자들이나 직원들이 나의 진료하는 패턴과 많은 환자를 처리해 나가는 능력에 대해 매우 만족했던 것 같았으며 병원으로 복귀한 후에도 나에게 진료를 받기 원하여 본원으로 일부러 찾아온 환자들이 다수 있었다.

나는 '환타'와 '내공불변의 법칙'에 전적으로 동의하지는 않는다. 왜냐하면 나는 전공의 시절에 지독하게도 환자를 몰고 다니는 내공이 약한 전공의여서 항상 당직 때가 되면 몰려드는 환자들로 고생을 많이 하였다. 그런데 수련 과정을 모두 마치고 개원 후에도 초창기부터 몰려드는 환자들로 고생도 하였다.

'내공'이 평생 보아야 하는 총환자수에만 좌우되는 것이 아니라 평생 동안 해야 하는 '모든 일들의 양^{loading}'과도 밀접한 관계가 있는 것으로 보고 싶다. 누구나 평생 살아가면서 해야 하는 일은 정해져 있다고들 하는데, 나는 환자를 돌보는 일의 양은 많았으나 진료 이외의 다른 일 즉 집안 청소를 한다든지, 운전을 하는 일 등은 의외로 적게 하여 가족들에게 지탄의 대상이 되곤 하였다. 무슨 일을 하든 본인이 가장 잘하는 일을 한 가지만이라도 확실하게 잘해 낸다면 나머지 다른 일들을 잘 못하더라도 용서가 될 것이라고 자위하면서 살았던 것 같다.

나름 나에게 이렇게 환자들이 모여드는 '환타'가 되는 이유를 곰곰 생각해 보았다. 원래 사주팔자가 환자복(?)을 타고난 것인지는 모르지만 평소에 '환자 돌보는 일 자체를 즐겨했으며 자상하게 다가가려고 노력하였다.'라고 자부한다.

나는 '환타'라는 의미를 부여받을 수 있을 정도로 많은 환자를 보았던 것을 행복하게 생각하고 나이를 제법 먹은 지금도 어린이들과 부대끼며 하루하루를 보내고 있음에 고마울 따름이다.

소아과 의사는 만능 엔터테이너

우리 아이가 배가 아픈데 소아과에 가야 하는지 내과에 가야 하는지?

콧물이 나고 열이 나는데 이비인후과에 가야 하는지?

한쪽 팔을 움직이지 못하는데 소아과에 가도 되는지?

피부에 붉은 반점들이 많이 생겼는데 피부과로 먼저 가야 하는지?

이런 질문들을 하면서 진료실을 방문하는 환자나 보호자들이 의외로 많다. 하루에도 이런 환자들을 수도 없이 만난다. 의학 상식이 부족한 일반인들이 판단하기가 어려운 것은 당연하다.

예전에는 소아과로 칭하다가 최근에 소아청소년과로 개명하였으며 신생아에서부터 청소년기에 이르기까지 어린이의 성장과 발달을 다루는 의학의 한 분야로서, 그 모든 발육 과정을 통하여 어린이로 하여금 그가 가진 신체, 지능, 정서 및 사회적 능력을 충분히 발전시키도록 하며, 앞으로 훌륭한 성인이 될 수 있도록 기틀을 마련해 주는 것을 목적으로 한다.

"The child is not a little man소아는 작은 어른이 아니다" 라는 말은 신체의 크기만 작은 것이 아니라 성장과 발달을 계속하고 있는 단계에 있으며 발생하는 질병도 전혀 다르다는 것을 의미한다.

사례 1

초등학교 1학년인 여자아이가 얼굴과 상체를 따라서 붉은 색의 발진이 생기기 시작하여 피부과를 방문하였다. 피부과에서는 애매모호하게 설명을 하여 다시 나의 클리닉을 방문하였다. 진찰을 해 본 결과 전염성 홍반Erythema Infectiosum이었다. 전염성 홍반은 주로 학동기에 발병하는 전염성 질환으로 Parvovirus B19가 일으킨다.

예전에 어린이들에게서 일어나는 여섯 종류의 주요 홍반성 발진 중 5번째로 분류되었기 때문에 5th disease로 불린다. 이 환아가 걸린 전염성 홍반은 바이러스의 감염에 의해 생기는 질환으로 피부에 병변을 보였을 뿐이지 엄격하게 보면 피부과 질환은 아니다.

사례 2

중학교에 다니는 15세 된 여학생이 수업 중에 복통을 호소하여 나의 클리닉을 방문하였다. 부모는 대뜸 "배의 내부가 아프다고 하니 한문으로 내부內를 의미하는 내과에서 진료를 받아야 하는지요?" 하고 엉뚱한 질문을 하였다.

원래 내과內科는 내부內部라는 의미가 아니고, 수술이나 특별한 처치를 하지 않으면서 약물요법, 식이요법, 운동요법 등으로 치유가 가능한 질환들을 종합적으로 치료하는 과를 말한다. 이 환아의 경우 진찰 결과 급성 충수돌기염일명 맹장염이 의심되어 외과로 의뢰하였으며 수술을 받고 완쾌하였다.

비교적 뚱뚱한 편인 2세 된 남자아이가 콧물, 미열, 기침으로 근처에 있는 이비인후과에서 5일간 치료를 받았으나 기침이 점점 더 심해져서 나의 클리닉을 방문하였다. 이비인후과에서 치료를 받고 있는데도 왜 더 나빠지고 있느냐고 불평을 하면서 지금까지 복용하고 있는 약 봉투를 내밀었다. 청진상에 가슴에서 쌕쌕거림이 심하고 호흡곤란이 동반되고 있었다.

이 환아는 급성으로 진행하는 모세기관지염이었다. 아주 가는 기관지에 염증이 오면서 기관지가 좁아져 호흡곤란이 심해지며 더욱 악화되면 입원 치료를 받아야 한다. 다행히 이 아이는 흡입요법과 약물요법으로 호전을 보여 통원 치료를 받으면서 완쾌하였다.

이 아이의 보모님은 왜 이비인후과에서는 그것도 모르고 더 심해지게 했느냐고 나에게 항의하였다. 동료 의사에 대한 비난이나 오해가 어느 정도 풀리기를 바라면서 나는 이렇게 설명했다. 감기 같은 가벼운 질환은 일반의GP든, 이비인후과 의사든, 가정의학과 의사든 의사면허증이 있는 의사는 누구든지 진료를 할 수 있다.

소아과는 '나무 하나하나를 보지 않고 숲을 보는 안목'으로 어린이들의 전반적인 상태를 진찰하고 치료를 하는 과이다. 어린이들은 감기만 걸려도 감기 증상만 있는 것이 아니고 전신 증상인 고열, 식욕부진, 복통 등도 같이 호소한다. 그에 반해 이비인후과 의사는 목 안의 소견만 중요시 여겨 치료를 하는 편이며, 몸의 다른 부위의 아픈 곳을 놓치는 경우가 제법 많은 게 사실이다. 그래서 어린이들의 질병은 '숲을 보는 자세'로 항상 진료에 임하는 소아과 의사의 진료를 받는 것이 나을 것 같다고 강조한다.

사례 4

23개월 된 남자아이가 왼쪽 팔을 움직이지 못하고 보챈다면서 진료실을 방문하였다. 정형외과에 바로 가야 하느냐며 걱정이 태산 같았다. 이런 경우는 대부분 어린이가 넘어지거나 떨어지면서 팔을 짚거나 팔을 잡아당기게 되어 팔목 부위 주관절의 탈구가 발생하여 그쪽 팔을 잘 움직이지 못하고 보채게 된다.

소아 주관절아탈구Pulled elbow, 일명 소아 주내장라고 하며, 어린이 스스로 팔을 위로 들어 올릴 수가 없으며, 물건을 집을 수도 없다. 이때는 경험이 있는 의사면 누구나 쉽게 매뉴얼에 따라 교정이 가능하다. 손으로 비교적 간단하게manual reduction 정복이 되며 수분 후에 보채지도 않고 팔도 마음대로 움직일 수 있게 된다. 졸지에 명의가 된다.

이처럼 소아과 의사는 어린이들에게서 일어나는 모든 문제들을 해결하는 만능 엔터테이너인 셈이다. 그러나 일차 진료에서 해결이 힘든 문제점이 발견되면 석기에 적절한 치료를 위해 상급 병원이나 다른 과의 Subspecial part로 의뢰를 한다. 최근에는 대부분의 소아과 의사들이 질병의 치료만큼이나 예방도 중요하기 때문에 예방접종, 모유수유, 이유식, 수면 등 어린이들의 건강한 삶을 위한 최신 자료를 수집하고 세미나에도 참석하면서 열심히 공부하고 있다.

촌지寸志에 대한 추억

　레지던트 1년차 여름에 고열과 함께 경련을 일으키면서 혼수상태로 25개월 된 남자아이가 응급실에 도착하였다. 한참 무더운 여름 초입이라 뇌수막염이 극성을 부리던 때였다. 대부분이 바이러스성 뇌수막염이었고 약 10%에서 세균이 검출되는 세균성 뇌수막염, 드물게 결핵성 뇌막염도 발견되곤 하였다.

　이 아이도 뇌수막염이 의심되어 즉각 뇌척수액검사spinal tapping를 실시하였다. 뇌척수액CSF에서 세균이 검출되어 중환자실로 입원을 시켜 항생제 투여와 함께 세균성 뇌막염에 준하는 집중 치료를 시작하였다.

　다음 날 의식이 돌아오면서 상태가 호전되어 보호자인 어머니가 무척 좋아하였다. 이렇게 호전 소견을 보이던 아이가 입원 3일째 다시 혼수상태로 빠져들었다. 세균 배양검사에서 자라던 세균과 항생제의 감수성 검사 결과가 미처 나오기 전에 투여한 약제에 반응하지 않은 결과이다. 그래서 최근에 도입된 3세대 세파계 항생제로 바꾸어 투여한 후 상태가 호전되기 시작하였다.

　중환자실은 보호자가 마음대로 들어올 수 없는 곳인데 중환자실 입구 근처의 복도에는 초조한 모습의 보호자들이 위급한 때를 위해 항상 대기하고 있다. 사경을 넘나드는 환자의 상태가 궁금하기도 하고 빠른 회복을 기원하면서 초조해하는 모습을 흔히 볼 수 있다.
　이 아이의 어머니는 집안 사정이 복잡하였다. 6대 장손 집안으로 시집와서 결혼한 지 15년이 지나도록 임신이 되지 않아 시집살이가 이만저만이 아니었다고 한다. 나이 40세가 넘어서 힘들게 낳은 아이가 저렇게 사경을 헤매게 되었으니 그 심정이야 오죽했을까.
　"선생님! 우리 아이 상태가 어떠신지요. 살 수는 있겠는지요?"
　"제발 살려만 주신다면 무슨 짓이라도 다하겠습니다."
　"살려만 주세요. 선생님만 믿겠습니다."
　하면서 나의 팔을 잡고 울면서 호소하였다.
　"어머님, 저희 의료진은 최선을 다하고 있습니다."
　"너무 걱정 마시고 기도나 하면서 기다리세요."
　어머니의 간절한 기도와 의료진의 노력으로 다행히 다음 날부터 환아의 의식도 돌아오기 시작하였고 상태가 호전을 보이면서 회복기에 들어갔다. 뇌척수액검사에서도 호전을 보였으며 2주간의 중환자실 치료를 한 후 다시 2주간의 병동 치료를 마치고 건강한 모습으로 퇴원을 하게 되었다.

　퇴원 수속을 하고 있는 중에 중절모를 쓴 할아버지가 나를 찾아왔다. 내 하나밖에 없는 6대 장손을 살려 주었으니 고마운 마음을 전하겠다면서 보자기와 함께 신문지 뭉치를 건네었다.

"선상님이 우리 손주 살리느라 고생하셨어. 조그만 성의로 준비했으니 사양 말고 받아 주시오."

하며 보자기와 신문지 뭉치를 내미는 것이었다.

"할아버지, 성의는 고맙지만 돈이라면 받지 않겠습니다."

그 당시에 환자나 환자 보호자들이 고맙다고 주는 성의는 약간의 먹을 것 정도는 받아도 금품은 받지 않는다는 원칙이 서 있었던 터라 정중하게 사양하고 돌아섰다.

그런데 그 할아버지가 벼락같이 고함을 지르시는 게 아닌가.

"의사 선생 양반!"

"늙은이가 주면 그냥 받으면 되지, 내민 손이 부끄럽지 않은가. 이 보자기에 들어 있는 것은 떡이오."

할아버지의 손에는 보자기와 신문지 뭉치가 들려 있었다.

"우리 손주 완쾌 기념으로 떡을 넉넉히 만들어서 동네 사람들 나누어 주고, 병원에서 고생한 의사, 간호사들에게 고마움을 표시할 겸 가지고 온 것이오."

받지 않았다가는 할아버지의 노여움이 더할 것 같았다. 주위에서 이 광경을 보고 있던 간호사들도 그냥 모른 체하고 받으라고 눈치를 주었다. 마지못해 고맙다는 목례를 하고 보자기와 신문지 뭉치를 받아들었다.

정성을 들여 싸 온 보자기의 떡은 동료들과 맛있게 나누어 먹었다. 부담스러운 이 신문지 뭉치는 여러 겹으로 싸여 있었다. 몇 겹을 펼친 후에야 낡은 파란색의 만 원짜리 지폐가 무려 10장이나 들어 있었다. 적은 돈이 아니었다. 그 당시 나의 월급이 35만 원 정도였으니 약간 부담이 되었으나 그 할아버지의 완곡한 성의를 생각해서 받아 두기로 하였다.

그런데 이 촌지를 받은 후 병원 내에 이상한 소문이 돌기 시작하였다. '소아과 모 주치의가 신문지에 싸인 돈뭉치를 받았다더라.' '상당히 많은 돈을 받은 것 같은데…….' 하며 수군거리기도 하고 다른 과 동료나 간호사들의 추궁이 이어졌다. 만 원짜리 10장만 들어 있었다고 항변하였으나 아무도 믿어 주지를 않았다.

이 촌지 얘기가 여러 곳으로 퍼져 나가면서 눈덩이처럼 커져 처음에는 신문지 뭉치였다는 말에서 나중에는 액수가 족히 수십만 원은 되어 보였다는 말로 풍선처럼 부풀어 있었다. 아무튼 아무도 일부러(?) 믿어 주지를 않았던 관계로 동료, 선배, 간호사들에게 한턱을 내느라 받은 촌지보다 더 큰 지출을 하게 되었다. 그 후에도 돈만 밝히는 의사가 아니라는 명예 회복을 하는데 상당한 시간이 소요되었다.

이 아이는 퇴원할 당시에는 다행히도 별다른 후유증 소견을 보이지 않았으나 세균성 뇌수막염은 심하면 호흡마비가 올 수 있으며 패혈증 등으로 치사율이 높은 병이다. 회복이 되더라도 간질, 청력과 시력 소실 등의 뇌손상으로 인한 후유증을 남긴다. 그런데 이 아이의 경우 두 번씩이나 혼수상태에 빠졌기 때문에 후유증이 걱정되었으며 차후에 장기간에 걸쳐 외래 진료를 받으면서 추적 검사를 받아야 함을 설명하였다.

화분에 수분이 부족하여 화초가 시들어 가다가도 물만 잘 보충해 주면 언제 그랬느냐는 듯 생기를 찾는 것과 마찬가지로 어린이들도 아파서 힘들어하다가도 적절한 치료를 제때에 받으면 금방 생기를 찾고 까불기도 한다.

어린이들은 순식간에 치명적인 상태로 빠져들어 위험한 경우도 있지만 어른들과 달리 치료에 대한 반응도 빠르고 회복 속도도 빨라서 소아과 의사들을 때론 긴장시키기도 하지만 보람을 느끼며 사는 경우가 훨씬 더 많다.

이 환아도 긴장과 보람을 동시에 느끼게 해 주었으며 그렇게 사경을 넘나들던 아이였다는 사실을 뒤로한 채 밝은 모습으로 할아버지와 어머니의 손을 잡고 병원을 나섰다.

6대 장손의 후유증 없는 건강한 삶을 기원하면서…….

오진을 막으려면 기본에 충실하라

진찰이란 의사가 진단을 위해 환자로부터 정보를 얻거나 질병의 경과, 치료의 효과 등을 알기 위한 진료 행위를 말한다. 이들 진료 행위에는 문진, 시진, 촉진, 타진 및 청진이 있다. 진찰에 있어서는 이들 다섯 가지 감을 충분히 활용하여 최초로 의심되는 질환을 Impression^{추정질환}으로 붙여 향후 각종 검사와 치료 계획을 세우게 된다. 이때 덜 의심되지만 배제해야 할 질환들은 R/O^{rule out}로 표기한다.

이들 진료 행위 중에서 가장 중요한 것이 문진이다. 문진이란 환자의 아픈 증상과 자세한 병력을 알아보는 것을 말한다. 진찰할 때 아주 희귀한 질환이 아니라면 약 90%는 문진으로 진단이 가능하다고 할 정도로 문진은 중요하다.

문진으로 진단을 내리기 어려울 때는 그다음 단계로 이학적 검사인 청진, 촉진, 타진이라는 감각을 이용한 진찰을 하면서 가장 가능성이 높은 질환을 추정 진단하게 된다. 문진과 이학적 검사로도 진단이 애매할 때는 방사선검사와 각종 혈액검사를 통해 최종적인 진단에 이르게 된다. 문진이 중요하다는 것은 학부 때 임상 실습에서부터 전공의 과정 중에 교수님으로부터 귀에 못이 박히도록 들어왔다.

그런데 환자들은 의사가 던지는 질문이나 이학적 검사보다는 혈액검사를 포함하는 방사선 촬영이나 CT, MRI 같은 고가의 검사를 더 믿는 경우가 많다. 일부 환자는 의사의 문진에 시큰둥하면서 고가의 검사를 처음부터 원하는 경우도 있다. 그러나 의사는 환자의 일방적인 요구에 끌려갈 수는 없으며 가장 중요한 정보를 얻기 위해서는 약간의 요령이 필요하다. 환자의 아픈 마음을 다독이면서 장황하게 늘어놓는 환자의 호소 중에서 가장 중요한 주소chief complaint를 꼬집어내는 예리함이 요구된다.

Impression의 소중함

Impression의 사전적 의미는 어떤 사물이나 사람으로부터 받은 인상이나 혹은 느낌을 말한다. 그래서 처음 본 사람의 느낌을 첫인상 First impression이라고 한다. 그런데 의학용어로는 처음 환자의 진찰에서 받은 의심되는 질환을 말한다.

어떤 사람을 처음 만나면 그 사람에게서 처음으로 받는 느낌이 향후 인간관계에 커다란 영향을 미치는 경우가 많다. 그만큼 첫인상이 중요하게 각인되고, 좀처럼 그 느낌이 잘 변하지 않는다. 감기나 장염같이 간단한 질환이 아닌 다소 애매하고 진단이 까다로운 질환인 경우에는 의사들도 초진 시에 Impression으로 붙여 놓은 질환에 얽매이다 보면 최종 진단에 애를 먹는 경우가 많다.

의사들은 환자를 처음 대할 때 수분 내에 환자를 평가하는데, 그 자리에서 떠오르는 병명은 불과 몇 가지를 넘지 못한다고 한다. 게다가 다른 의사가 의심되는 질환명을 먼저 붙여 놓았을 경우에는 거기서 벗어나기란 여간 쉽지 않다. 오진을 하거나 최종 진단이 늦어지는 경우의 대부분은 의학적 판단을 내릴 때 의사의 논리적 흐름이 잘못되어 발생하며, 검사가 잘못되거나 의사의 실력의 차이가 원인인 경우는 아주 드물다고 한다.

외래에서 교수님들이 기본적으로 진찰하고 의심되는 질환을 Impression으로 붙여 입원을 하는 경우에 전공의들이 그 Impression에 집착하여 오진을 하거나 최종 진단이 늦어져 회복에 어려움을 겪는 때가 제법 많다. 경험이 많고 유능한 교수님들의 소견이라는 선입견은 다른 질병의 가능성을 생각하기 어렵게 만든다.

그러나 수련을 받고 있는 전공의라도 환자와 보호자의 말을 경청하고 자세하게 진찰하다 보면, 처음에 붙여졌던 Impression과는 전혀 다른 병으로 최종 진단에 이르는 경우가 많다. 따라서 교과서에 기술된 대로 논리적으로 접근하면 오진을 피할 수 있다. 의사는 고도의 전문적인 지식을 갖추어야 하며, 성의 있고 진솔한 자세로 반드시 기본에 충실해야 하는 이유가 여기에 있다. 전공의 시절과 오랜 기간 외래 진료를 하면서 겪었던 시행착오 사례들을 살펴보기로 하자.

사례 1

한국인 어머니와 캐나다인 아버지 사이에 태어난 5세 된 남자아이가 한국에 다니러 왔다가 고열로 인하여 동네 병원에서 4일간 외래 치료를 받았으나, 호전을 보이지 않자 모 대학병원에 FUOfever of unknown origin불명열이라는 Impression으로 입원 치료를 받고 있었다.

소아에서는 고열이 5일 이상 지속되면 가와사키병, 요로감염 등의 특수한 질환일 가능성이 크다. 이 아이는 8일째 고열이 지속되었으며, 뇌척수액검사CSF를 포함하여 각종 검사를 시행하였으나 이상 소견을 보이지 않았으며, 열은 지속되어 마지막으로 골수검사를 앞두고 있었다. 그때 주변의 사람들로부터 용하다고 소문(?)이 난 흑석동 우소아과의 방문을 권유받고 나의 클리닉을 찾아왔다.

소아들은 감기를 앓게 되면 약 20~30%에서 중이염이 합병되는 경우가 많아서 소아청소년과로 개원하고 있는 의사들은 대부분 귀를 확대해서 볼 수 있는 내시경을 갖추고 있다. 이 아이의 경우 귀를 들여다보았더니 귀지가 귀를 꽉 막고 있었다. 귀지를 완전히 제거하고 내시경으로 고막을 시진해 본 결과 급성 화농성중이염이 동반되어 있었다. 이 아이의 열의 원인은 먼 곳에 있지 않고 가까운 귀에 있었다. 중이염에 대한 항생제를 처방하고 열은 바로 내렸으며, 약 15일간의 약물치료로 완쾌되었다. 예나 지금이나 소아과 수련 중에 귀에 대한 교육이 부족하다는 것이 증명된 일례로 볼 수 있다.

중이염에 대한 처방 후 두 번째 방문 때 캐나다에서 아이의 아버지가 급하게 귀국하여 진료 기록을 요구하였다. 입원 치료를 받았던 대학병원을 상대로 소송을 걸겠다고 하였다. 왜 귀만 잘 들여다보았다면 간단히 좋아질 수 있는 병을 고생시키고 진료비를 많이 내게 하느냐며 불평하였으며 당연한 요구였다고 본다. 이 아이는 국내에서 보험 적용이 되지 않았기 때문에 입원 치료 기간 중 1,000만 원 정도의 진료비가 나왔다고 한다. 보호자들의 항의는 당연해 보였다.

　입원 치료를 받았던 병원의 전공의들이 외래에서 진료 받고 병실로 올라오는 아이의 불명열이라는 Impression에 너무 치우친 나머지 어려운 검사에만 의존한 잘못이 뚜렷해 보였다. 고가의 항생제 치료를 받았으나 불행히도 중이염을 일으킨 균을 사멸시키는 항균제를 투여 받지 못하여 중이염 자체는 호전을 보이지 못하고 계속 열이 지속되었던 것이다. 소아에서 고열이 지속되는 경우에는 귀의 질병 여부를 반드시 확인하여야 함에도 간과한 잘못이 있었음과 수련 과정 중에 귀나 코에 대한 교육에 더 많은 관심이 절실함을 느끼게 하였다.

사례 2

　인턴 때 응급실에서 문진의 소홀함으로 인하여 잘못된 Impression이 붙여졌으며 수술 중에 돌발적인 소견이 발견되어 환자에게 커다란 흉터를 남기고, 의사들에게는 초진 시에 문진의 소중함을 깨닫게 한 계기가 있었다.

　22세 된 미모의 여대생이 복통을 주소로 응급실을 방문하였다. 하복부의 통증이 심했으며, 이학적 소견으로는 압통과 반발통rebound tenderness이 있었다. 복부 내에 응급으로 수술을 요하는 복막염이 의심되는 현저한 소견을 보여 급성 충수돌기염일명 맹장염으로 인한 복막염으로 Impression을 붙이고 외과에 연락을 하였다.

외과 당직 선생님도 같은 소견으로 의심하고 바로 응급수술에 들어갔다. 시간이 조금 흐른 후에 궁금하여 수술실을 찾았다. 그런데 전혀 생각지도 못한 놀라운 일이 벌어졌다. 급성충수돌기염이 아니라 왼쪽 나팔관 부위에 자리 잡은 자궁외임신으로 인한 출혈로 복막염 소견을 보였던 것이다. 충수돌기염을 의심하여 오른쪽 하복부 쪽으로 절개하여 들어갔기 때문에 다시 왼쪽으로 절개하여 수술을 마칠 수 있었다. 커다란 흉터를 남기고 말았다.

수술하는 스태프operator의 호통이 이어졌다. 이 환자에 대한 문진 History taking을 제대로 했는지 추궁이 이어졌다. 이 여자 환자의 마지막 생리menstruation 여부를 확인하지 않은 커다란 실수를 했다. 80년대 중반으로 그 당시에만 해도 성문화가 요즈음같이 개방되어 있지를 않았던 시절이라, 설마 하고 문진하면서 생리 여부를 확인하지 않은 실수를 저지르고 말았던 것이다.

그날 이후 나는 문진의 소중함을 깊이 깨달았으며, 30년 가까이 별다른 사고 없이 의사 생활을 영위하고 있음에 감사할 따름이다.

변화무쌍한 장중첩증Intussusception

어린이 환자에서 각별히 주의 깊게 봐야 하는 질환들이 있다. 예전에는 라이증후군Reye syndrome 때문에 사망하는 어린이가 상당히 많았다. 그러나 최근에는 발생 빈도가 현저히 줄어들어서 관심에서 멀어져 가고 있다. 증상이 애매하기도 하고 진단이 쉽지도 않아서 애를 먹이는 질환으로 장중첩증과 급성 충수돌기염맹장염이 있다. 이들 두 질환은 초기에 발견하지 못하면 수술로 정복을 해야 할 뿐만 아니라 의료 소송에 휘말리기도 하는 질환으로 항상 조심하면서 진료에 임해야 한다.

장중첩증이란 장이 꼬인다고 하면 일반인들은 볏짚으로 새끼를 꼬는 것같이 생각하기 쉬우나 사실은 꼬이는 양상이 전혀 다르다. 장이 회전하면서 꼬이는 것이 아니라 마치 망원경을 접을 때처럼 장의 한 부분이 장의 안쪽내강으로 말려 들어간 것을 말한다. 소장과 대장이 만나는 부위에서 가장 흔히 일어나며 소장과 소장 때로는 대장과

대장끼리 일어나기도 한다. 3개월에서 6세 사이에 가장 흔히 발병하며 80%가 2세 이내에 발병한다.

원인은 기질적인 원인이 발견되는 경우는 2~10% 정도로 보고되고 있으며, 대부분의 장중첩증은 특별한 원인 없이 발병한다. 감기 같은 바이러스 감염 후에 회장 말단부에 풍부하게 존재하는 임파조직이 비대해져서 일으킨다는 설이 가장 설득력이 있다.

가장 특이적인 소견은 구토와 복통으로 인한 보챔이다. 갑작스럽게 발생하는 심한 복통이 얼마 간격의 시간을 두고 주기적으로 되풀이되는 특징이 있다. 주로 2세 이전에 발병하기 때문에 아이가 복통 자체를 호소하지는 못하고 심하게 울거나 보채는 현상을 보인다.

실제로는 이런 구토나 복통 같은 증상이 전형적인 패턴을 보이지 않는 경우가 많아서 늦게 발견하여 낭패를 당하기 쉽다. 이밖에 발견할 수 있는 징후로는 배를 촉진해 보면 복부 종괴^{장이 뭉쳐서 만져지는 덩어리}가 만져진다.

진단은 주기적인 보챔과 복통, 구토, 복부 종괴, 혈성 점액성 대변 등의 증상과 징후로 장중첩증을 의심하게 된다. 우선 제일 먼저 관장을 해서 혈성 점액성 대변^{current-jelly stool}을 보이면 거의 90% 이상 진단이 되며 초음파와 조영술^{contrast enema}로 확진이 된다.

확진과 치료를 위해 조영제인 바륨을 넣어 장관 내의 압력을 증가시켜 꼬인 장을 풀어 주는 방법인 바륨 정복술^{barium reduction}을 시행하는데 실시간으로 투시 촬영을 하면서 장의 상태를 보아 가면서 진행한다.

90% 정도의 성공률을 보이며 기질적인 원인이 없거나 장천공과 장괴사 등의 소견이 없을 때 일차적으로 시도하게 된다. 드물지만 바륨정복술 시행 과정에서 장천공의 위험성이 있으므로 세심한 주의를 요한다. 가끔 진단이 까다로운 아이들이 있어서 의료사고의 개연성이 높은 병 중의 하나이다. 전공의 시절부터 겪었던 이들 변화무쌍한 장중첩증들의 사례를 살펴보기로 하자.

사례 1

소아과 레지던트 2년차 가을 주말 당직을 서고 있을 때 새벽 2시경 13개월 된 남자아이가 2시간 전부터 보챈다고 응급실을 방문하였다. 다른 증상이 별로 없어서 대변 때문에 배가 아파서 보챌 수도 있기 때문에 관장enema을 시켜 보았다. 그런데 대변은 정상이었으며 아이는 계속 아픈 모양을 하고 있었다.

2년 넘게 응급실에서 내공이 생겼다고 자부심을 가지고 있을 때였다. 어쩐지 이 아이는 느낌이 좋지 않았으며, 보채는 양상으로 보아 그냥 집으로 보내기가 꺼림칙하였다. 비록 관장에서 정상 변을 보였지만 장중첩증을 완전히 배제할 수가 없어서 집으로 보내지 않고 수액요법을 하면서 1시간 후에 다시 관장을 하도록 오더order를 내었다.

그날 응급실은 유난히도 소아 환자가 많았으며 중한 질환도 많아서 너무 고단하여 잠깐만이라도 잠을 청하려 의국으로 향했다. 인턴 선생에게 만약 다시 시도한 관장에서 혈변을 보이면, 영상의학과에 의뢰하여 바륨정복술을 시술할 수 있도록 지시하고 의국으로 올라와서 늦은 잠을 청했다. 물론 검사 의뢰 용지에 서명까지 마치고.

2시간 반 가량의 깊은 잠에 빠졌다가 5시 조금 넘어서 부족한 잠을 뒤로하고 이 아이가 걱정이 되어서 응급실로 향했다. 아이는 다시 시도한 관장에서 혈변을 보여 바로 영상의학과에서 바륨정복술로 풀고 안정을 취하고 있다는 인턴 선생의 보고에 또 한 번 가슴을 쓸어내려야 했다. 만약 처음에 시도한 관장에서 혈변을 보이지 않았다고 그냥 퇴원시켰다면, 물론 의사가 할 수 있는 모든 처치를 다하였지만 진단이 늦어져서 의료사고로 이어질 뻔했던 기억이 생생하다.

사례 2

스태프 때 입원 환자들의 상태를 파악하기 위해 1년차 주치의와 함께 아침 회진을 돌면서 놀라운 일을 경험했다. 주치의의 Case presentation에 의하면, 23개월 남자아이가 보채고 잘 먹지를 않는다면서 새벽 2시에 응급실에 내원하여 기본 검사에서 별다른 이상 소견을 발견하지 못하고, 일단 입원을 시켜 놓은 상태였다.

"L선생! 관장은?"

하고 주치의에게 호통을 겸하여 물어보았다.

"복강 내의 의심 소견을 파악하기 위해서는 제일 먼저 변의 상태를 점검해 보아야지."

라며 야단을 쳤다.

"미처 생각을 못했습니다."

라며 머리를 긁적거렸다.

우선 아이의 상태를 파악하기 위해 병실로 향했다.

이 아이의 아버지는 한의사였으며, 병실에 들어서는 순간

"선생님, 제가 보기에는 체한 것 같은데요."

라며 중얼거렸다.

"손발이 차고, 잘 먹지를 못합니다."

"어제 오후에 침을 놓았습니다. 체할 때는 침이 최고거든요."

어린이들의 체한(?) 소견에 대해 자기가 마치 최고의 권위자인 것처럼 으쓱되며, 자기 아이에게도 내원하기 전에 손과 발에 침을 놓았으나 아이의 컨디션이 나빠지면서 호전을 보이지 않자 다급한 마음에 응급실로 내원한 아이였다.

아이의 상태가 전형적인 소견을 보이지는 않지만 장이 꼬인 것 같다고 설명을 드렸다.

"……."

설마 하며 한의사는 고개를 갸우뚱거렸다.

이 환아의 경우에도 구토 소견이 없었으나 보채는 소견만으로도 일단 장중첩증을 의심해 보아야 함에도 간과한 면이 있었다. 복부 단순 촬영simple abdomin에서는 변과 가스로 인한 음영 때문에 특이 소견을 발견하지 못하였다. 회진 중이었으나 즉각 방사선과로 내려보내 바륨정복술을 시행하도록 하였다.

다른 환아들의 회진을 모두 마치고 방사선과를 찾았을 때는 장중첩증이 확진이 되었으며, 성공적으로 장이 풀려 병실로 이동 중이었다. 천만다행이었다. 응급실에서 확진을 못하고 시간이 한참 경과후에 시술을 받게 되었으며, 바륨정복술로 풀리지 않았다면 보호자의 항의를 면할 길이 궁색해지기 때문이다.

오후에 이 아이가 퇴원하면서 아버지인 한의사가 외래로 방문하였다. 고맙다는 인사와 함께 어린이들의 병은 어렵고 무섭다는 것을 깨달았다면서 멋쩍어하며 나의 진료실을 나섰다.

사례 3

스태프로 근무하던 어느 날 오전 진료 중에 18개월 된 여자아이가 몹시 아픈 모습으로 내 진료실을 찾았다. 구토와 보챔이 심하여 집 근처의 개인 의원에서 어제 진료를 받았는데 상태가 호전되지 않아서 종합병원을 방문한 아이였다.

초기 증상은 구토를 보였으며 24시간이 경과하였다. 진찰을 해 본 결과 장이 꼬여서 문제가 되는 장중첩증이 의심되었다. 만 하루가 경과하여 탈수증세를 보이면서 처져 있는 상태여서 소아과 당직의를 급히 호출하여 응급처치로 수액요법을 하면서 방사선과에 의뢰를 하였다.

한참 시간이 흐른 후에 당직 선생이 안색이 안 좋은 모습으로 보고를 하는 게 아닌가. 조금 전에 바륨정복술을 위해 방사선과로 의뢰한 장중첩증 아이가 바륨정복술 중에 장천공이 일어나 바륨복막염 barium peritonitis이 되었다는 것이다. 영상의학과 2년차 레지던트가 시술을 담당했는데 시술하기 전에 소아과 당직의가 아이에 대한 병력과 장의 상태에 대해 자세한 정보가 전달되어야 하며 어느 수준까지 정복술을 시행할 것인지 등을 논의하여야 한다.

어느 부분에서 문제가 있었는지 즉 영상의학과 담당의의 무리한 시술이 문제였는지 아니면 소아과 담당의의 정보 제공이 부족하였는지, 고의는 아니었다 하더라도 누가 어느 정도의 잘못이나 실수를 했는지 등을 차후에 컨프런스motality conference에서 가려야겠지만 심각한 문제가 발생한 것이다.

그 아이는 응급으로 수술실로 옮겨져 외과에서 수술을 받았으며 중환자실에서 오랫동안 치료를 받아야 했다. 바륨복막염인 경우에는 복벽의 상처가 잘 아물지를 않아서 약 8개월간의 병원 생활을 하고 커다란 반흔scar을 남기고 퇴원을 하였다. 참으로 일어나서는 안되는 이 사건으로 인해 소아과를 전공하는 모든 의사들에게 장중첩증의 진단과 처치에 대해 커다란 경각심을 안겨 주었다.

개원한 지 5년째 되는 해 봄에 두 돌쯤 되는 남자아이가 기운이 없어한다면서 아이 엄마가 안고 왔다. 구토도 없고 별로 보채지도 않았다고 한다. 그런데 아이는 약간 기운이 없어 보일 뿐 크게 아파 보이지는 않았다. 당장 순간적으로 '혹시 저혈당에 빠졌나? 혹은 장이 꼬였나?' 하는 의문이 떠올랐다.

장중첩증에 대해서는 한번도 놓친 적이 없을 정도로 내공이 쌓였다고 자부하고 있던 때였다. 아이를 진찰대에 눕히고 복부를 천천히 촉진해 본 결과 덩어리mass 같은 것이 만져졌다. 이것은 장이 꼬인 부위가 만져진 것일 수도 있고 변비로 인하여 변의 덩어리stool가 만져진 것일 수도 있다.

즉각 관장을 시행하였더니, 캐첩 같은 혈변current-jelly stool을 보였다. 장중첩증이 확실했으며 대학병원에 의뢰하여 곧바로 바륨관장술로 풀 수 있었다. 이 아이와 같이 성격이 순한 아이들은 별로 보채지를 않기 때문에 진단 시기를 놓치기 쉬운데, 다행히 진단하게 되어 얼마나 다행이었는지 모른다. 뿌듯하였다.

이 환아의 할머니와 어머니가 약 열흘 후에 나의 진료실을 방문하였다.

"선생님! 선생님이 우리 손주 살려 주었어요. 생명의 은인입니다. 우리 동네 최고의 명의!"

라며 할머니의 칭찬이 대단하였다.

"오늘 우리 아이 생일을 맞아 가족들이 모두들 좋아합니다."

라며 진료실의 책상 위에 노란 보자기에 싼 보따리를 올려놓았다. 아이의 생일을 맞아 떡을 가지고 온 것이었다. 그 후에도 매년 생일날이 되면 어김없이 떡을 가져와서 맛있게 나누어 먹었던 기억이 났던 이 아이는 성장하면서도 나의 클리닉을 계속 다녔다. 얼마 전에는 군대에 다녀오겠다며 인사차 다녀갔다. 씩씩한 모습으로.

상기의 사례에서 보았듯이 장중첩증의 임상 양상은 변화무쌍變化無雙하다. 영유아들의 구토와 보챔은 신중을 기해서 진료에 임해야 함을 보여 준 사례들을 모아 보았다. 최근에는 영양 상태가 좋아져서 그런지 장중첩증도 발생 빈도가 낮아진 것 같다. 그래도 가끔씩 발견되고 있으며, 장중첩증에 당하지 않기 위해서는 항상 긴장의 끈을 놓치지 말아야 할 것이다.

사정事情이 딱한 환자들

소아과에 들어온 지도 벌써 3개월이 지나고 환자 처치에도 나름대로 익숙해질 무렵, 응급실 당직을 혼자서 보게 되었다. 물론 윗년차 레지던트가 백듀티back duty, 원래 1년차가 돌아가면서 당직을 서는데 환자가 넘칠 때나 의학적 지식이 부족할 때를 대비해서 이중 삼중으로 같이 당직을 서면서 보조해 주는 역할을 한다를 서 주기는 하지만, 힘들었던 100일을 별다른 사고 없이 잘 넘기고 이제 제법 환자 처치에 자신감이 들고 병원 사정도 어렴풋이 알아 갈 무렵이었다.

사례 1

초여름 어느 날 원내방송paging이 울렸다. "우영춘 선생님, 응급실로! 우영춘 선생님 응급실로!" 급한 호출이다. 병동에서 입원 환자들 처치에 한참 몰두하다 페이징 소리에 급하게 응급실로 향했다. 응급실은 항상 어수선하고 긴장감에 싸여 있는데, 종합병원에서 전원되어 온 3세 된 여아가 호흡이 약해지면서 의식이 없는 상태로 응급처치를 받고 있었다. 정말로 위급한 상황이었다.

상태가 위급한 환자의 경우 응급실에 도착하면 일단 응급실 인턴이 기본적인 처치를 한다. 그중에서 제일 먼저 해야 하는 것이 기도를 확보하고 동시에 기본적인 검사routine lab를 위해 채혈혈당, 산소포화, CBC, 간기능검사 등과 함께 혈관 확보 차원에서 정맥주사를 놓는다.

이 아이는 수일 전부터 감기 증세로 개인 병원에서 감기약을 복용하였는데, 갑자기 약 1시간 전부터 호흡이 고르지 않고 의식이 혼탁해지기 시작했다고 한다. 이런 경우 보통 급성 뇌수막염, 라이증후군Reye syndrome, 소아에서 간 손상과 함께 혼수상태에 빠지면서 치사율이 높은 병을 의심한다. 응급으로 낸 검사 결과를 살펴보니 역시 라이증후군 때에 보이는 간기능검사상 소견을 보여 바로 중환자실 입원을 지시하고, 병동으로 올라와서 입원 환자에 대한 처치를 하고 있었다.

한참을 지나 응급실에서 "라이증후군 환아의 부모님이 경제 사정상 입원을 못하고 퇴원을 하겠다."고 연락이 와서 다시 급하게 응급실로 향했다. 이 환아의 경우 치사율이 높기 때문에 퇴원하면 생명을 보장할 수 없는 경우라 부모님을 설득해 볼 생각이었다. 그런데 막상 부모님을 뵙고 보니 하루하루 벌어서 먹고 사는 일용직 노동자인 아버지의 경제적인 사정이 매우 딱해 보였다.

80년대 중반에는 의료보험제도가 정착되지 않았던 때라 일반 서민들에게는 병원 문턱이 높았다. 이 아이의 부모님도 건강보험의 혜택을 받을 수 없는 일반 환자라 병원비 부담이 엄청났다. 그러니 더 이상 입원을 강요할 수 없어서 자의퇴원서DAMA, discharge against medical advice를 쓰고 시립병원으로 갈 것을 권유하면서 진료 기록과 함께 퇴원을 허락하였다. 물론 시립병원으로 갔는지 그냥 집으로 갔는지 알 수 없으나 마음이 편치를 못했다.

사례 2

응급실로부터 급한 호출이 왔다. 35개월 된 여자아이가 의식이 오락가락하고 창백해 보인다며 응급실 인턴으로부터 노티^{notify}를 받고 곧장 응급실로 향했다. 새벽에 갑자기 숨쉬는 것이 거칠어지면서 급속도로 나빠져서 의식이 오락가락한다는 것이다. 주위에 있는 종합병원에서 전원되어 온 아이였는데, 그쪽 의사의 소견으로는 라이증후군이나 뇌 내의 병변이 의심된다고 하였다. 자세히 진찰을 하면서 문진을 해 본 결과 호흡곤란이 극심하여 산소포화도가 낮아진 상태였다.

나의 직감적인 소견으로는 급성 후두염 중에서 가장 심한 경과를 보이는 급성 후두개염으로 추정되어 산소를 공급하면서 스테로이드^{solucotef}를 정맥주사하였다. 약물이 투입되자마자 거짓말같이 아이의 상태가 호전되고 의식을 회복하면서 깨어나 자리에 앉기까지 하였다. 스테로이드의 응급 투여가 이렇게 효과가 탁월한지를 실감할 수 있었다.

아이의 상태가 위급한 상태를 벗어나 어느 정도 호전을 보였지만 급성 후두개염이 무서운 질병이라 입원 치료를 반드시 받아야 하기 때문에 오더를 내고 병동으로 올라왔다. 그런데 인턴으로부터 보호자의 경제 사정상 입원이 힘들다는 보고를 접했다. 설득도 소용없이 다시 나빠지는 소견을 보이면 즉시 내원할 것을 주지시키고 보낸 적이 있었다.

사례 3

생후 8개월 된 여자아이가 2일 전부터 고열과 함께 설사와 구토가 심하여 응급실로 왔다. 잘 먹지를 못하였다고 하며, 소변도 본 지가 24시간이 지났다고 하였다. 내가 소아과 의사 생활을 하면서 보아왔던 아이들 중에서 가장 심각한 탈수증에 빠진 아이였다. 피부는 수분 부족으로 탄력이 없어졌으며, 혀는 시멘트 바닥같이 바짝 말라 있었다.

어떻게 이렇게 심하도록 아이를 방치(?)했을까? 화가 치밀어 올랐다. 환아는 아주 심한 탈수 상태로 응급 상황이었기 때문에 수액요법으로 빠른 시간 내에 탈수를 교정해 주어야 위험한 고비를 넘길 수 있다. 빠른 속력으로 수액을 정맥으로 주입하는 초기수액요법 initial hydration을 해 주면서 어느 정도 탈수가 교정되는 것이 보이면 유지요법으로 들어간다.

그런데 이 아이는 초기수액요법을 하는 도중에 경련을 일으켰으며 수액이 500ml가 들어갔는데도 소변을 보지 않았다. 아주 심한 탈수와 전해질 불균형으로 인하여 경련을 일으킨 것으로 추정되었으며 이뇨제 투여와 유지요법으로 급한 불은 끌 수 있었다. 아이의 위급한 상태를 설명하고 향후 입원 치료를 위해 보호자를 만났다.

아이의 엄마는 남루한 차림새에 첫눈에 생활이 어려워 보였다. 병원비가 없어서 지금 주입하고 있는 수액주사가 끝나면 그냥 집으로 데려가겠다는 것이었다. 더 이상의 검사와 치료를 하지 말아 달라고 애원하였다. 참으로 난처하고 마음이 아팠다. 그래서 응급실 수간호사와 상의하여 여분의 많은 환자들을 치료하다 보면 수액이 장부상의 수보다 남는 경우가 종종 있다. 링거액으로 수액요법을 지속하면서 최대한 병원비가 나오지 않게 배려하기로 하고 다음 날 오전까지 응급실에서 입원 치료를 하였다. 사실 거의 무료에 가깝게 사정을 봐준 셈이었다. 재단 측에서 보면 싫어하겠지만.

아이의 상태는 많이 호전되었으나 가능하면 며칠 더 입원 치료를 받으면서 탈수와 전해질의 불균형을 교정하고 상태가 더 좋아지면 퇴원하는 것이 바람직하다. 그러나 경제적인 여유가 없어서 자의퇴원을 원하였다. 더 이상은 나로서도 도와주기가 어려웠으며, 퇴원 후에 복용할 약과 전해질 용액은 나의 자비로 마련해 주었다. 어쩔 줄 몰라 하는 아이의 어머니는 연신 허리 굽혀 고맙다는 인사를 하면서 응급실 문을 나섰다. 탈수가 교정되고 건강을 되찾아서 무럭무럭 잘 자라기를 기원하면서…….

응급실에 내원한 환자와 보호자들의 가장 큰 불만은 무엇일까? 선진국인 미국의 경우에도 진료비에 대한 것이라고 한다. 살기가 힘들었던 옛날에는 꼭 필요한 검사나 치료도 거부하고 자의퇴원을 하였었다. 최근에는 복지 정책의 시행으로 진료비에 대한 불만은 적은 편이나 응급실에서는 응급의료관리료 등이 부과되어 부담스러워하는 것이 사실이다. 이때 부과진료비에 대해 의료진에게 항의할 때 의사들은 괴롭다. 사실 의사나 간호사들은 진료비에 대한 아무런 권한도 없으며 얼마가 책정되는지도 전혀 모른다.

의료진은 진료비와 아무런 상관없이 소신껏 치료에 임할 수 있는 의료 환경이 조성되기를 바랄 뿐이다. 그 방법으로 하루빨리 최상의 의료 보장이 되어서 쉽게 진료를 받을 수 있는 날이 왔으면 얼마나 좋을까. 또한 극빈층을 위한 의료 시스템도 구축되어 '돈이 없어 진료를 받지 못하는 환자가 없는' 좋은 세상이 오기를 바란다.

'체하다 Dyspepsia' 에 대한 이해

토하려고 하는데, 체한 것 같아요.

배를 아파하는데, 과식해서 체한 것 같아요.

열이 나는데, 체한 것 같아요.

손발이 찬데, 체하지 않았을까요?

소아과 클리닉을 찾아오는 외래 환자들이 가장 많이 호소하는 것 중의 하나가 아마도 '체하다' 일 것이다. 대개 나이 든 할머니들은 "토해도 체했다, 열나도 체했다, 보채도 체했다."로 말하며 진료실을 찾는다.

어린이들의 질병은 주로 바이러스 감염에 의해 발생하는데, 감기나 기관지염에 걸려도 배가 아프고 소화가 잘 안 된다. 이럴 때에도 체기가 있으면서 감기를 앓는다고 생각하는 경향이 있음은 부인할 수 없는 현실이다. 그래서 보통 사람들이 일반적으로 생각하는 '체하다' 의 사전적인 의미를 살펴보자.

무언가에 '체하다'를 표현할 적에 체증이라는 단어를 사용하고 있다. 주로 성인에서 쓰는 용어로서 현대 의학을 공부한 의사들도 무조건 부정적으로 생각할 것이 아니라 소화불량의 우리말 정도로 여기는 것이 옳다고 본다. 환자나 보호자들이 체했다고 호소하면, 그냥 GI motility소화관 운동기능의 disorders질병이 동반되었을 것으로 수긍하면서 진료에 임하는 것이 훨씬 좋을 것으로 본다.

체증이라는 것은 과식하거나 자극적인 음식을 먹은 후에 갑작스럽게 소화가 잘 되지 않고 음식이 목에 걸린 듯한 느낌을 받거나, 배에 가스가 가득 찬 듯한 느낌을 동반하는 것을 말한다. 명치 부위가 결리고 답답하거나 타는 듯이 아플 수 있다. 때로는 트림이나 구역질, 상복부의 불쾌감, 설사 등이 함께 나타나기도 하고, 이마에 식은땀이 흐르거나 손발이 차가워지고 기운이 없어지며 어지러움을 호소하기도 한다.

그러나 '체했다'는 표현에 정확히 상응되는 의학용어가 없기 때문에 현대 의학에서는 이런 말을 잘 사용하지 않으며, 소화불량이라는 단어로 대체해서 쓰는 경우가 많다. 체한 증상은 대부분 일시적으로 나타났다가 특별한 치료 없이 없어지기도 하고 때로 장기간 반복적으로 나타나기도 한다.

사례

지난 여름 휴가차 고향 마을의 친척집에 잠시 머무를 기회가 있었다. 손자뻘 되는 다섯 살 난 여자아이가 이틀 전부터 복통을 호소하면서 힘없이 누워 있었다. 처음에는 구토를 하였으며 구역질을 느끼면서 식욕이 없는지 전혀 먹지를 못하고 있었다.

전날 시골에 있는 동네 의원에 다녀왔는데, 의사의 소견으로는 장염 초기 증세로 의심하였으며 장염에 준하는 약을 받아 와서 복용하였다고 한다. 약을 복용하였으나 아무런 차도가 없었으며 점점 아이는 처져 가고 있었다. 마침 소아과 의사인 나를 보자마자 무슨 도움을 받을 수 있을까 하고 반가워하였다.

사실 진료실에서 청진을 하면서 본격적으로 진찰을 하는 것이 아니기 때문에 내키지는 않았으나 문진과 질병의 경과로 보아 로타바이러스 같은 균에 감염되어 앓게 되는 장염 초기로 의심되었으며 수액요법이 필요한 상태였다. 완전히 굶기고 수액요법을 하면 쉽게 회복할 수 있으나 사정이 여의치 않아 내가 따로 해 줄 것은 별로 없었다.

그런데 저녁 무렵에 현대 의학을 전공한 나로서는 놀라운 광경을 목격하게 되었다. 병원을 다녀오고 처방해 온 약을 복용하였으나 전혀 차도를 보이지 않았으며, 아이가 아프다는 얘기를 듣고 이웃에 사는 한 할머니가 방문하였다. 이 할머니는 젊어서부터 '손가락 끝을 바늘로 따서 피를 내는 방법'으로 '체증'을 낮게 하는 것으로 소문난 분이었다. 시골 마을에는 대개 같은 성(姓)을 가진 친인척들이 모여 살기 때문에 이 할머니도 내가 시골에 살았던 어린 시절부터 알고 지냈던 분이었다.

이 할머니는 이 아이의 손을 따기만 하면 좋아질 수 있다고 장담하면서 기어코 아이의 손을 실로 묶은 후 바늘로 피를 내었다. 소독에 대한 개념 같은 것에는 전혀 관심도 없었으며, 소아과 의사인 내가 하지 말라고 막는다고 포기할 상황도 아니어서 지켜보고만 있을 수밖에 없었다. 그러곤 서로 덕담을 나누며 시간을 보내고 있었다. 내심 얼마나 효과가 있을지에 대한 궁금함이 가득할 즈음에 누워 있던 아이가 혈색이 좋아지면서 일어나 갈증을 호소하였다.

아이의 상태가 손을 따기 전보다 훨씬 생기가 돌면서 배고픔을 호소하는 것으로 봐서 옛날 어른들이 말하는 '체증'을 앓고 있었으며 '손을 따는 민간요법'의 효과를 눈으로 직접 확인하는 순간이었다. 정말로 놀라운 일이었다. 현대 의학으로 어떻게 설명해야 할지 막막하였다. 이 할머니의 얘기로는 손을 따서 피를 흘리게 하면 위^{stomach}의 막혀 있던 혈액순환이 좋아지면서 낫는다고 일러 주었다.

이 일이 있은 후 나는 한동안 '손을 따는 행위'가 어떤 원리에 의하여 '체증'을 풀리게 하는지에 대해 고민에 빠졌었다. 여러 의학 자료들을 살펴보았으나 명쾌한 답을 얻지 못하였으며 두고두고 해결해야 할 난제로 남아 있다.

'체했다'고 여겨지는 소화불량의 일반적인 치료는 다른 질병이 동반되지 않았다면 가능하면 굶는 것이 좋으며, 죽이나 미음같이 소화가 쉬운 유동식을 먹는 것이 권장된다. 설사나 구토를 동반하는 경우에는 보리차나 미음 등으로 수분을 보충하면서 경과를 관찰하고, 때로는 위장관운동촉진제, 소화제, 위산분비억제제, 진경제 등이 증상 완화에 도움이 되기도 한다.

소화불량 증상을 자주 호소하는 사람들은 평소 과식을 삼가고, 자극성이 심한 맵고 짠 음식을 피해야 한다. 천천히 잘 씹어 먹는 습관을 가져서 위의 부담을 줄이고, 취침 전에는 음식 섭취를 가급적 피해야 한다. 카페인, 탄산음료 등의 인스턴트식품을 피하고 술과 담배는 금하는 것이 좋다. 음식은 가능한 한 소량씩 천천히 섭취하는 것이 위장의 부담을 줄일 수 있다. 지방이 많은 음식은 위장관 운동을 느리게 하여 증상을 악화시킬 수 있으므로 특히 튀긴 음식은 피하는 것이 좋다. 또한 규칙적인 생활과 적당한 운동을 하고 충분한 휴식을 취하며 정신적인 스트레스를 피하는 것도 도움이 된다.

상기의 소견에서 보았듯이 성인에서 체했다고 느끼는 것은 의학적으로 소화불량증을 말한다. 그런데 어린이들은 조금 다르다. 어린이들은 주로 바이러스의 감염에 의한 장염이거나 감기에 의한 경우가 대부분이다. 바이러스에 감염되면 열이 나면서 소화기 계통의 증상을 동반하는 경우가 대부분이어서 토하거나 배가 아플 수도 있다. 이때 구토, 구역질과 복통을 일반인들은 체했다고 오해하는 것이다.

그래서 현대 의학을 공부한 의사들이 '체하다' 라는 의학용어가 없다고 하여 환자에게 무조건 '체하다' 라는 질병은 없다고 다그치면, 이 의사는 실력이 없다고 오해할 수도 있을 뿐만 아니라 라포르^{rapport,} 의사와 환자 사이의 좋은 관계에 악영향을 미쳐 질병을 낫게 하는데 하등의 도움이 되지 않는다. 소아에서는 장염이나 감기에 걸려도 체중 같은 증세를 동반함을 환자에게 충분히 설명하고 치료에 임하면 빠른 회복을 도울 수 있을 것이다.

나의 천직

—소아과 의사

하얀 의사 가운을 입고 병원 근무를 시작한 인턴 초기에 한 선배 의사가 진지하게 충고해 주었다.

"의사로서 성공하려면 두 가지를 꼭 갖추어야 한다네!"

"선배님! 그게 뭐죠?"

"흰머리와 치질이지."

"네? 아니 왜, 흰머리와 치질이?"

"흰머리는 의사를 노련하게 보이게 하고, 치질은 의사의 표정을 매우 심각하고 진지해 보이게 만들기 때문이지."

80년대 들었던 얘기인데 과연 지금도 이 충고가 내가 천직으로 생각하는 요즈음의 소아과 의사에게 통할지 의구심이 생기는 것이 사실이다. 그 시절에는 의사의 수가 적기도 하였고 의료비가 비싸서 병원 문턱이 높았던 시절이었다. 당연히 의사의 권위가 높았으며 이런 충고가 통하였을지 모른다.

그러나 최근에는 머리카락이 하얗게 변하면 할아버지 의사라고 하면서 인기가 떨어진다. 의학의 발전 속도가 빨라서 옛날에 공부한 지식과 경험만으로는 부족할 뿐만 아니라 현대 의학의 새로운 지식의 습득도 부족하리라고 보기 때문에 방문하는 환자는 줄어들게 된다.

의사의 표정도 근엄하거나 심각해 보이면 위압감을 느끼게 되어 치유하는데 도움이 되지 않을 뿐만 아니라 소통에 장애 요인으로 작용하게 된다. 특히 어린이 환자들은 인자하면서 약간은 장난스러운 모습으로 진찰을 하는 것이 바람직하다고 본다.

소아과 전공의 시절을 회상해 보면 아쉬움이 남는 부분이 제법 있다. 특히 마음에 부담으로 남는 것은 몸이 피곤하고 바쁘다는 핑계로 더 자상하게, 더 친절하게, 더 열심히 치료에 임하지 못한 것 같아 아쉬움으로 남아 있다.

원래 소아과를 지원하는 인턴들은 이미 결혼을 하여 자기 자식을 가지고 있는 사람에게 가산점(?)을 주어야 되지 않을까 생각한다. 왜냐하면 자식을 키워 본 부모라야 남의 자식의 귀중함도 더 잘알 것이며 아이의 성장 과정을 관찰해 보았기 때문에 소아과학의 지식 습득에도 많은 도움이 될 것이기 때문이다. 사실 나는 소아과 레지던트 말년차에 결혼을 하였기 때문에 이런 좋은 점들을 느끼지 못하고 수련 과정을 마쳤다. 나중에 자식을 키우면서 이런 아쉬운 점들을 깨닫게 되었으며 좀 더 어린이 환자들에게 다가갈 수 있었고 좋은 진료를 위해 최선을 다하였다.

평소 소아과 진료실의 풍경을 보면 환자가 몰리는 시간에는 시장 바닥과 비슷하게 번잡하고 시끄럽고 소란스럽다. 환자인 아이와 보호자가 동반해서 방문하기 때문에 실제 진료를 받는 인원의 두 배 이상의 사람들이 들락거린다. 아이들의 울음소리에 예방주사를 맞지 않으려고 저항하는 아이들의 고함 소리 등으로 시끄럽고 산만하기 그지없다.

　이런 소아과 진료실의 모습을 소아과 의사가 아닌 다른 과¹ 특히 내과나 외과, 정신과 의사들은 무척 싫어하며 소아과 의사가 안 된 것을 다행이라고들 수군거리기도 한다. 그러나 나는 이런 진료실의 모습들이 활기차 보일 뿐만 아니라 오히려 아이들의 울음이 노랫소리같이 들리기도 한다. 또한 어린이들과 부대끼며 진료하는 일들이 즐겁고 보람되어서 시간 가는 줄도 모르고 하루하루를 지내는 것으로 봐서 소아과 의사가 천직임에는 틀림없다는 생각이 든다.

　매일 아픈 어린이들의 진료를 하면서 아무리 힘들거나 심한 환아를 만나도 스트레스를 받아 본 적은 없다. 나 자신이 가장 좋아하는 일을 하기 때문일 것이며 항상 한결같은 마음으로 진료에 임하려고 다짐을 하면서 진료실을 지키고 있다. 이웃 병원 다른 의사의 진료를 받을 적에는 몹시 울면서 진료를 거부하던 아이들이 나와 마주 앉아 진료를 시작할 때에는 울지도 않고 순순히 응하는 모습에 부모님들이 의아해한다. 내가 잘 생기지도 않았으며, 그렇다고 아주 살살이같이 대하는 것이 아닌데도 말이다. 아이들의 눈에 비친 의사인 나의 모습이 친근하게 느껴진다는 것만은 사실인 것 같다.

　우리가 살아가면서 내려야 하는 중요한 선택이 두 가지가 있다. 하나는 배우자의 선택이고 다른 하나는 직업의 선택이다. 나는 소아과 의사라는 직업의 선택도 나의 적성과 능력으로 보았을 때 최선의 결정이었다고 생각한다.

이 최고의 선택에 일등 공신은 의사가 되도록 멘토를 해 주신 선친임에는 틀림이 없으며, 어린이들과 관계가 있는 일을 하고 싶었던 젊은 시절의 바람이 옳았던 것 같다. 또한 보잘것없는 나를 소아과를 지원하도록 배려해 주시고 가르쳐 주신 유기양 교수님께 깊이 감사드리며 수련 받을 적에 같이 동고동락했던 선후배들께도 감사를 드린다.

친구들은 모두 은퇴한 지금도 개원 초기와 같은 장소에서 초심으로 돌아가 열심히 어린이 환자들을 돌보고 있으며 날마다 어린이들과 부대끼며 즐겁고 보람차게 살아가고 있음에 행복할 따름이다.

나의 클리닉을 방문하는 환아들의 반 정도는 흑석동이 아닌 먼 곳에서 일부러 찾아온다. 나를 믿고 의지하는 어린이들이 있어 오늘도 어김없이 진료실을 지킨다. 이런 생활이 내가 평소에 꿈꾸어 왔던 소아과 의사의 모습이었으리라 믿으며 앞으로도 체력이 허락하는 날까지 어린이들의 건강을 위해 진료실을 지킬 생각이다.

메디컬 신문인 '청년의사' 에 실린 인터뷰2002-04-01
흑석동 우소아과에는 뛰어다니는 아이들과 이를 말리는 엄마들의 모습이 점심시간이 지나도 이어지고 있었다. 어수선한 분위기 속에서도 아이들 진료에 여념이 없는 우 원장의 모습은 진지하다. 시끄럽고 어수선해서 정신이 없을 것 같은데도 우 원장은 아이들의 울음소리가 노랫소리로 들린다고 할 정도로 소아 진료에 푹 빠져 있다.

예전에는 의대를 졸업할 당시에 어느 과를 전공할 것인지 미리 결정하고 인턴을 했었다. 졸업을 앞두고 고민에 빠졌다. 원래부터 소아과를 전공하고 싶었으나 수석으로 졸업하는 동기가 소아과에 남겠다고 하였다. 그래서 차선책으로 당시 '마이너의 꽃'이라고 불리던 이비인후과에 남기로 했다. 소아과 전공을 포기해야만 한다는 고뇌를 거듭하다가 이비인후과에 남는 것을 포기하고 군에 먼저 입대하기로 했다. 제대 후 바라던 소아과를 전공하게 됐다. 자신이 하고 싶었던 일을 하게 되어 지금도 너무 행복하다는 그.

우 원장은 소아과를 선택한 것이 정말로 잘한 일이라고 인터뷰 중에도 여러 번 반복했다. 그의 외모는 40대 후반이라 믿기 어려울 정도다. 사실 30대 후반이라고 얘기해도 믿을 만큼 젊어 보인다. 우 원장은 "아마도 아이들과 함께 있어 그런가 봐요. 그리고 소아과를 하면서 사는 것이 즐거우니까 나이보다 젊어 보이나 보죠."라고 웃으며 말했다. 아마도 아이들을 향한 순수한 마음이 외모로 투영된 것이 아닌가 하는 생각이 든다.

"나는 털 깎는 일이 제일 싫다."
강남성심병원에서 인턴 시절을 보낸 우 원장은 그해의 인턴 중에는 유일하게 군대를 갔다 온 사람이었다고 한다. 다른 동료들에 비해 나이가 많았던 그는 더 열심히 수련에 임했고, 누구에게도 뒤지지 않을 만큼 바쁜 생활을 했노라고 말했다. 당시 강남성심병원은 개원 초창기였고 서울 중심가에 위치해 있어 환자들이 넘쳐 났으니, 당연히 인턴이 해야 할 일도 많았다.
잠잘 시간은 적고 인턴 숫자는 한정되어 있어 정신없이 바쁘던 그 시절,

여러 가지 일들 중에서 가장 하기 싫은 일은 '털 깎는 일'이었단다. 다른 직종에 있는 사람들이 들으면 의아해할 말이겠지만, 수술 환자들의 전처치를 해야 하는 인턴들의 수고를 아는 이는 다 이해할 일. 유독 그 일이 하기 싫었다는 그는, "하루 일과를 다 마치고 나서 마지막으로 하는 일이 수술 환자 전처치였는데, 어느 날 수술을 앞둔 치질환자가 몇 명 있었어요. 치질 환자는 관장을 시킨 후 마지막에 항문 주위에 있는 털을 깎아야 하는데, 너무 졸린 나머지 환자에게 상처를 내고 말았어요. 게다가 털도 완벽하게(?) 깎지 못해 스태프에게 호되게 야단을 맞았지요."라며 어색한 듯 웃는다.

그는 "새벽에 자고 있는 환자를 깨워서 털을 깎아야 하는 일도 많았죠. 깜깜한 병실의 불을 켜고 환자들을 억지로 깨우는 것도 싫지만 그 새벽에 졸린 눈을 비비며 털을 깎아야 하는 심정은 그리 유쾌하지 않죠."라며 당시를 회상했다.

소아과 개원을 한 이후부터 아이들이 더욱 예뻐 보인다는 그는 아이들의 입장에서 진료하고 얘기를 해 나가기 때문일까, 아이들이 무척 그를 좋아한다. 한번은 이런 일이 있었다고 한다. "동네 유치원 원장이 어느 날 한 보따리 무엇을 가지고 왔어요. 펼쳐보니, 아이들의 그림이었어요. 유치원 원장은 '그리고 싶은 그림을 그려 보라'고 했는데, 대부분의 아이들이 진료하고 있는 제 모습을 그린 거예요. 유치원 원장이 신기하기도 하고 고맙기도 해서, 그림을 보여 주러 왔다고 하더라구요. 얼마나 기분이 좋았던지."

그는 원래부터 아이들을 좋아했다고 한다. 만약 의사가 되지 않았다 하더라도 어린이와 함께하는 직업을 가졌을 것이라고 할 만큼.

우 원장은 전공 선택과 관련해 할 말이 많았다. "아이들은 더럽지가 않잖

아요. 술·담배를 하지 않으니 몸이 깨끗하고 아프면 굉장히 아파 보이고, 다음 날 괜찮으면 언제 그랬냐 싶게 뛰어다니고……. 마치 꽃 같아요, 물을 주면 되살아나는."이라며, 과를 선택할 때 자신의 적성을 깊이 고민한 뒤 결정하라고 후배 의사들에게 조언을 했다. "경제적 소득에 연연하지 말고 인턴 시절에 자신이 어떤 과를 돌 때 가장 보람이 있고 즐거웠는지 잘 생각해 보세요."라고 부드러운 어투로 말했다.

아이들과 함께 있어 즐겁고, 아이들의 울음소리가 노랫소리로 들리며, 아이들의 똥이 더러워 보이지 않는다는 그. 소아과 의사는 그의 적성에 딱 맞는 천직인 것처럼 보였다. [유혜정 기자]

제4장

의사들의 삶과 꿈

2004년 6월 3일 일본뇌염의 증상과 예방에 대해
KBS뉴스 인터뷰 장면.

왜 의사들은 어려운 영어로 얘기들 할까요?

 의사들의 대화에는 일반인들은 도저히 무슨 뜻인지 알아들을 수 없는 외래어가 자주 사용되는 것을 볼 수 있다. 주로 의학용어들을 우리말하듯이 섞어서 쓰기도 하고 줄임말을 많이 사용하기 때문일 것이다.

 현대 의학이 서양으로부터 들어오면서 영어로 된 원서로 공부를 하기 때문에 영어식 의학용어에 익숙해져 있다. 졸업 후에 보게 되는 의학 서적이나 저널도 영어로 되어 있는 경우가 많으며, 우리말로 매끄럽게 번역된 교과서도 없어서 외국어를 그대로 사용하는 습관 때문이기도 하다. 그리고 환자들 앞에서 대화를 나눌 적에 환자의 상태에 대해 환자가 무슨 뜻인지 알아차리지 못하게 하면서 의사들끼리 논의discuss하기 위해 영어를 섞어서 쓰기 때문이다.

알아듣기 힘든 의학용어
 전방에서 군의관으로 근무할 때의 일이다. 의무실에 처음 방문하는 병사들을 위해 진료에 앞서 의무실을 방문하면 인적사항과 함께 방문한 목적을 적도록 되어 있다. 현재 앓고 있는 질병의 으뜸 증상인 '주소Chief complaint'를 쓰도록 되어 있었다. 그런데 방문하는 병사들은 어느 누구 할 것 없이 집주소나 부대가 위치한 주소Adress를 적어 내곤 했다. 그만큼 의학용어를 일반인들은 생소하게 받아들이고 있는 것이다.

일반적으로 통용되는 의학용어 중에는 엄격하게 말하면 완전히 틀린 용어 선택인데도 흔히 쓰이고 있는데, 그 대표적인 것이 축농증과 맹장盲腸염이다. 축농증은 농 즉 고름이 고여 있다는 뜻인데 코 옆에 위치한 부비동에 염증이 생긴 경우를 말하며 부비동염이라는 용어가 정확한 명칭이다.

맹장이란 것은 대장이 시작하는 부위가 막혀 있는 것처럼 보여서 맹장이라는 용어가 생긴 것 같은데, 실제로 이 부위에만 염증이 생기는 경우는 드물고 대장 전체에 바이러스나 세균 감염으로 대장염을 앓는 경우가 있긴 하나 별 문제가 되지는 않는다.

맹장염의 정확한 명칭은 충수돌기염이다. 맹장의 끝에 꼬리처럼 달려 있는 돌기를 충수돌기라고 부르며 여기에 염증이 생긴 것을 충수돌기염이라고 부르고 반드시 수술로 제거해야만 한다. 영어로는 부록처럼 달려 있다고 해서 'Appendix'라는 어원에 염증을 뜻하는 -tis를 붙여 'Appendicitis'라고 한다. 의료인들은 주로 '아뻬appe'라고 줄여서 말한다. 이렇게 축농증과 맹장염은 워낙 일반화되어 있어서 정확한 명칭으로 고쳐 쓰지 않고 일반적으로 통용되고 있다.

D/D는 감별진단Diffrential diagnosis의 약자이다. 최종 진단이 나오기 전에 의심되는 질환들을 감별하기 위해 붙인 질환들을 말한다. 이 감별이라는 용어도 '태아의 성감별 혹은 친자 감별' 이라는 용어와는 다른 의미인데 환자들에게는 쉽게 와 닿는 표현은 아니다.

P/E는 의학에서는 이학적 검사Physical examination의 약자다. 일반적으로 '신체검사 혹은 물리시험' 으로 오해하기 쉽다. 의학에서 이학적 검사란 환자의 신체를 시진, 촉진, 타진, 청진으로 진찰하는 것을 뜻한다. 최근에는 의학용어를 순우리말로 바꾸어 가려는 노력이 진행되고 있다는데 늦었지만 다행이다.

싸이코psyco 하면 일반인들은 대부분 미친 사람 혹은 정서적으로 문제가 있는 사람으로 알고 있는데 의학용어로는 정신과학psychiatry, 심리학psychology을 의미하며 일반적으로 심리학, 정신 물리, 심리의 뜻을 가지고 있다. 엉뚱한 행동을 자주하거나 자기만의 독특한 세계를 가지고 단체 생활에 지장을 초래하는 성격의 사람들을 싸이코틱psycotic 하다고들 한다.

사회생활을 하다 보면 공부나 어떤 일에 지나칠 정도로 집착적으로 몰두하는 사람들을 흔히 만날 수 있는데, 이들을 정신행동학적으로 볼 때 강박증obsessive-compulsive disorder이라고 하며 옵세시브의 두 글자를 따서 '옵세' 라고 부르며 놀리기도 한다.

이들 꼼꼼하고 세심한 성격의 '옵세' 들은 대충하고 지나가도 될일도 세심하게 챙기고, 또 별로 중요하지 않은 일도 기를 쓰고 열심히 하는 경향을 가지고 있다. 질병 상태로 보지는 않지만 이들 '옵세' 들은 잦은 손 씻기, 반복적인 확인 등으로 주위의 동료들을 피곤하게 한다. 이런 '옵세'를 배우자로 만나면 피곤한 삶을 살 가능성이 크다.

어느 사회이든 다양한 개성을 가진 사람들이 모여 생활을 하는데 그중에는 항상 말썽을 일으키고 나쁜 짓만 하는 부패한 사람들이 있다. 이런 사람들을 언젠가는 도려내야 하는 암적인 존재라고 하는데 병원에서 사용하는 언어로 의학용어 중에 '암cancer or malignancy' 같은 놈이라고 부른다. 약자로 CA 같은 놈이라고 부르기도 하고 더 몹쓸 놈인 경우에는 암 중에도 예후가 가장 나쁜 암인 살코마sarcoma 같은 존재라고 부르기도 한다.

이런 단어를 만들어 쓰기도 한다. 수련 과정도 학교와 마찬가지로 3월부터 시작하는데 신학기 때 인턴을 초턴初이라고 부르고 1년을 거의 마칠 무렵이 되면 말턴末이라고 하며, 12월이 되면 레지던트 시험을 치르고 특정 과에 합격을 한 상태의 인턴을 픽스턴fixtern이라고 부른다. 이는 한자어와 영어를 섞어서 만든 합성어의 하나이다.

영어로는 'function', 우리말로는 '기능'이라는 말이 있다. function의 사전적 의미는 기능, 작용, 역할, 효용 등의 뜻을 가지고 있는데 주로 의학에서는 몸 안의 장기들이 제대로 기능을 하고 있으면 펑션이 좋다고 표현한다. 예를 들어 심장이나 신장이 제 기능을 다하지 못하고 있으면 '펑션이 떨어진다고 하거나 안 좋다'고 표현한다.

의학용어들은 접두사와 접미사를 활용하여 여러 의미의 파생어를 만들어 쓰는데 function에는 non-function과 mal-function이 있다. 논펑선은 말 그대로 기능을 제대로 하지 못하고 있는 것이고, 말펑선은 반대로 해가 되는 기능을 하고 있는 것이다. 그래서 의사들끼리 농담을 주고받을 때 "누구는 잘하는 것은 아니지만 논펑선이라 해를 끼치지는 않으나, 저 인턴은 말펑선이라 가는 곳마다 말썽을 일으켜!" 라고 하며 한바탕 비웃기도 한다.

수련병원에서 일 잘하고 재치 있는 인턴을 펑선하는 인턴이라고 부르는데 그런 functional intern이라야 원하는 과에 남을 수도 있고 수련 과정을 마치고 전문의 자격을 취득한 후에도 존경받는 의사가 될 것이다.

가끔 의사와 일반인들 사이에 용어의 차이로 인하여 오해가 생기기도 한다. 알아듣기 힘든 의학용어의 사용을 자제하고 쉬운 우리말로 표현함으로써 갈등의 소지를 없애는 것이 바람직하다. 최근에는 모든 분야에서 외래어의 사용이 많아지고 있는데 그것은 아마 지금까지 사전에 등재되지 않은 용어들이 새로이 생겨나면서 외국어를 그냥 발음대로 사용하기 때문일 것이다. 새로 생겨나는 외래어를 우리말로 적절하게 표현하는 기술적인 노력을 국가적으로 기울여야 할 것이며 의학용어도 최근에 와서 우리말로 많이 바꾸어 사용하도록 노력을 하고 있으며 한글판 교과서도 많이 발간되고 있어서 다행이다.

의사들, 그들은 얼마나 건강한가?

벼슬을 저마다 하면 농부 될 이 뉘 있으며,

의원이 병 고치면 북망산北邙山이 저러하랴

아희야, 잔 가득 부어라 내 뜻대로 하리라.

벼슬을 누구든지 다 해 버리면 농사지을 사람이 누가 있으며, 의원
醫院이 어떤 병이든 다 고친다면 북망산천의 무덤이 저렇게 많을 수
가 있겠느냐? 아희야, 잔에 가득 술이나 부어라, 나는 내 곧은 마음
대로 실컷 술이나 마시면서 살아 볼까 하노라.

김창업의 〈벼슬을 저마다 하면〉이라는 옛 시조가 문득 떠오른다.
인간의 병을 어찌 의사라고 하여 다 고치고 죽지 않게 할 수 있단 말
인가. 아무리 의학이 발전한다 치더라도 생명의 연장은 가능할지 모
르나 죽지 않고 영원히 살 수 없다는 것은 만고의 진리이고 불변의
법칙이다.

어느 모임에서든 의사가 보이면 자신들이 앓고 있는 질병이나 건강에 대한 궁금한 것들을 물어 오는 경우가 많다. 사실 의사들은 진료실 밖에서는 질병에 대한 질문은 달가워하지 않는 편이다. 왜냐하면 하루 종일 아픈 환자들과 씨름하다 보면 '아프다'는 호소에 지겨워지기 때문이다. 그래서 가끔 가족들의 아픔까지도 등한시하는 경우가 많아서 원망을 사기도 한다. 보통 의사가 감기에 걸리거나 아픈 곳이 있어 보이면 "의사가 아프면 되느냐?" 혹은 "의사도 아프냐?"라는 황당한 질문을 받곤 한다. 의사도 똑같은 사람인데.

병원에서 환자들의 질병 치료를 위해 밤낮으로 뛰어다니는 의사들. "몸과 마음이 아픈 자들은 내게로 오라."고 외치는 의사들. 그래서 사람들은 몸이 아프거나 이상하다 싶으면 주저 없이 병원으로 달려가 의사에게 몸을 맡긴다. 아픈 이들에게 건강한 삶을 찾을 수 있도록 힘쓰는 것이 본업인 의사들의 건강지수는 과연 몇 점일까. 누구보다 건강해야 할 의사들도 그들 나름대로 아픔이 있다고 하는데, 그들이 앓고 있는 아픔은 무엇일까.

의사들의 직업병

직업병이란, 어떤 특정 직업에 종사하는 동안 근로조건이 원인이 되어 일어나는 질환을 말하는데, 특정 직업에 오랫동안 종사하고 있으면 누구든지 언젠가는 직업병에 걸릴 가능성이 있다. 특히 작업환경이 열악하거나 근로 과중이 겹치면 만성의 경과를 거쳐 발병하게 된다.

어느 직업이든지 각자 고유의 힘든 부분이 있는 것은 당연하고 그에 따르는 직업병도 다양하게 있다. 한 직종에 오랫동안 근무하다 보면 누구나 신체의 특정 부위만을 계속 쓰거나 특정한 생활을 오래하게 되면 몸에 아픈 흔적을 남기게 된다.

소음이 심한 공사 현장에서 일하는 기술자나 연주회를 위해 소음에 시달리는 예술가들은 소음성 난청과 이명증에 시달리며, 발레리나 강수진의 굳은살이 박혀 버린 관절과 휘어진 발가락에서 그들의 지난했던 삶의 역정을 느낄 수 있듯이 직업병은 자신의 일에 매진한 흔적일 것이다. 장애를 초래할 정도만 아니라면 각자의 직업에서 받는 훈장이라고 본다. 사회 곳곳에 이런 훈장감들이 많아질수록 우리사회는 더 탄탄해지지 않을까.

의사라는 직업은 겉으로 보기에는 화려해 보이지만 실상을 들여다보면 그렇지만도 않다. 치질 수술을 담당하는 대장항문과는 항상 남의 냄새나는 항문을 들여다보며 시술해야 하고, 이비인후과는 다섯개의 좁은 구멍만 들여다보고 처치를 해야 하기 때문에 오공과라고도 한다. 이렇게 각 과마다 처치하는 시술들이 다르고 받는 스트레스도 다양하다. 각 과 의사들의 다양한 아픔들을 살펴보기로 하자.

소아과 의사는 감염성 질환을 가진 환자들이 내원하기 때문에 본인이 전염되어 아플까 봐 전전긍긍한다. 독감이나 바이러스 결막염같이 유행성으로 번질 때는 자신이 걸리지 않을까 하고 노심초사한다. 가끔 진상 환자들을 만나면 정신적인 스트레스를 받기도 하며 만성 피로 때문에 많은 의사들이 두통, 어깨 결림, 요통 등으로 고생하고 있다.

메스칼를 가지고 항상 수술을 하기 때문에 '칼잡이'라는 화려한 명성을 가지고 있는 외과 의사들은 그 명성과 달리 손에 '주부습진'을 가진 이가 많다. 온종일 수술용 장갑을 끼고 살기 때문에 손에 오랫동안 공기가 통하지 않고 땀이 차서 쉽게 짓물러진다. 손도 자주 씻어야 하니 피부 보호 역할을 하는 피지가 남아나질 않는다. 즉 고무장갑을 끼고 부엌에서 설거지를 하는 가정주부들에게 '주부습진'이 생기는 것과 같은 이치일 것이다.

또한 수술 시간이 길게 걸리는 흉부외과와 장기이식을 주로 하는 외과 의사들은 오랫동안 서서 수술을 하기 때문에 하지정맥류를 많이 가지고 있으며 발에는 정체성 피부염을 앓는 경우가 많다. 수술 시간이 12시간이 넘는 경우가 다반사인데 그렇게 매일 오랜 시간 서서 수술하다 보니 하지로 몰린 혈액이 위로 올라가지 못하고 정체되어 일어나는 현상이다.

대다수의 이비인후과와 치과 의사들은 목디스크와 어깨 부위의 만성 통증으로 고생을 한다. 잘 보이지 않는 환자의 입안을 들여다보기 위해 장시간 목을 구부리는 경우가 많기 때문에 생긴 직업병이다. 또한 환자와 가장 가까운 위치에서 호흡을 하기 때문에 마스크를 필수적으로 하고 처치를 하지만 감기나 독감 같은 호흡기 질환과 결핵, 간염 등의 감염성 질환에도 이환될 수 있는 위험에 항상 노출되어 있다.

수련을 받고 있는 전공의들도 직업병으로 무좀, 소화불량과 위염, 변비, 가려움증 등을 가지고 있다. 이들 병들은 수련의들이 게으르고 지저분해서 생기는 병이 아니다. 이들 증상들의 공통점이 있는데 하나같이 지저분한 병이라는 점인데, 상상하기 어려울 정도로 바쁘고 힘든 격무로 인하여 필연적으로 생기는 병인 것이다. 이런 지저분함으로 인해 생긴 증상들은 수련의 과정을 마치고 전문의가 된 후에 시간적인 여유와 돈이 생기면서 점점 사라진다.

의사들의 고충은 육체적인 증상을 보이는 직업병도 많지만 그에 못지않게 정신적인 스트레스로 인해 고통을 받는 경우도 많다. 의사들은 환자들에게는 건강한 삶을 위해 정기적으로 검진받기를 권유하고, 과로와 스트레스를 피하라고 말하지만 많은 의사들은 정작 그렇게 하지 못하고 있다. "의사 말대로 살면 오래 살고 의사처럼 살면 오래 못 산다."는 말이 맞는 것 같기도 하다.

이렇듯 의사들은 환자들에게 미리미리 검사를 받으라고 호통을 치면서도 자신에게는 관대하여 검사 시기를 놓치고 마는 경우가 허다하다. 이는 질병에 대해 자신이 제일 많이 안다고 하는 자만과 검사를 받는 경우에 검사 결과에 대한 두려움 등이 겹쳐서 검사 시기를 놓치고 마는 중대한 오류를 범하는 것으로 보인다. 상식적으로 생각할 때 의사들의 수명이 가장 길어야 할 것으로 여겨지지만 실제로는 놀랍게도 일반인들보다 비슷하거나 오히려 짧다.

대다수의 의사들은 환자들의 질병에 대해서는 세심하게 신경을 쓰면서 자기 자신이나 가족 혹은 주위 사람에 대해서는 무관심한 편이다. 의사 자신이 치명적인 질병에 걸리면 일반인들보다 더 심적인 충격이 몇 배로 더 크다고 하며 치료를 포기하고 숙명적으로 받아들이는 경우가 더 많다고 한다. 왜냐하면 현대 의학의 힘으로 한계에 부딪치는 경우를 많이 경험하였으며 수많은 환자들의 사망이나 예후를 보아 왔기 때문일 것이다. 또한 의사 자신이 환자가 되었다는 사실이 낯설고 자기 몸 하나 제대로 챙기지 못한 무능한 의사라는 자괴감에 빠져 헤어나질 못한다고 한다.

의사도 아프다는 것은 피할 수 없는 명제이며 결과적으로 질병은 치료보다 예방이 중요함을 알 수 있다. '의원이 병 고치면 북망산이 저러하랴' 라는 시조의 한 구절을 의사들은 더욱 가슴에 담아 두어야 할 것이다.

의료와 서비스

　옛날에는 의사가 수적으로 현저히 적었으며, 건강보험제도가 정착되기 전에는 의료비가 비싸서 병원 문턱이 높았다. 그래서 서민들은 병원을 방문하기가 힘겨웠으며, 의사를 만나는 것 자체가 쉽지를 않았으니 자연히 의사는 권위적으로 보였을 것이다.

　사실 예전의 의사들은 친절의 필요성을 느끼지도 못하였을 뿐만 아니라 관행적으로 사무적이었다. 또한 환자를 대할 때에 고객이라는 개념을 가지고 있지도 않았으며 다소 불친절했던 것도 사실이다. 지금의 의료인들도 아직 시대의 변화를 읽지 못하고 구태에 빠져 있는 친구들이 있는 것이 사실이다. 특히 큰 병원에 근무하는 의사들은 환자에게 권위적이고 위압적으로 대하는 분들이 있어서 원성을 사기도 하는데 이제는 없어져야 할 문화이다. 또한 의사도 사람인지라 어떤 의사는 성격상 자상하지 못하여 환자로 하여금 불쾌감을 느끼게 할 수도 있다. 최근에는 복지 정책의 확대로 모든 국민이 건강보험의 혜택을 받고 있어서 의료기관에 대한 접근성이 좋아졌다. 의사 수도 많이 늘어나고, 의료기관도 많아져 경쟁이 치열해지면서 예전과 같은 권위적인 요소들은 많이 해소되었다.

환자는 의사를 만나 진정으로 진료에 대한 좋은 서비스를 받고 싶어 한다. 도우미가 친절하게 문을 열어 주고 반갑게 맞아 주는 행위 같은 진료 외적인 서비스보다는 의사의 자상한 말 한마디가 더 필요하다. 실제로 막상 외래에서 의사로부터 받는 대접은 시간에 쫓겨 소홀하다. 소위 말하는 '3분 진료'에 불만이 폭발한다.

지금과 같은 건강보험의 저수가제도 아래에서는 한 명의 의사가 수십 명의 환자를 진료하지 않으면 재정을 유지하기 힘든 지경이다. 여러 명의 환자를 짧은 시간 내에 진료하려면 당연히 소홀해지면서 불친절함을 느낄 수밖에 없을 것이다. 하루빨리 건강보험 정책을 적정 급여 적정 수가 체계로 바꾸어 좀 더 부담하고 좀 더 많은 혜택을 누릴 수 있는 건강한 의료가 정착되기를 의료인들은 갈망하고 있다.

의사가 많이 배출되고 대형 병원들의 과도한 투자로 모든 분야에서 경쟁이 치열해졌다. 1차, 2차, 3차 의료기관 간의 질서도 깨어진 지 오래되었으며 무한 경쟁의 소용돌이에서 몸부림치고 있다. 대형 병원이든 개인 병원이든 살아남기 위해 의료의 질과는 무관하게 과도한 친절로 대응하게 되었다. 호텔이나 백화점에서나 볼 수 있었던 서비스가 무한 경쟁의 의료계에도 들이닥쳤다고 본다.

시설이나 규모에서 특급 호텔에 하나도 뒤지지 않는 대형 병원들의 서비스 수준은 동네 병원에 비하면 가히 월등하다. 대형 병원을 방문하면 도우미가 현관문을 열어 주고 친절하게 안내를 하는 것이 어색하지 않다. 더 많은 환자를 유치하기 위해 혈안이 되어 있다. 그래서 의료 전달 체계가 무색하게 대형 병원들로 환자는 몰리게 되었으며 1차 의료를 담당하는 개원의들의 사정은 더욱 열악해졌다.

규모가 대형 병원에는 미치지 못하나 일부 산부인과병원과 아동병원들도 최고급 인테리어로 꾸미고, 도우미와 함께 과잉 친절에 열을 올리고 있는데, 이는 결국 경쟁에서 뒤지는 동료들을 길거리로 내몰게 된다. 진료의 질과는 무관한 서비스를 위한 과도한 투자는 결국 지출이 많아져 재정 상태를 악화시키는 결과를 초래하게 되어 서로가 못사는 처지가 되고 만다.

경쟁을 유발하여 의료의 혜택을 저렴하고 의료와의 접근을 용이하게 하려는 의도가 숨어 있다고 본다. 의료에서 과도한 경쟁은 더 많은 진료 외적인^{서비스에 드는 비용} 지출을 초래하게 되고 과잉 진료 등의 부작용을 가져와 결국에는 의료비의 상승으로 이어지게 된다.

마치 의료도 영리를 목적으로 하는 사업체로 전락시키고 있는 것과 마찬가지다. 의료가 영리 목적의 서비스라면 의사는 장사꾼이 되는 셈이다. 돈으로 사고파는 여느 서비스업과는 확연히 다른데도 장사꾼이 된 의사는 과도한 검사와 입원 권유로 더 많은 이익 창출에 혈안이 될 것이다. 장사꾼은 돈을 버는 것이 최고의 가치이기 때문에 과도한 친절과 과잉 진료도 마다하지 않게 될 것이다.

의료는 단순히 돈을 목적으로 하는 서비스가 되어서는 안 된다. 인간의 생명은 일반 물건이나 돈처럼 취급되어서는 안 되는 높은 가치가 존재하기 때문이다. 의료는 다른 서비스 업종과는 달리 가장 전문적이고 독자적인 학문을 바탕으로 하며, 환자들의 일방적인 요구에 의한 무조건적인 서비스만을 베풀 수 있는 성질의 것이 아니다. 그래서 의사에게는 환자의 생명과 건강을 보호할 의무가 주어져 있는 반면에 진료에 대한 전문성도 보장받도록 되어 있다.

결론적으로 의료에서는 친절도 중요하지만 환자들은 병원을 찾아온 진정한 이유인 니즈needs가 충족되지 않으면 어떠한 서비스에도 만족하지 못한다는 사실이다. 즉 의료의 질에 대한 만족을 느끼지 못한다면 제아무리 좋은 서비스를 베풀어도 만족하지 않는다는 뜻이다. 그래서 의사는 의료의 질적인 향상을 위해 최신 지식과 시술들을 배우고 익히는데 한시도 등한해서는 아니 되며 진료에 대한 전문성은 어떠한 경우에도 보장받아야 함은 지극히 당연하다.

너무 잘해 주려고 하지는 말라

전공의 시절, 하루에도 몇 번씩 환자의 상태를 묻고 열심히 설명하는 주치의들이 이상하게도 환자나 보호자와의 관계가 점점 더 악화되는 경우를 종종 경험한다. 반면에 환자에게 꼭 필요한 것만 지시하고 설명하는 주치의들이 오히려 더 무난한 관계를 유지하는 경우가 많다.

왜 그럴까? 선배 의사들은 말한다. 수련의 과정을 거치면서 깨닫게 된다고. 그렇다.

"너무 과한 친절은 피하라! 자상하면서도 엄격하게 응대하라!"

주치의 시절에 선배 의사들로부터 들어온 얘기다. 환자나 보호자들은 주치의가 보이는 관심에 대해 처음에는 고마움을 갖지만 점점 당연하게 여기고 점차 요구 사항이 늘어난다고 한다. 요구 사항이 늘어나 주치의가 귀찮아지는 것은 별개로 치고, 환자나 보호자들이 요구하는 것들 중에는 치료에 하등의 도움이 되지도 않는 것들뿐만 아니라 역행하는 것들이 있어서 문제가 된다.

치료에 하등의 도움이 되지도 않는 요구 사항들을 주치의는 당연히 받아들일 수 없을 것이다. 그동안 주치의가 보인 호의적인 태도로 미루어 요구 사항이 쉽게 받아들여지리라 기대한 환자나 보호자는 기대한 대로 받아들여지지 않았을 때 배신감을 느끼게 되고, 이후부터는 협조가 잘 이루어지지 않으며 치료에 애를 먹게 된다. 결국 주치의가 나름대로 더 관심을 기울였던 환자로 하여금 오해하게 만들고 엉뚱한 기대를 갖도록 간접적으로 조장한 셈이다.

'과유불급過猶不及'이라는 말이 있다. 지나치면 모자람보다 못하다는 의미로 쓰이는 말이다. 특히 환자를 진료하는 의사의 입장에서는 과도한 친절을 베푸는 것은 VIP증후군 같은 딜레마에 빠지는 경우를 가끔 경험한다.

그래서 '중용中庸'의 깊은 뜻을 깊이 새기며 진료에 임해야 하는 것이다. 의료는 다른 서비스 업종과는 다르게 마냥 친절해야만 하는 것은 아니다. 왜냐하면 의료에서는 때때로 냉정하고 과감한 결단을 요하는 경우가 많은데 환자나 보호자들의 사사로운 요구나 정에 휘둘리다 보면 치유 과정을 그르칠 수 있기 때문이다. 명심해야 한다.

라포르rapport와 진상進上

라포르rapport란

'마음이 서로 통한다. 무슨 일이라도 털어놓고 말할 수 있다. 말한 것이 충분히 이해된다' 라는 의미로 공감이 느껴지는 관계를 뜻한다. 상담이나 치료를 위한 전제로 신뢰와 친근감으로 이루어진 인간관계를 말한다.

특히 의사-환자 간의 관계Doctor-Patient relationship에서 흔히 '라포르' 라는 표현을 많이 사용하는데, 일반적으로는 소통과 비슷한 의미를 갖는다. 라포르가 강하면 강할수록 치료 효과도 좋아지고 의사를 더욱 신뢰하게 되며 반대로 라포르가 무너지면 어떠한 치료도 효과를 보기 어려우며 의료사고로 이어지기도 한다.

그래서 의사는 의학적인 실력을 갖추어야 하는 것은 기본이고, 보다 나은 치유를 위해 환자와의 원만한 관계를 갖도록 노력해야 한다. 환자의 상태에 대한 고통과 어려움을 공감해 주고, 빠른 쾌유를 위해 고뇌하고 노력하는 모습을 보임으로서 환자는 의사를 신뢰하

206 아픈 사람들 따뜻한 의사

게 되고 스스로도 극복하려는 의지를 갖게 된다.

반면에 환자들도 자신의 건강에 대해 상담하고 치료하는 의료진을 믿고 따라야 한다. 신뢰가 바탕이 되어야 치료의 효과를 극대화할 수 있기 때문이다. 라포르가 원만하지 못한 상태에서는 똑같은 치료를 했음에도 불구하고 다른 환자에 비해 치료 효과가 만족스럽지 못한 경우가 많으며 오진이나 의료사고의 가능성도 높아진다.

군이 여기서 라포르를 더욱 강조하고 싶은 이유는 근래에 와서 의사와 환자의 관계가 예전만 못하기 때문이다. 대다수의 의사들은 소명을 가지고 환자의 편에 서서 열심히 진료하고 있으며 완치의 과정을 보면서 보람을 느끼며 살아가고 있다. 물론 의사도 인간이기 때문에 일부에서 돈만 밝히며 불성실한 태도를 보이는 경우도 있을 수 있다. 그러나 우리 사회에서 의사와 환자의 관계가 원만하지 못한 이유들 중에는 의사들만의 문제가 아니라 많은 분야에서 불신과 갈등을 표출하고 있는 사회학적인 요인이 작용하고 있다고 본다.

대다수 의사들은 좋은 라포르를 위해 노력하면서 정성껏 진료를 하고 있으나 일부 환자들에서 진료에 임하는 자세가 불손하고 부정적인 생각에 사로잡혀 있는 경우를 접할 때가 제법 많다. 마치 유통업체에서 만나는 '진상 고객'과 마찬가지로 이런 환자들을 의사들은 '진상 환자'라고 한다. 이런 진상들은 피하고 싶을 뿐만 아니라 마음에서 우러나는 진료를 베풀기가 어렵게 된다. 결국에는 환자 본인이 손해를 보게 되는데 좋은 라포르가 형성되기 위해서는 일정 부분 환자들의 노력도 요구되는 것이다.

진상進上이란

진상進上의 사전적 의미는 '국가의 절일節日과 경사 때 중앙과 지방의 책임자가 국왕에게 축하의 뜻으로 토산물을 바치는 일'을 뜻하였으나, 진상이 지닌 폐단이 부각되면서 '허름하고 나쁜 것을 속되게 이르는 말'로 사용되고 있다. 근래에 와서 흔히 쓰고 있는 '진상'이라는 말은 부정적 의미를 차용하여 '못생기거나 못나고 꼴불견이라 할 수 있는 행위나 그런 행위를 하는 사람 또는 무례한 행동, 보기 싫은 행동, 듣기 싫은 말을 하는 사람'들을 일컫는 말로 쓰이고 있다.

진상 고객이라 함은 규정을 벗어나는 과도한 서비스를 요구하거나 상식에 어긋나는 트집을 잡아 직원으로 하여금 상처를 입히는 고객을 말한다. 또한 상품을 구입한 고객이 특별한 이유 없이 환불을 요구하거나 반복적으로 말도 되지 않는 서비스를 강요하는 등 일반적인 상식 수준을 벗어나는 행위를 하는 고객으로 영업에 손해를 입히거나 직원에게 마음의 상처를 주는 고객을 말한다.

이들 감정 노동자들도 인간이기에 우리가 그들의 근무 자세를 평가하고 보다 나은 서비스를 요구하듯 그들도 고객을 평가하여 자신들이 제공하는 서비스를 받을 자격이 있는 사람이라고 여겨지는 고객에게 '마음에서 우러나는' 최선의 서비스를 제공한다는 것은 인지상정人之常情이 아닐까. 진상 고객의 경우 마지못해 제공하는 서비스라면 서비스의 질이 떨어질 수밖에 없을 것이며, 그 손해는 고스란히 고객에게 돌아갈 것이다. 즉 진상 고객이 아니라 '개념 고객'이 되자는 것이다.

피하고 싶은 진상 환자

의사에 대한 일반인들의 인식은 의사들은 스트레스를 많이 받으며 살고, 그래서 스트레스를 풀기 위해 대부분 술을 잘 먹고, 대체로 불친절한 편이라고 여긴다.

오랫동안 의사들은 환자를 단지 '치료를 받으러 온 사람'으로만 여겼지 특별히 서비스를 제공해야 하는 고객으로 생각하지는 않았다. 그래서 다른 직종에 비해서 덜 친절했다는 것은 사실이다. 최근에 와서야 의사들도 경쟁이 심해지면서 고객이라는 개념이 생겨났으며 살아남기 위해 또는 좀 더 친절해지려고 노력하고 있다. 그러나 지나치게 친절만 강조하다 보면 환자를 유치하기 위한 상술로 비쳐질 수 있으며 환자를 대할 때마다 사사로운 감정이 개입되어 냉정함을 잃게 되어 치료에 나쁜 영향을 미칠 수도 있다.

의사에게 꼭 필요하고 중요한 것은 친절보다 '정성精誠을 다하여 환자를 돌보느냐'이다. 환자를 치료하고 살리는 것은 첨단 의료기기나 시설, 의사들의 실력만이 아니다. 얼마나 정성껏 환자를 돌보느냐가 가장 중요하기 때문이다.

최근에는 병원도 많아지고 의사도 많아져 경쟁이 치열해지면서 친절하지 말라고 하여도 살아남기 위해 친절해질 수밖에 없는 처지다. 그러다 보니 환자들은 과잉 친절을 요구하게 되었으며, 의사의 최후의 보루이며 고유의 영역인 '진료'에 대한 부분까지 간섭을 하는 환자들이 늘어나고 있다. 대부분의 환자들은 협조적이고 의사의 지시사항을 잘 따르지만 가끔 서로를 힘들게 하는 진상 환자들을 만나 회의감이 들기도 한다.

아무리 의료진이 환자와의 좋은 라포르를 위해 노력하지만 일부의 진상 환자들로 인해 애를 먹는다. 책과 인터넷 등에서 단편적으로 알게 된 정보를 가지고 자기의 질병을 미리 진단하고 오는 환자, 진료 중에 걸려오는 전화를 받는 매너 없는 환자, 의사의 지시를 잘 따르지 않는 환자, 진료비나 예방접종 비용을 지불하지 않고 그냥 가 버리는 환자 등 다양한 진상들을 만나면 자존감에 상처를 받게 된다.

이들 진상 환자들은 진료실에서 다시는 만나고 싶지 않은 고객이다. 다른 의사를 찾아가 주기를 은근히 바라기도 한다. 그러나 아무리 미운 진상 환자일지라도 일단 만나면 진료는 최대한 보장되어야 함은 당연하다. 의사도 인간이기에 매너 없는 진상 환자를 진료하는 것보다는 매너 있는 '개념 환자'에게 '마음에서 우러나는' 진료를 베풀게 된다는 사실은 숨길 수 없는 사실이다.

의사는 선택받은 직업?

직업 만족도란 주어진 직업이 얼마만큼 개인의 자아自我를 충족시켜 주는가의 척도를 말한다. 그 영향을 미치는 요소로는 일을 통해서 얻어지는 소득이 만족스러운지, 각 개인에게 얼마나 적성에 맞으며 즐겨하는 일인지, 자아실현의 의지와 기회가 충분한지, 창의성을 충분히 발휘할 수 있는지 등에 의해 만족도는 좌우된다.

직업 만족도의 순위는 시대의 변천에 따라 수시로 변하고 있다. 예전에는 상위 순번을 차지했던 전문직인 판사는 22위, 의사는 44위, 변호사는 57위를 보였다. 시대의 변화를 실감할 수 있는 대목이다.

의사란 직업은 겉으로 보기에는 화려하고 자유스러워 보이지만 실상 내부를 들여다보면 의사처럼 보수적이고 따분한 직업도 없다. 1년 내내 항상 아픈 사람들을 대하다 보면 시야가 좁아지고 옹졸해지기 쉽다. 또한 도제제도와 비슷한 수련의 과정과 스승과 제자의 관계가 더욱 보수적으로 만들고 있다고 여겨진다.

그러면 예로부터 가장 선호하는 직업으로 각광을 받아 온 전문직인 의사라는 직업에 대한 현재 활동하고 있는 의사들의 직업 만족도는 어떨까. 조사에 의하면 44위로 처져 있음을 볼 수 있다. 대부분의 의사들은 고용 안정성과 사회적 인정 등에서는 만족하는 편이지만 자율성에서는 만족을 못하고 있는 실정이다.

극심한 취업난이 지속되면서 겉으로 보기에는 잘 나가는 직종으로 인식되고, 명예와 경제적인 여건을 만족시키는 데에 의사만한 직업이 없다는 세간의 인식을 좇아 의과대학 입학 경쟁이 치열한 점을 고려할 때, 의사들의 직업 만족도가 높지 않다는 사실에 의아해하는 일반인들이 많을 것이다. 하지만 의료계가 처한 현실을 들여다보면 이는 "놀랄 만한 일도 아니다."고 의사들은 이구동성으로 말한다.

의사들의 업무 만족도도 낮아지는 추세다. 우리 사회의 전반적인 불신 풍조와 더불어 의사에 대한 적대적인 분위기와 환자들의 불신, 낮은 의료 수가로 인해 의료 환경이 점점 열악해지기 때문이다. 실제로 최근 의사 432명을 설문 조사한 결과 10명 중 7명66.9%이 타분야 진출을 고려하고 있다고 나왔으며, 지난 2008년에는 한 제약회사가 북미, 유럽, 아시아 등 13개국 의사 1,741명을 상대로 직업 만족도를 조사한 결과, 우리나라 의사들의 만족도가 꼴찌인 12위를 기록한 것으로 나왔다.

의사들의 직업 만족도가 낮은 이유

만족도가 낮은 원인으로 건강보험의 재정 상태만을 고려하는 건강보험 심사평가원의 원칙 없는 심사와 삭감 등으로 자존심에 많은 상처를 받고 있다. 이들 기준에 따라 진료 행위가 제약을 받게 되고 자율성이 많이 상실되면서 전문가로서 정체성의 위기를 맞고 있는 현실을 의사들은 개탄하고 있다.

의사의 과잉 배출로 개원가는 경쟁이 치열해지고 있으며 경쟁에서 낙오되면 신용불량자로 내몰리는 현실이다. 대한의사협회는 한국갤럽연구소에 의뢰해 전국 2만 6,000개 의원 중 1,031곳 의원을 대상으로 조사한 결과, 동네 의원의원급 의료기관 한 곳당 3억 5,000만 원의 부채를 안고 있으며 의사 10명 중 4명은 빚을 지고 있는 것으로 나타났다. 즉 동네 의원의 36%가 평균 5억 2,000만 원의 부채를 안고 있는 것으로 나타났으며, 특히 산부인과의원의 경우 평균 5억 2,000만 원의 부채를 지고 있는 것으로 조사돼 동네 의원의 경영난이 가중되고 있는 것으로 분석됐다.

원가에 미치지도 못하는 저수가 정책으로 그동안 많은 동네 의원들이 재정난에 시달려 온 것은 누구나 아는 사실이다. 전국민이 건강보험 혜택을 받는 보험 시대에 동네 의원은 건강보험 수가에 의존해 운영될 수밖에 없다. 의원들이 건강보험 환자만을 진료하고도 정상적으로 경영이 가능한 수준에서 건강보험 수가가 책정되도록 당국의 정책적 배려가 아쉬운 시점이다.

한 조사에 따르면 263명의 의사들에게 만약 다시 태어난다면 의대를 진학할 의향이 있는지, 자신의 자녀에게 의과대학 진학을 권유할 생각이 있는지를 물어, 의사 생활에 대한 만족도가 어떤지를 간접적으로 살펴보았다. 다시 의과대학에 진학할 의향이 있다고 답한 의사는 155명59.9%이었으며, 진학할 의향이 없다고 답한 의사도 응답자의 40%가 넘는 108명으로 나타났다. 직종별로 살펴보면 특이한 점이 발견되는데, 대학병원에 근무하는 교수들과 봉직의들은 재지원 의향이 높게 나온 반면 개원의들은 많은 수에서 재지원 의향에 대해 부정적인 답변을 보였다.

'자녀에게 의과대학 진학을 권유하지 않겠다혹은 않았다'고 답변한 응답자가 137명52.1%으로 절반을 넘었으며, '권유하겠다혹은 권유했다'는 답변은 126명47.9%에 불과했다. 특히 개원의들은 44명 중 31명72.8%이 자녀에게 의과대학 진학을 권유하지 않겠다고 답을 하였으며 가장 부정적인 반응을 보였다.

몇 년 전에 대한가정의학회 학술대회에 참석한 의사들을 대상으로 '어떨 때 의사라는 직업을 그만두고 싶은 생각이 드는가?'라는 설문조사를 진행한 바 있었다. 이 조사에서 1위는 '최선을 다해 진료했으나 환자의 상태가 나빠졌을 때', 3위는 '선배 의사들로부터 열악한 개원가의 현실을 듣게 될 때'가 차지했다. 그러나 '의사직을 그만두겠다고 생각해 본 적이 전혀 없다'가 2위로 나왔다. 즉 이는 대다수의 의사들은 낮은 직업 만족도에도 불구하고 의업을 천직으로 알고 묵묵히 환자 진료에 최선을 다하고 있다는 것을 보여 주는 대목이다.

의사를 에워싸고 있는 주위 환경이 열악해지면서 자존감에 많은 상처를 입게 되어 예전보다 의욕 상실의 상태에 빠져 있는 의사들이 많은 것이 사실이다. 그래도 대다수의 많은 의사들은 사명감과 의사라는 직업을 천직으로 생각하고 환자의 진료에 최선을 다하고 있다.

나는 개인적으로는 의사라는 직업만큼 좋은 직업도 없다고 생각한다. 의료제도에 대한 불만만 없다면. 나의 노력으로 아픈 환자들이 건강을 회복하는 모습을 보며 뿌듯함을 느낀다. 자신이 좋아하고 즐거운 마음으로 진료에 임하는 의사라면 매일매일 보람을 느끼며 살 수 있는 직업이다. 단지 일부에서 의사라는 직업을 스트레스도 별로 받지 않고 쉽게 돈 많이 벌며 호의호식하는 직업이라는 환상을 갖고 있다면 크게 오해하고 있다는 사실을 깨달아야 한다.

의사가 되기를 바라는 젊은이들은 사명감이 투철하고 적성에 맞으며 열심히 공부하려는 마음가짐을 가지고 있다면 도전해 보는 것도 좋다고 생각한다. 앞으로 아무리 의료 환경이 나빠진다고 하더라도 아픈 환자들을 성심성의껏 치료하는 의사들은 존재할 것이기 때문이다.

의업을 천직으로 알고 묵묵히 진료실을 지킬 수 있는 의료 환경이 하루빨리 오기를 기대하면서…….

과科별로 보는 의사들의 특징

　사실 경외심이나 인류의 건강과 복지 증진을 위해서 의과대학을 선택한 친구들도 있지만 대개는 부모들의 권유와 안정적인 직장을 원해서 의사가 되기를 원하는 것과 마찬가지로 과科를 선택하는 과정도 자신의 적성보다는 그 과의 경제적인 이득과 전망을 더 우선시하는 것이 관례처럼 되어 있다.

　자신이 좋아하고 적성에 맞는 과에 지원apply하였지만 경쟁에서 밀려서 하는 수 없이 원하지도 않은 과에 남는 경우도 많은 게 현실이다. 즉 장차 금전적인 수입이 많은 것으로 알고 있는 피부과, 성형외과, 안과 같은 인기 과는 지원자가 많기 때문에 경쟁이 심한 편이다. 그래서 경쟁에 밀려 원하지도 않는 비인기 과에 남는 경우에는 중도에 그만두는 경우도 있고, 설령 수련을 끝까지 마친다 하더라도 적성이 맞지 않는 경우에는 개인적인 발전을 도모하지 못하는 경우도 많다. 그러나 신기하게도 중도에 그만두는 아주 일부를 제외하고는 대부분은 수련을 마쳐 가면서 그 과다운 의사가 되어 가는 것 같다.

나의 견해로는 비록 규모가 조금 작은 수련병원일지라도 가능하면 원하는 과를 전공으로 선택하기를 권하는 편이다. 물론 같은 의학의 범주 안에 있긴 하지만 과의 특징이 너무나 다른 면이 존재하는 것이 사실이다. 예를 들어 정신과 같은 과는 아무라도 전공하는 것은 무리가 따른다고 본다.

　따라서 같은 의사지만 과에 따라 진료하는 모습과 환자를 대하는 태도 등에 있어서 차이를 보인다. 개인적인 성격의 차이는 있겠지만 좀 터프해 보이고 거칠어 보이면 칼을 대는 외과 파트 의사들이고 꼼꼼하게 따지는 편이면서 점잖아 보이면 내과 파트 의사들이다. 물론 이 글은 개인적인 관찰의 결과이며 특정 과나 의사들을 비하하거나 옹호하려는 의도는 없음을 밝힌다.

내과

　대개는 점잖은 편이며 아래 연차나 인턴에게 잘 대해 주어서 스트레스를 많이 받지는 않는다. 내과란 원래 몸에 상처를 내지 않고 자연치유를 도와 가면서 치료하는 과이며 환자에게 직접 메스를 대는 경우는 거의 없으나 위내시경, 초음파, 늑막천자, 심장 초음파, 골수 검사, 간이나 신장의 생검biopsy 등 검사나 술기가 많은 편이다.

　수련 과정 중에는 워낙 익혀야 할 처치와 술기가 많으며 환자도 다양하여 공부를 많이 하여야 하며 스태프와 토의를 자주 하는 경향을 보인다. 일은 상당히 고된 편이며 응급 상황에 대한 대처는 으뜸이다. 다만 자신의 예상대로 검사 결과가 나오지 않거나 오더order가 제대로 실행되지 않으면 짜증을 많이 내는 편이다. 외과 의사들보다는 학구적이고 논리정연하지만 확실히 민감하고 쪼잔한 편이다.

일반외과

흉부외과와 마찬가지로 수련이 가장 힘든 과이며 수련을 마친 후에 개업이 쉽지 않고 벌이가 시원찮아 비인기 과이다. 응급 환자가 많으며 큰 수술들로 항상 힘들어하며 연차별로 위계질서가 엄격하여 중도에 그만두는 수련의들이 많은 편이다.

평소에 원내에서 생활할 때는 화통하고 부드러워 보이다가도 수술실에서 수술이 시작되어 피blood를 보기 시작하면 상황이 돌변한다. 수술에 심취하다 보니 눈이 뒤집혀진다고나 할까, 말투가 거칠어지고 심하면 욕도 하면서 수술실이 한순간에 긴장감에 휩싸이게 된다. 이때가 인턴이나 1년차는 가장 긴장하게 되고 스트레스를 가장 많이 받으며 심한 경우에는 스크럽 너스scrub nurse, 수술에 참여하는 간호사가 견디기 힘들어하며 울 때도 있다.

칼잡이 특유의 강단이 있고 성질이 급하면서 다혈질이다. 평소에는 호탕하고 점잖은 편이지만 응급 상황이 오면 과감해지고 응급이 아니면 의외로 느긋한 측면이 많다. 하긴 대부분의 의사들이 그렇긴 하지만……

신경외과

수련은 일반외과, 흉부외과 못지않게 모든 과를 통틀어 가장 힘든 과 중의 하나다. 보통 1, 2년차는 사생활이 없다고 해도 과언이 아니다. 환자들이 말을 잘 못하거나 의식이 없기 때문에 환자와의 관계에서 오는 스트레스는 덜한 편이다. 응급 환자를 처치하거나 수술하는 일에는 빠른 편이나 병동에서는 느긋한 편인데 그것은 아마 일의 로딩loading이 많아서 느긋할 것으로 추정된다. 수련의 과정에서 만난 전공의들 중에서 모든 과를 통틀어서 가장 거칠고 독해서 매우 상대하기 힘든 친구들이 수련을 받고 있다는 느낌을 받는다.

정신과

한마디로 성인군자 같다. 주로 심리학이나 철학 계통의 책을 많이 읽어서 그런지 남의 마음을 꿰뚫어 보는 것 같은 철학을 하는 사람들 같다. 마음의 병을 다루다 보니 한 명의 환자를 보는데 1시간 이상 상담하기도 하며 환자의 말을 잘 들어주는 것이 치료의 일부이며 환자에게 짜증내는 일은 거의 없는 편이다.

환자들을 치료하는 과정에서 잠을 재우고 깨우는 데는 도사들이며 본인들 역시 다른 과 의사들보다 질 높은 생활을 한다고 자부하며 산다. 정신적으로 고차원적인 개념을 가지고 산다고 자부하기 때문일까?

정형외과

목수, 대장간, 무식쟁이의 이미지가 강하다. 망치로 못 박기, 핀으로 뼈 고정하기, 기브스 등 마치 목공소의 목수가 하는 일 같은 것을 한다. 생명의 위급 상황이 없어서 그런지 대개는 느긋하다. 내과 계열의 의사들이 보기에는 약 처방 등을 보면 답답하기 그지없으나 골절 환자들을 치료하고 돌보는 모습을 보면 평소의 이미지를 깰 정도로 헌신적이고 자기 분야에 대해서는 자존심도 강한 편이다.

젊어서는 근육이나 골격계의 아픔을 별로 느끼지 못하고 살아가기 때문에 정형외과의 소중함을 잘 모르는 과이다. 그러나 나이가 들면 안 아픈 곳이 없을 정도로 근골격계 질환을 앓게 되면서 정형외과 의사의 소중함을 알게 된다. 그래서 노인들에게 가장 친숙한 의사가 정형외과 의사이다.

소아과

한마디로 소아답다, 혹은 유치childish하다고 한다. 표현을 잘 못하는 어린이들을 주로 상대하고 케어care하기 때문에 전신 상태general appearance와 컨디션을 중요시한다. 어린이들의 소소한 부분까지 세심하게 신경을 써야 하며 엄마들과의 라뽀rapport도 매우 중요하다. 약 용량도 몸무게나 체표 면적에 따라 세밀하게 나누어져 있어서 항상 투약에 신중을 기하고 있으며 그래서 그런지 무척이나 쪼잔한 편이라고들 한다. 보호자와의 관계에서 엄청난 스트레스를 받는 편이며 일의 로딩에서는 외과나 내과에 비해서 편한 편이지만 스트레스는 만만치 않다.

다른 과 의사들이 보기에는 소아과 의사들은 말이 잘 통하지 않는 아이들을 상대하기 때문에 눈높이를 낮추어서 그런지 참으로 어리고 때로는 유치해 보인다고들 한다. 즉 childish or infantile하다고들 한다. 그러나 어린이들을 상대하고 살아서 그런지 대부분의 소아과 의사들은 동안이고 순수한 편이다.

의사와 의료에 대한 편견

어떤 집단이나 대상에 대해서 판단하기 전에 어디서 들었던 얘기나 혹은 지난번에 겪었던 일들을 무의식 속에 떠올리며 한쪽으로만 치우친 판단을 하는 것을 선입견 내지 편견이라고 한다.

진료실에서 만나는 일반 사람들은 의사라는 직업에 대해 여러 가지 크고 작은 편견들을 가지고 있음을 간혹 느낄 수 있다. 전문직의 특성상 의사들이 진료하면서 이루어지는 시술이나 처방 등의 모든 사항에 대해 일반인들이 오해하고 있는 부분들이 제법 많이 있음을 부인할 수 없다.

어느 설문조사에 의하면 '평소 의사하면 떠오르는 가장 큰 이미지는 무엇인가?'라는 질문에 전문가 38%, 권위적 12%, 사회 지도층 9%, 부르주아 4%라고 응답하였다. 대략 40% 정도가 부정적인 이미지를 가지고 있는데 이 중에는 편견도 상당히 많을 것으로 본다.

첫째, '의사들은 부자다' 라는 편견

종합병원이나 대학병원에 근무하는 의사들은 월급을 받아서 생활을 하기 때문에 경제적으로는 넉넉하지는 않은 편이다. 의사 개인이 의원을 개설하여 환자를 진료하고 운영하는 개원의들은 각자의 능력과 규모, 과에 따라 수입의 차이가 천차만별이다.

주로 강남에 몰려 있는 성형외과와 미용을 주로 하는 피부과들의 수입이 많다는 것은 누구나 아는 사실이지만 거기에도 능력이나 규모에 따라 차이가 나는 것은 어쩔 수 없는 일이다. 그러나 개원의들은 일반인들이 갖고 있는 부자들일 것이라는 편견에 입을 모아 억울해한다. 의사가 귀했던 예전의 선배 의사들은 경쟁도 별로 없었으며 의료 수가도 일반 수가여서 부르는 게 값이었던 시절에는 다들 부자였다. 전 국민이 의료보험의 혜택을 받고 있는 최근에는 많은 의사의 배출로 서로 경쟁이 심해지고, 의료보험제도의 저수가 정책, 각종 규제 등으로 폐업을 하는 동료들이 늘어나고 있는 것이 현실이다. 또한 사회적 환경의 변화로 인해 저출산과 저출생의 여파로 산부인과는 거의 초토화되었으며 소아과도 힘들어지고 있다.

개원의들의 수입은 개인의 능력에 따라 많은 차이를 보이는 게 사실이다. 대다수 개원의들은 열심히 진료하고 자리를 잘 지킨다면 일반 직업의 종사자들보다는 나은 수입을 올릴 수 있다. 그러나 개업을 하고 있는 의사들은 재테크에 대해 아는 바도 별로 없고 일부에서는 주위의 꼬임에 빠져 잘못 투자하여 손해를 보는 경우를 자주 본다.

대다수 개원의들을 보면 젊어서 환자가 제법 있을 때는 호화스럽게 살았다고 볼 수 있다. 자녀들 외국 유학으로 많은 돈을 없앴으며 나이가 제법 먹은 노년에는 찾아오는 환자도 줄어서 근근이 살아가는 개원의들을 심심치 않게 볼 수 있다. 초기에 많은 돈을 투자하여 개업을 하였으나 실패를 하는 경우에는 신용불량자로 내몰리게 되고 끝내는 자살을 하는 의사들도 있다. 그래서 최근에는 투 잡Two job 전선에 뛰어들고 있으며 부업을 고려하는 의사들도 늘고 있는 실정이다.

둘째, '의사는 정년이 없는 안정적인 직업이다' 라는 오해

의사가 귀했던 옛날에는 나이가 지긋이 든 노년의 의사를 임상 경험이 풍부하기 때문에 더 유능한 의사로 보아 왔던 시절이 있었다. 그러나 지금은 의학의 발달로 인하여 엄청난 의학 지식을 배워야 하며 단지 환자를 많이 보아 온 임상 경험만으로는 유능한 의사로 대접을 받을 수 있는 시절은 이미 지났다.

의사라면 늙어 죽을 때까지 은퇴하지 않고 환자를 보면서 노년을 보낼 수 있다는 것을 장점으로 다들 생각할 것이다. 그러나 현실은 그렇게 녹록치 않다. 의사가 과잉 배출되어 개원가도 경쟁이 심해졌으며 개설을 할 만한 장소도 별로 없을 뿐만 아니라 머리가 하얗게 센 의사에게 진료 받기를 원하는 환자들이 점점 줄어들어 자동으로 은퇴를 당하는 지경에 이르렀다고 보면 된다.

얼마 전에 나온 통계를 보면 의사들의 사회적 정년이 수술하는 외과 의사의 경우 46세, 수술하지 않는 의사들의 경우 53세 정도로 나와 있으며 이 나이를 지나면 내원 환자수가 급격히 줄면서 수입이 1/3로 뚝 떨어진다고 한다. 물론 일부 나이 든 의사들은 봉사 차원에

서 열심히 진료를 하면서 소일 삼아 노년을 보내기도 한다. 이렇듯 원해서 자의적으로 은퇴를 하든 어쩔 수 없이 은퇴를 당하든지 어느 경우에도 노후를 보장해 주는 장치^{퇴직금}는 없다. 은퇴 후를 대비해서 젊었을 때 미리 본인이 직접 연금보험 상품들을 들어 두어야 하는데 그마저도 준비하지 못한 선배 의사들의 경우 힘든 노후를 보내는 분들이 의외로 많이 있다.

의사가 되기를 원하는 이들에게 조언하고 싶다. 정말로 적성에 맞고 꼭 하고 싶은 학문이라면 적극적으로 권하며, 보람도 느낄 수 있는 매력 있는 직종인 것은 사실이다. 그러나 막연하게 안정적인 직업 혹은 부모님들의 권유 등의 이유로 의사가 되기를 바란다면 한 번 더 깊이 고민해 보기를 바란다. 의사의 부푼 꿈을 안고 공부하는 수많은 학생들은 의사라는 직업이 부와 명예가 동시에 보장되는 직업으로만 생각하고 있는데, 실상은 각종 규제로 인해 의욕 상실의 상태에 빠져 있으며 경제난으로 시달리는 의사들도 많다는 냉정한 현실을 직시하고 막연한 환상에 빠지지 말기를 바란다.

셋째, 의사 가족들은 좋겠다, 의사가 집에 있으므로

의사가 가족 중에 있어서 좋은 점이 많은 것은 사실이다. 응급 상태나 큰 질병의 우려가 있을 때는 빠른 응급처치를 받을 수 있으며 종합병원으로의 신속한 의뢰와 함께 평소 아는 의사에게 의뢰하면서 부탁도 할 수 있어서 좋은 점이 많다.

그런데 사실은 대다수의 의사들은 가족들의 잔병치레에는 의외로 무관심하고 섭섭하게 한다. 하루 종일 '아프다'고 호소하는 환자들만 상대하다 보니 퇴근 후 집에 와서까지 아프다는 소리를 듣는 것이 짜증 나기도 하고 한쪽 귀로 듣고 한쪽 귀로 흘려버리는 때가 많다. 대부분의 의사들은 이럴 때 '그냥 병원 좀 가 봐'라고 한마디 던지고 만다. 이 말을 듣는 가족들은 참으로 서운해하면서 스스로 다른 병원을 찾아간다. 자신의 전공이 아닌 질병에 대해서는 대다수의 의사들은 매정하리만큼 다른 의사에게 진료 받을 것을 권하는 편이다. 선무당이 사람 잡는다는 말을 되새기면서…….

친척이나 지인들이 아프다고 하면 관심도 가져 주고 잘 낫도록 여러 가지 배려를 하면서도 진즉에 가족에게는 등한한 것 같다는 불만들이 많다. 또한 집에는 반창고, 소독약, 진통제 등의 가정상비약도 구비해 두지 않아서 곤욕을 치르기도 한다.

넷째, '의사는 의사끼리만 논다'라는 편견

의사들은 일반 사람들과 잘 어울리지 못하고 의사 중심의 좁은 인간관계만을 주로 맺으며 살아가고 있다는 시선에 일정 부분 인정한다. 유유상종이라고 의사들은 아무래도 전문직종이며 힘든 의과대학 시절, 인턴 레지던트를 거치는 기나긴 수련 과정을 거치면서 공감하는 얘기들을 나눌 수 있는 사람은 같은 직종의 의사가 되는 것은 당연하다고 본다. 그렇다고 해서 일반인들을 무시하거나 일부러 멀리하는 것은 절대로 아니다.

의료는 일반적으로 말하는 상업적인 사업과는 판이하게 달라서 사업상 많은 사람들을 만날 필요성도 별로 느끼지 못할 뿐만 아니라 접할 기회도 별로 없다. 환자를 진료하기 위해서는 반드시 의사가 자리를 지키고 있어야만 하기 때문에 개원의들은 '닭장 생활'이라고 자조 섞인 말을 하기도 한다. 개원의들은 본인이 사회에 관심을 가지고 일부러 노력하지 않으면 환자 외에 다양한 사람들과 만날 수 있는 기회가 적은 것은 사실이다.

다섯째, '대박 클리닉에는 비방이 있다' 라는 편견

결론부터 말하면 의학에는 비방이나 비법은 존재할 수 없다. 왜냐하면 현대 의학은 근거중심의학Evidence-based Medicine이기 때문이다. 과학적인 임상 연구를 통해 얻은 근거를 토대로 환자에게 가장 안전하고 효율적인 진단, 수술, 약물 투여 등을 하기 때문이다.

의약분업이 시행되지 않았던 그 시절에는 무슨 약을 투여하는지 노출되지 않아서 특정 병원에서는 특정 약을 비방으로 쓰고 있다더라는 소문들이 돌곤 하였다. 그러나 지금은 의약분업으로 처방하고 있는 모든 약물이 누구나 알 수 있게 노출되어 있으며, 보험공단으로부터 항생제와 스테로이드제 등의 처방률에 대해서도 일일이 공표가 되고 있다. 그래서 요즈음에는 특정 약을 많이 처방하여 잘 낫게 한다는 것은 있을 수가 없어진 셈이다.

환자가 많이 몰리는 클리닉에는 무언가 좋은 점이 있을 것으로 가늠해 볼 수 있는데 대부분 친절하고 환자들과의 소통이 잘되는 장점을 가지고 있을 것으로 추측해 볼 수 있다. 또한 환자나 보호자에게 아픈 질병에 대한 '설명' 을 얼마나 잘해 주느냐가 매우 중요하다고 본다.

이와 같이 의사들은 아픈 사람들을 돌보는 '의사' 라는 직업으로 살아가면서 보람과 자부심을 느끼는 때가 훨씬 많기는 하지만 가끔 일반인들의 '편견이나 오해' 에 마주칠 때는 적지 않은 마음의 상처를

받는다. 편견이나 오해가 있는 부분에 대해 일반인들이 진정한 마음
으로 올바르게 이해해 주길 바랄 뿐이다.

진료 시간 파괴

―불쌍한 의사들

의사의 일생이란 어떨까?

초중고 시절에는 공부 잘하는 모범생들로 부모님을 위시하여 주위의 부러움을 받으며 청소년기를 보낸다. 공부만 잘하면 다른 것들은 모두 못해도 용서가 되는 사회 분위기 속에서 온실 속의 화초같이 성장하게 된다.

대부분은 적성과는 무관하게 부모님의 권유 혹은 단순히 전문직을 선호한다는 이유 등으로 의사라는 직업을 갖기 위해 치열한 경쟁을 뚫고 의과대학에 들어간다. 일단 의과대학에 들어가기만 하면 정해진 커리큘럼에 따라 착실히 공부만 하면 시간이 흘러 졸업하게 되고 국가가 관리하는 의사국가고시에 합격하면 의사 자격을 갖게 된다.

그런데 본과에 올라가면 본격적인 의학을 공부하게 되는데, 공부해야 할 범위도 방대하고 상대평가라는 잣대로 시행하는 유급의 칼날을 피하기 위해 급우들끼리도 경쟁이 치열하다. 공부해야 할 분야가 너무 많아서 빠르게 지나가는 시간이 아까우며 시험을 앞두고는 잠자는 시간을 하루 2~3시간으로 줄이면서 공부해야만 살아남을 수 있다. 시험지를 받아들기 수분 전까지도 시간 부족을 느끼며 사는 인생이 의대생들의 모습이다. 그래서 의과대학 6년간은 시험과의 동거와 마찬가지다.

수련의 과정이 힘들다는 것은 삼척동자도 다 아는 사실이다. 인턴과 레지던트 때는 밀려드는 환자로 인해 거의 매일 혹은 하루 걸러 당직으로 힘겨운 나날을 보낸다.

전공의들은 항상 시간에 쪼들린다. 시도 때도 없이 울리는 콜^{call} 때문에 화장실에서 일도 제대로 보지를 못하는 경우도 허다하다. 근무 시간을 법적으로 완화한다면 옛날보다는 좀 더 시간적인 여유를 가지고 수련을 받을 수 있을 것 같아서 다행이라는 생각이 들긴 하지만 제대로 시행되기는 힘들 것 같다는 우려가 많다.

의사들이 평생에 걸쳐 가장 시간적인 여유를 가질 수 있는 기회는 군의관으로 복무할 때이다. 군의관 시절에는 그동안 시간이 없어서 읽지를 못했던 책을 읽기도 하고, 건강을 위해 등산도 하며 비교적 몸도 마음도 편하게 시간을 보내게 된다.

다른 분야는 주 5일 정착됐는데…

수련의 과정을 모두 마치면 의사로서 마지막 단계인 전문의 고시에 합격함으로써 전문의 자격증을 취득하게 된다. 이제는 좀 더 시간적인 여유도 생기고 경제적인 풍요도 누릴 수 있을 것으로 희망하면서 각자의 희망에 따라 의과대학 교직의 길을 가거나, 종합병원 등에 근무하는 봉직의가 되거나, 개인 병원을 개설하여 주민들의 건강을 돌보는 개원의가 된다.

물론 학부 시절의 학생이나 수련의같이 시간이 부족하지는 않지만, 의사가 많이 배출되어 경쟁이 심화되면서 의료인들의 삶도 만만치가 않다. 갈수록 힘들어지는 의료인들의 삶에 대한 의학신문인 데일리 메디의 기사를 살펴보자.

⟨갈수록 힘들어지는 의료인들의 삶⟩

낮은 수가 체계 때문에 주 40시간, 주 5일 진료는 언감생심이라고 외치는 개원의들의 '아우성'이 갈수록 거세지고 있다. 이들은 "현실을 외면할 수도, 폄하할 수도 없는 문제"라며 "정부의 저수가 정책으로 주 6일 50시간 이상의 근무에 허덕이고 있다."고 쓴소리를 내뱉었다.

서울 영등포구에 개원을 한 A원장은 "현행 근로기준법이 주 40시간 근로를 기준하고 있어 공공기관과 금융기관 등 대다수 근로자들이 주 5일 40시간 근무를 하고 있음에도 유독 의료기관 종사자만은 같은 국민임에도 삶의 질은 완전 도외시되고 있는 것 같다."고 성토했다.

대다수 선진국에서는 내과계는 20~40명 이내의 진료를 권고하고 있는 것으로 알려져 있다. 하지만 이에 반해 우리나라는 저수가 정책으로 의원급 의료기관의 경우 일평균 80명 이상의 환자를 진료하지 않으면 최소한의 경영조차 어려운 것이 현실이다. A원장은 "의사도 대한민국 국민이고 당연히 인간다운 삶을 살 권리가 있다. 하루 세 시간 잔 의사와 충분히 숙면을 취한 의사, 당신이라면 어느 의사에게 수술을 받고 싶은가."라며 자조 섞인 목소리를 냈다.

서울 서초구 소재 B내과 원장도 "주 80~100시간씩 일해야 하는 전공의들의 과잉 업무 구조나 개원의들이 365일 병원 문을 닫지 못하는 등의 현상은 모두 지나치게 낮은 진료비 때문"이라고 목소리를 높였다. 이 원장은 "이미 오래전부터 대다수 동네 의원들은 토요일 진료를 하고 있다. 물론, 주중 진료를 받지 못하는 직장인들 때문이라고는 하지만 사실상 경영의 입장에서 생각할 수밖에 없다."며 "적정 환자에 대해 적정 시간을 들여 진료할 수 있는 근무 환경을 조성해 줘야 한다."고 말했다.

〈대형 병원 토요 진료 속속 합류… "더 고달파지는 의사들"〉

그런 가운데 대형 병원까지 줄줄이 토요 진료 대열에 합류하면서 의사들의 업무 강도 역시 비례하고 있다. 삼성서울병원이 9월부터 모든 과를 오픈하는 '토요 진료'에 나서기로 했다. 현재 빅5 병원 중 토요 진료를 실시하고 있는 곳은 세브란스병원, 서울성모병원, 서울대병원 등이다. 사회 전반적으로 주 5일제, 주 40시간 제도가 정착됐지만 병원계 만큼은 예외인 것이다.

하지만 의료진들은 갈수록 업무 강도가 높아지고 있다며 한숨을 내쉬고 있다. 여기에는 내적으로는 병상수 확대 및 대형 병원 신축에 따른 경쟁이 더욱 심화되고 외적으로는 포괄수가제 확대, 선택 진료비 감소 등의 여파라는 의견이 지배적이다. 대한병원협회 정영호 보험위원장은 "정부의 고강도 압박 정책이 계속되면서 병원늘이 비상이다. 이에 따라 교육 · 연구 · 진료 모두 집중해야 하는 의사들은 그야말로 한숨만 내쉴 수밖에 없는 지경에까지 몰렸다."고 지적했다.

대학에 근무하는 교수들은 학생들을 가르치는 교육, 병원에서는 진료, 논문을 쓰는 등의 연구 활동으로 무척 바쁘다. 대학병원들도 적자에 시달리면서 매달 진료 수입에 대한 압박도 받는다고 한다.

개인 의원을 개설하여 동네 환자들을 주로 보는 개원의들은 동료들과의 경쟁이 치열해져서 주 5일, 6일도 마다하지 않고 진료실을 지켜야 하는 처지이다. 그렇다면 의사들은 언제 시간을 넉넉하게 가질 수 있을까?

동네 소아과의 실상

어느 동네에나 아이들이 아프면 쉽게 찾아갈 수 있는 위치에 소아과의원이 자리를 잡고 있다. 대부분의 소아과는 아이들의 진료, 예방접종, 건강검진을 위해 낮 시간에 근무를 하고 있다. 아이들과 어머니들의 사랑방과 같은 곳으로 매우 친숙한 공간이다. 그런데 언제부턴가 의사가 많이 배출되고 신생아 출산율이 낮아지면서 동네 소아과들의 경쟁이 치열해지고 재정 상태는 열악해졌다. 경쟁이 치열해지면서 수입이 급감하고 유지가 힘들어 문을 닫는 경우도 늘어났다.

몇 년 전부터 지방 도시에서부터 경쟁력을 강화시킨 색다른 형태의 병원들이 들어서기 시작하였다. 두세 명씩 짝을 지어 연합으로 소아과를 개설하기 시작하더니 최근에는 여러 명이 근무하는 아동 병원들이 많이 생겨났다. 하루도 쉬지 않고 근무하는 일명 '365-24'라는 특별한 클리닉들이 여기저기 나타나고 있다. 365는 연중 365일 하루도 쉬지 않고, 24는 24시간 병원 문을 열고 진료하는 것을 뜻한다.

이렇게 연합이나 아동 병원들이 시간을 파괴하면서 개원가의 사정은 점점 나빠지게 되었다. 개인 소아과들은 살아남기 위한 자구책으로 진료 시간을 늘릴 수밖에 없게 되어 동네의사들의 삶은 점점 열악해졌다. 동네의 작은 소아과와 비교적 규모가 큰 소아과와의 경쟁으로 동료 의사간에 갈등까지 표출되고 있는 실정이다. 반면에 일요일, 공휴일 모두 쉬지 않고 진료하는 '365-24' 체제는 맞벌이 가정이 많은 현실에서 긍정적인 면도 있으며, 응급실 진료를 줄일 수 있어서 의료비의 상승을 막는 등 좋은 점이 있는 것도 사실이다.

쉬는 날이 없이 진료를 하려면 의사도 여러 명이 교대로 근무해야 하며 직원도 많아야 하기 때문에 들어가는 경비가 만만치 않다. 실내 인테리어도 고급스럽게 꾸미고 각종 의료기도 구비하여 개설하기 때문에 초기 투자비용도 많이 든다. 이들 투자비와 경비를 충당하려면 수일간의 외래 진료로 충분히 회복할 수 있는 경우에도 입원을 권유하거나 검사를 많이 하는 과잉 진료(?) 현상까지 우려되며 동료 의사들의 원성을 사기도 한다.

주변 소아과들과의 차별화를 위해 진료 시간을 늘리는 것은 물론이고 서비스 차원에서 심지어는 자동차를 가지고 내원하는 환자들의 편의를 위하여 대리주차valet parking까지 해 준다고 한다. 소위 말하는 과잉 친절도 마다하지 않으니 동네 개인 소아과의원의 입장에서는 경쟁에서 떨어질 수밖에 없다. 그래서 어느 지역의 중심지에 연합 소아과나 아동 병원이 들어서면 그 주위에서 소규모로 진료해 오던 동네 소아과는 초토화되고 만다. 그래서 동료 의사들에 의해 폐업을 당하고 다른 지역으로 옮겨 다시 개원을 하는 악순환이 일어나고 있는 것이다.

다른 직종은 주 5일 근무 형태로 자리 잡아 가고 있는데 의료계는 경쟁이 심해져 반대로 근무시간이 늘어나고 있으며 출혈 경쟁을 하고 있는 형편이다. 의과대학 6년, 군의관 3년, 인턴과 전공의 5년을 모두 합하면 14년이란 긴 세월을 힘들게 공부하고 일해서 획득한 전문직이다. 이 전문직이라는 의사가 토요일과 일요일도 진료실을 지켜야만 생계가 유지될 수 있다니 한심하고 비참하다.

젊어서는 배우느라 시간 부족 때문에 힘들어했으며, 개원해서는 치열한 경쟁 때문에 시간 파괴까지 하면서 주 6일 심하게는 7일까지, 심지어는 야간에도 진료실을 지켜야 한다니 안타깝다. 이러한 사정으로 미루어 보면 의사들의 일생은 '시간적인 여유'를 누릴 수 없는 팔자를 가지고 태어났단 말인가?

대형 병원들의 토요일 진료, 연합 의원과 아동 병원들의 연중 무휴 진료와 함께 과잉 친절로 환자를 유인하는 것은 의료를 상업화하는 것과 마찬가지이다. 종국에는 모든 의사들로 하여금 쉬는 날이 없이 진료하는 하층민으로 전락하게 될 것이며, 의사로 하여금 영리를 목적으로 하는 장사꾼으로 여기게 될까 두렵다.

환자의 아픈 곳을 잘 치유하여 건강하게 살도록 도와주는 일이 의사의 본분이다. 이 본분을 잘 수행하기 위해 때로는 시간적인 여유를 가지고 공부도 하고 건강을 위해 재충전의 기회를 갖는 것이 중요하다. 이제 어느 수준에서 서로의 영역을 존중하면서 전문직의 자존감을 잃지 않고 진료실을 지킬 수 있을지 모두가 고민해야 하지 않을까.

제5장

의가醫家 산책

프리메드라는 봉사단체의 서울역 진료소에서
노숙자들을 대상으로 진료를 하고 있는 장면.

배꼽umbilicus

"엄마, 나는 어디서 나왔어?"

아이들이 자라면서 불쑥불쑥 놀라운 질문을 던지곤 한다. 아이가 서너 살쯤 되면 자아가 형성되기 시작하는데, 이때부터 말문이 트이기 시작하면서 이것저것 궁금한 것들을 묻기 시작한다. 그때 꼭 빠지지 않고 하는 질문이 자기의 태생에 대한 것이다. 그 질문에 대한 대답은 대체로 '엄마 아빠가 서로 사랑을 해서'로 시작해서 아이의 배꼽을 함께 들여다보는 것으로 끝이 나곤 한다.

배꼽은 탯줄이 떨어지면서 배의 가운데 부분에 남긴 자국이다. 탯줄은 태어나자마자 아이의 탯줄 기시부에서 약 5cm 정도 길이를 남기고 자르면서 묶어 둔다. 이때 남은 탯줄은 생후 2~3주 정도 지나면 자연적으로 말라서 떨어지게 된다. 배꼽의 내부에 약간 솟아오른 부분이 있는데, 이 부분은 탯줄의 흔적이 남은 것으로 배꼽유두라고 하며 지방이 적고 피하조직도 적기 때문에 꺼진 상태로 남아 있게 된다. 또 그 주위에는 벽과 같은 제대륜이 있는데 보통 생후 며칠이 지나면서 좁아지게 되는데, 좁아지지 않고 계속 넓게 남아 있게 되면 배꼽탈장을 일으키기도 한다. 이 탈장은 대부분 특별한 처치를 하지 않아도 자라면서 없어진다.

한 생명이 잉태하기 위해서는 정자와 난자가 만나 엄마의 아기집^{자궁}에 착상을 해야 한다. 이때 자궁에는 새 생명을 키우기 위해 태반이 형성되고 탯줄을 통해 태아의 성장에 필요한 모든 것들을 공급하게 된다. 엄마의 뱃속에서 탯줄 하나만을 의지해 살다가 약 10개월이라는 기간 동안 인간으로서의 면모를 모두 갖추고 태어나게 된다. 세상 밖으로 나올 때 힘찬 울음보가 터지면서 호흡을 시작하며, 의료진은 엄마와 연결되어 있는 탯줄을 자른다. 이제부터는 탯줄에 의존하지 않고 구강으로 먹기 시작하면서 자라게 되는 것이다.

배꼽을 라틴어로는 옴파로스^{Omphalos}라고 하는데, 이 말은 '세상의 중심'이라는 의미를 가지고 있다. 배꼽을 지닌 우리들 모두가 세상의 중심을 이루는 존재들이라는 것이다. 배꼽은 엄마와 아이가 하나였음을 보이는 확실한 징표이다. 열매를 맺는 식물에도 꽃받침이 붙었던 자리에 배꼽과 비슷한 자국이 남는다. 새 생명을 키워 낸 자리에 훈장처럼 맺히는 아름다운 흉터인 셈이다.

의사는 탯줄과 배꼽에 대한 의학적인 소중한 의미를 잘 알고 있겠지만 일반인은 평소에 예사롭게 여기고 가끔 만져 볼지도 모르겠다. 자신의 태생에 대한 추억과 함께 몸속에 깃든 어머니로부터 이어져 온 인연을 생각하면서…….

배꼽에 얽힌 얘기들

'배보다 배꼽이 크다'

배보다 배꼽이 크다는 것은 말도 안 되는 표현인데 우리는 일상에서 상당히 자주 쓰고 있다. 주된 것보다 부수적인 것이 더 크거나 많아서 마땅히 작아야 할 것이 크고, 커야 할 것이 작다는 의미이다. 이 속담은 어떤 일이나 상황이 이치에 맞지 않을 때 인용한다. 사물이나 사실을 실제보다 지나치게 크거나 작게 형용하는 표현법인데 '산더미 같은 파도'와 같이 사물이나 사실을 실제보다 지나치게 크게 하는 과장법과 '간이 콩알만하다'와 같이 실제보다 지나치게 작게 하는 표현하는 과소법이 있다.

이들 표현법은 속담에서 쉽게 볼 수 있는데, '바늘 구멍에서 황소 바람 들어온다', '간이 콩알만해지다'와 같은 것들이 그 예이다. 또한 과장법은 '눈물의 홍수'에서 보듯이 은유법과 같이 쓰이기도 하지만, 이들 표현법은 표현하려고 하는 내용을 더욱 강조하려는 의도와 생동감 넘치는 감정을 불러일으키고자 하는 데에 매우 효과적인 표현법으로 널리 이용되고 있다.

예를 들면, 프린트를 사는데 치르는 값보다 사용하면서 들어가는 잉크의 비용이 더 많이 들어가는 경우도 마찬가지이다. 산업이 발달하면서 공산품의 가격은 내려서 TV나 에어컨 등의 전자제품 값은 예전에 비하여 싸진 편이다. 그런데 힘이 들고 위험이 따르는 특수한 분야의 기술을 가진 기술자들의 인건비는 매우 높다. 얼마 전에 이사를 가게 되어 50만 원에 사서 설치해 사용해 오던 에어컨을 이전하려니 이전에 드는 비용이 만만치 않아서 그냥 버리고 말았다. 이런 경우도 배보다 배꼽이 크다고 할 것이다.

'배꼽을 잡다'

얼마 전에 강남에 있는 소극장에서 〈배꼽〉이라는 연극을 가족들과 함께 보았다. 시작부터 연극이 끝날 때까지 문자 그대로 배꼽을 잡고 웃었다. 웃음을 참지 못하고 배를 움켜잡고 웃었는데, 이런 경우에 '배꼽을 잡다'라는 표현이 적절함을 느꼈으며, 나중에는 너무 배가 아파서 웃을 수가 없는 지경에 이르렀다. 정서가 메마른 세상살이에 잠시나마 웃음을 한껏 안겨 준 연극으로 아직 관람을 하지 않은 지인들에게 한번 볼 것을 권유하고 있다.

'배꼽 시계'라는 말도 있다.

식사 시간이 한참 지나면 어김없이 배가 고파지는 것을 느끼게 되는데 매번 거의 일정한 시간에 느끼게 된다고 하여 이르는 말이다. 소설가 박완서의 〈나목〉에 나오는 글이다.

"아아 속 쓰리다. 요놈의 배꼽시계는 일 분 일 초도 안 틀린단 말야."

배꼽의 또 다른 유용성

출생 후 수일을 지나면서 신생아의 피부가 노랗게 변하는 것을 신생아 황달이라고 한다. 여러 가지 원인들로 인하여 황달이 오게 되는데 황달이 너무 심하게 되면 핵황달을 초래하여 뇌에 심각한 후유증을 남기게 된다. 황달 치료는 처음에는 광선요법을 실시하며 대부분은 후유증 없이 회복된다. 그러나 황달 수치가 계속 오르면서 핵황달의 위험성이 있는 경우에는 신선한 혈액으로 교환수혈을 해야만 한다.

요즈음은 피부가 노래지기 시작하면 일찍부터 병원을 방문하기 때문에 교환수혈을 필요로 하는 신생아들은 드물다. 살기가 힘들었던 70~80년대에는 극도로 심각한 황달 환아들이 많았으며 배꼽을 이용한 교환수혈이라는 시술을 제법 많이 하였다.

예전에는 복강 내의 질병인 충수돌기염^{일명 맹장염이라고 함}이나 담석증, 위암 등으로 인하여 수술적인 치료를 요할 적에는 메스로 절개하여 복부를 열고 각종 시술을 하였다. 수술 후에는 보기에도 흉하게 어김없이 수술 자국이 남았으며 회복하는 시간도 많이 걸리고 힘들다. 그러나 최근에는 의학의 발달로 대부분의 수술을 복강경이나 로봇을 이용해서 시술하기 때문에 수술의 경과도 빠르게 회복되며, 복부에 커다란 흉터를 남기는 경우도 드물다.

복강경이나 로봇으로 수술을 하는 경우에 배꼽의 안쪽 가장자리를 따라서 약간의 절개를 하여 기구를 복강 내로 집어넣어서 시술을 한다. 그다지 큰 수술을 요하는 질병만 아니라면 배꼽에 조그마한 절개로 웬만한 수술은 가능하다. 회복 속도도 메스를 이용하여 복부를 절개하여 수술을 한 경우보다 훨씬 빠르고 수술로 인한 흉터도 예사로 보면 발견하기 힘들 정도로 작다. 이런 복강 내 수술에 배꼽이 유용하게 쓰이고 있는 셈이다.

만물은 다 있어야 할
그 자리에 있어야 아름답다

"남자의 거기(?)가 확실해야 남자지!"

남자의 거기는 남자를 남성스럽게 만드는 바로 음낭 속에 있는 고환을 말한다. 고환은 남성호르몬인 테스토스테론을 생산해 수염이나 근육 등 남성다운 모습과 체력을 유지하게 하며 남성의 가장 중요한 구실인 종족 보존을 위한 정자 생성과 성기능까지도 가능하게 해 준다. 때문에 남성에게 고환은 보물 1호라고 해도 지나치지 않을 정도로 그 중요성이 높다.

그런데 만약 이 고환이 양쪽 다 없거나 하나만 있다면 어떨까. 고환이 제 기능을 수행하지 못하면 남성이 여성화되는 것은 물론 생식기능과 성기능이 사라져 문제가 심각해진다.

고환은 태아 8개월부터 복부에서 생기기 시작해 생후 4개월이면 정상 고환과 같은 모양을 이루게 된다. 그리고 뱃속에서 내려오기 시작해 생후 6개월 이내에 음낭 안의 정상 위치로 내려오게 된다. 이

때 고환이 제대로 내려오지 못해 뱃속이나 사타구니에 머물러 있는 경우를 '잠복고환 혹은 정류고환' 이라고 하며 신생아의 약 3%에서 발견된다. 만약 이 잠복고환을 심각하게 생각하지 않고 방치하게 되면 불임, 고환암, 탈장이나 고환염전, 정신적인 스트레스 등 합병증의 원인이 된다.

고환睾丸아, 왜 제자리로 내려오지 않니?

잠복고환은 특별한 증상이 없기 때문에 부모들이 모르고 지나치거나, 대수롭지 않게 여겨 치료 시기를 놓치는 경우가 많다. 따라서 신생아실에서부터 영유아 검진을 하는 의사들과 평소에 아기를 돌보는 부모들은 아기의 고환 상태를 잘 살펴볼 필요성이 있다는 것이 전문의들의 중론이다. 잠복고환으로 태어난 신생아의 경우 대개 1년 정도 지켜봐 제자리를 찾아 내려온다면 별 이상 없이 정상 기능을 하지만 이 시기를 넘기면 고환에 변성이 생겨 이상을 초래하기 때문에 세심한 관찰이 요구된다.

실제로 미국 통계에 따르면 고환암의 위험도는 정상인보다 잠복고환 환자들에서 20~46배나 높은 것으로 알려져 있다. 그리고 가장 무서운 것은 불임이다. 지금까지의 연구 결과에 의하면 양쪽이 다 잠복고환일 땐 불임률이 47~84%에 달하는 것으로 알려져 있다. 게다가 한쪽만 잠복고환일 때도 불임 가능성은 20~40% 정도로 높으며 결코 안심할 수 없는 수준이다.

잠복고환은 늦어도 생후 1년 이내에 치료를 받는 것이 중요하며 빠르면 빠를수록 좋은 결과를 가져온다. 2세가 넘으면 고환 조직에 변화가 나타나기 때문이다. 대개 고환은 4~6개월이면 음낭으로 완전히 내려와 자리를 잡으며 출생 6개월 이후에는 거의 내려오는 경우가 없다고 한다. 생후 6개월까지는 전신마취를 할 때의 위험성 때문에 생후 6개월에서 1년 사이에 수술을 하는 것이 좋다는 견해가 지배적이다. 잠복고환은 대개 촉진만으로도 진단이 가능하다.

치료는 대부분 수술적 치료로 교정이 되며, 호르몬을 투여하기도 하지만 효과는 그렇게 높지를 않다. 전문의들은 수술 시기가 늦을수록 고환을 살리는 '고정술' 보다 고환암 예방을 위해 고환을 절제하는 수술을 많이 하게 되기 때문에 조기 치료가 무엇보다 중요하다고 강조한다.

제자리 지키기

인체의 대부분의 중요 장기들은 복부나 흉부 혹은 두개골 내부에 자리 잡고 있다. 그런데 유독 유일하게도 고환을 싸고 있는 음낭 scrotum은 바깥에 위치하고 있으며, 사타구니 사이에 주름이 많은 피부에 싸여 늘어진 상태로 자리하고 있다.

음낭에 주름이 많은 이유는 체표면적을 넓게 하여 체온보다 낮은 온도를 유지하기 위함이며, 고환이 따뜻하게 되면 변성을 초래하여 제 기능을 못하게 되기 때문이다. 실제로 고환은 체온이 34~35도 정도의 음낭에 있을 때 즉 인체 내부보다 2~3도 낮은 체온을 유지할 때 가장 활발하게 정자를 만든다. 그런데 음낭보다 체온이 2~3도 정도 높은 뱃속이나 사타구니에 고환이 있을 경우에는 열로 인해 고환조직의 손상이 초래되면서 생식능력이 떨어지고 결국에는 불임을 유발할 수 있을 뿐만 아니라 그 자리에 계속 머물게 되면 고환암, 고환염전 등의 원인이 된다.

세상 이치가 그렇듯, 있어야 할 것이 제자리에 있지 않고 엉뚱한
데 있으면 여러 가지 문제를 일으킨다. 병원에 실력을 갖춘 의사가
자리를 지키지 않고 가짜 면허를 가진 돌팔이가 진료를 한다고 생각
해 보았는가. 유학을 다녀온 가짜 박사가 교편을 잡고 있다고 생각
해 보았는가. 치안을 담당해야 할 경찰이 제자리에 있지 않고 도둑
들과 어울려 다닌다고 생각해 보았는가. 고위 공직자가 자신의 본분
을 망각하고 지위를 이용하여 사리사욕을 챙긴다고 생각해 보았는
가. 심지어 달리는 차가 정해진 차로로 달리지 않고 밖으로 뛰쳐나
간다면 죽음을 불러올 수도 있다. 만물은 다 있어야 할 그 자리에 있
어야 편하고 아름답다.

그런데 어느 조직 사회에서도 자신의 자리를 제대로 지키지 못하
는 사람들을 흔히 본다. 자신의 지위를 이용하여 부정한 거래를 한
다거나, 지위에 걸맞게 능력을 발휘하지 못하는 사람들은 잠복고
환의 치료와 마찬가지로 가능하면 조기에 발견하여 조치를 취해야
하며, 이런 암적인 존재들은 필요하다면 수술로 도려내야만 할 것
이다.

숨구멍

신생아 머리에 있는 숨구멍

우리 아이 숨구멍이 너무 커요.

우리 아이 숨구멍이 너무 작아요.

우리 아이 숨구멍이 볼록 튀어나와 보여요.

숨구멍에서 박동치는 것처럼 올라갔다 내려갔다 해요?

외래에서 신생아들을 진료하다 보면 엄마들로부터 위와 같은 숨구멍에 대한 많은 질문을 받는다. 신생아에서 두개골의 관상봉합과 시상봉합이 만나는 부위의 마름모꼴 부분이 완전히 골화되지 않고 막으로 구성되어 있는데 이를 대천문^{Anterior fontanelle}이라고 하며 일명 숨구멍이라 부른다.

아기의 두개골은 통으로 한 개의 머리뼈로 구성되어 있는 것이 아니라 여러 개의 머리뼈로 짜맞추어져 있다. 대천문은 여러 개의 뼈가 완전히 융합되기 전에 마름모꼴의 형태로 열려 있는 부위를 말한다.

대천문의 크기는 4~6개월에 가장 커지다가 늦어도 두 돌이 되면 대부분 융합되어 닫히게 된다. 만약 두개골의 융합이 지연되면 연골 무형성증, 선천성 갑상선기능저하증, 다운증후군, 수두증 등이 의심되고, 융합이 빠를 때에는 소두증이나 두개골 조기융합증 등을 의심하게 된다. 또 대천문이 처음에는 정상적으로 닫혔다가 얼마 후에 다시 열릴 때에는 뇌종양이나 수두증을 의심하게 된다.

신생아는 가슴이나 엉덩이보다 머리가 더 큰 편이다. 대천문은 분만 시에 좁은 산도를 통과할 적에 유연하게 산도를 빠져나올 수 있게 해 주는 역할을 하는데 분만 중에 머리뼈가 겹치면서 머리의 크기가 줄어들었다가 다시 원래의 크기로 돌아간다. 또한 성장하면서 뇌가 자라는 것에 맞추어 머리가 커질 수 있게도 한다. 간혹 뇌가 다 성장하지 않은 상태의 유아기에 머리뼈가 조기에 서로 단단하게 붙어 버리는 때가 드물게 있는데, 이를 조기 융합이라고 하며 뇌의 발달에 심각한 문제를 일으킬 수 있다.

평상시에는 대천문을 덮고 있는 두피는 머리의 다른 부위의 두피보다 약간 들어가 있다. 그런데 대천문이 보통 때보다 더 뚜렷하게 많이 들어갈 때와 볼록 나올 때가 있는데, 이는 뇌의 척수액 압력에 따라 차이가 나는 것이다. 아기가 심하게 울거나 대변을 볼 때, 몸에 힘을 줄 때는 볼록 튀어나오고 조용히 누워 있을 때는 대체로 들어가는데 이는 정상적인 현상이다.

그러나 뇌수막염이나 패혈증에 빠질 경우에는 뇌압이 높아지면서 심하게 볼록해지며, 설사를 많이 해서 탈수가 심할 경우에는 심하게 꺼져 들어간다. 따라서 2세 이하의 유아에서 숨구멍이 들어가고 나오는 것은 어떠한 질병에 걸렸을 가능성을 예측하는 바로미터가 된다. 특히 고열이나 보챔, 혹은 축 늘어짐 같은 소견을 보이면서 숨구멍의 상태가 평상시와 다르게 관찰된다면 즉시 의사의 진찰을 받아야 한다.

옛날 조상님들의 지혜 중에 이 숨구멍에 관한 지혜가 한 가지 있다. 신생아 때는 대천문에 심장의 박동과 유사하게 파동이 있음을 보고 예전의 할머니들은 이를 머리에서도 숨을 쉬는 것 같다고 여겨 숨구멍이라고 불렀던 것 같다. 그리고 자손들을 돌보면서 이 숨구멍의 상태를 보고 질병의 유무를 추정하였으며 아이가 아플 때는 세심하게 관찰할 것을 당부하였다. 최근에는 신생아 때 열려 있는 대천문을 통하여 초음파검사를 함으로서 뇌출혈 혹은 뇌종양 등의 병변을 비교적 쉽게 찾을 수 있다.

숨구멍
—얼음 구멍

숨구멍이란 말이 있다.
내게 있어 그 말은
어렸을 적 얼음 위에 난 구멍을 가리키는 말이었다.
이상하게 얼음이 온통 냇물을 덮고 나면
여기저기 구멍이 나 있곤 했으며,
우리는 그 구멍을 가리켜 숨구멍이라고 불렀다.

강도 마찬가지였다.

숨구멍 가까운 곳은 얼음이 얇은 편이어서

그 곁에서 발을 구르면

물이 출렁거리며 위로 솟기도 했었다.

그게 재미있어 여럿이 발을 구르다 얼음이 꺼져

물에 빠진 적도 있었다.

물론 깊이가 낮은 냇물에서나 그럴 수 있었다.

강에 갔을 때는 숨구멍으로 들여다보이는

시커먼 강의 깊이가 무서워

숨구멍 주변으론 얼씬거리질 않았다.

물에 빠지고 나면 추운 것보다

집에 들어가서 엄마에게 혼날 걱정이 추위를 앞섰던 게

우리들의 어린 시절이기도 했다.

그 걱정에 냇가에 불을 피워 놓고 젖은 옷을 말리다

양말이며 옷을 태워 먹어

결국은 더 크게 혼나야 했던 것이 또 그 시절의 우리들이기도 했다.

서울 살면서 몇 번 롯데월드의 아이스링크에 놀러 갔었다.

그곳엔 절대로 숨구멍 같은 것은 없다.

여름에도 변함없이 얼음이 어는 곳이니

그곳은 사실 일 년 내내 숨 한번 쉬지 않는 곳이다.

그런데도 사람들은 하나도 답답해하지 않고 그곳에서 잘 논다.

그것은 우리들이 그곳의 화려함에 마취되어

그곳의 답답함을 느끼지 못하기 때문이다.

화려하지 않으면 삶을 견뎌 내기 어려운 곳, 그곳이 서울이기도 하다.

그걸 생각하면 내가 어린 시절을 보낸 강원도의 산골 마을은

얼음도 숨을 쉬며 겨울을 건너가는 곳이었다.

우리는 여기저기 숨구멍이 나 있는 얼음판 위에서 놀았으며,

그러다 얼음이 꺼져 물에 빠지곤 했었다.

또 냇가에서 불을 피워 놓고 젖은 양말을 말리다 홀라당 태워 먹어

엄마에게 혼나곤 했었다.

생각해 보니 얼음판의 그 숨구멍은

바로 그렇게 놀았던 우리들의 겨울을 숨쉰 것이었다.

우리가 그 숨구멍의 숨이었다.

이젠 고향에 아이들도 별로 없고

시골 아이들도 컴퓨터를 끌어안고 바깥에 나가는 법이 없다던데

우리들의 겨울을 잃어버린 고향의 그 숨구멍은

지금도 여전히 숨은 쉬며 이 겨울을 넘기고 있을까.

가끔 얼음도 숨을 쉬던 그곳이 그립다.

위의 글은 김동원의 글터에서 〈숨구멍〉이라는 좋은 글을 우연히 발견하고 나의 어린 시절에 얼음 위에서 뛰놀며 느꼈던 추억과 너무나 공감이 되어 여기에 옮겨 보았다.

숨구멍은 아기의 머리에 있는 대천문과 나무에도 기공氣孔이라고 하는 숨구멍이 있으며, 추운 겨울에 저수지에 얼음이 꽁꽁 얼면 안쪽에 얼음 구멍이 있음을 볼 수 있다. 어릴 적에 저수지 얼음 위에서 썰매를 타던 추억과 얼음 구멍 위에서 발을 구르며 뛰놀던 때가 그리워진다.

뒤끝이 깨끗한 사회를 바라며

항문기anal phase는 아이가 태어나서 처음으로 겪는 구강기oral phase를 거치고 그 후에 겪게 되는 심리성적 발달Psychosexual development의 제2단계로서, 생후 18개월부터 3세까지의 시기를 가리키는 정신분석 용어로서 배설할 때 항문의 점막에 자극이 가해져서 쾌감을 느끼는 시기이다.

성격 발달 중 이 시기의 어린이는 항문의 기능에 관심을 가지며 배설작용과 배설물의 배출을 통하여 환경에 대한 조절력을 배운다. 부모의 배변 훈련이라는 현실적 요구를 통해 갈등 속에 자아가 형성되는 단계이다. 즉 엄마와의 관계는 배변의 습관을 익히는 것이며 꼼꼼한 성격, 청결 등의 자아 기능이 배양되는 시기이다. 이 시기의 성격 형성은 본능적 충동인 배설과 외부적 현실인 배변 훈련과 관련되어 형성된다.

이 시기가 되면 신경계의 발달이 진행되면서 항문의 괄약근을 수의적으로 조절이 가능하게 되며, 배변 훈련이 시작되면서 유아의 본능적 충동은 외부 즉 엄마 혹은 양육자에 의해 통제되는데, 유아는 이때 즉각적인 만족을 얻을 것인지 혹은 늦출 것인지 갈등을 하게 된다.

항문기肛門期 고착

항문기에 배변 훈련을 너무 거칠게 하거나 강압적으로 하게 되면 커서 강박증이나 위생불감증 등의 성격장애도 유발한다. 주위에 있는 물건을 수시로 정렬하는 등 주변이 깨끗해야 심리적 안정감을 느끼고, 반대로 음식을 흘리거나 옷이 더러워져도 더럽다고 느끼지 못하게 된다. 강압적인 배변 훈련으로 아이들은 똥마려움을 참으려 할 것이며 변비를 일으키기도 한다. 그로 인해 항문보유적 성격이 형성되어 고집이 세고, 인색하며 지나치게 청결하거나 혹은 불결한 경향의 성격 특성들을 나타내게 된다. 이 단계가 순조롭지 못하여 고착固着이 되면 잔인하고 파괴적이며 난폭하고 적개심을 나타내는 항문공격적 성격으로 자라게 된다.

유아는 배변 훈련을 통해 통제하려는 부모 내지는 사회와 갈등을 겪게 되는데 이때 유아는 외부 간섭과 통제를 싫어해 일부러 더 말썽을 피우고 지저분하게 함으로서 부모에게 반항한다. 나중에 성인이 되면 권위에 대한 불만을 불결, 무책임, 무질서, 고집, 인색, 난폭, 분노, 적개심 등을 보이는 행동으로 나타낸다. 반면에 배변 훈련에 대해 부모가 너무 느슨한 태도를 취하면 정리 정돈을 잘못하고 방만한 성격이 될 수 있다.

적당한 배변 훈련은 생후 18~24개월 때 시작하는 것이 바람직하다. 생후 15~16개월이 지나면 소변이 마려워도 참을 수 있는 방광조절 능력이 생기고, 생후 18개월에는 식사 후나 변을 보기 전에 장이 움직인다는 것을 자각하게 된다. 배와 항문 주위 근육이 발달하는 것은 24개월째이다. 이 시기부터 대변을 볼 때 힘을 주거나 대변을 참을 수 있는 능력이 생기는 것이다.

어머니가 지나치게 강요하지도 않고 또는 너무 방관하지도 않는 적절한 배변 훈련은 아이들로 하여금 변을 보유하고 배출하는 모든 일들이 중요하다는 개념을 무의식 속에 지니게 될 것이다. 그리하여 적절한 배변 훈련이 올바른 성격 형성의 기초가 되며 창의성과 생산성의 바탕이 된다.

온돌과 다다미 문화의 차이

가끔 일본의 여러 지방을 여행할 기회를 가질 때마다 느끼는 점이 있다. 자동차들의 흐름이 질서정연하고 거리가 깨끗하다. 음식도 깨끗하고 정갈하게 나온다. 거리에는 휴지 한 장 찾아보기 힘들다. '어떻게 일본인들은 이토록 청결한 문화를 가지게 되었을까.' 하는 생각이 들었다.

일본의 가옥, 호텔, 료칸 등의 방을 살펴보면 침대를 사용하는 서양식도 아니고 한국의 온돌방도 아닌 다다미라는 독특한 가옥 구조를 가지고 있음을 볼 수 있다. 섬나라인 일본의 기후는 우리나라와 기온은 비슷하고 사계절이 뚜렷하지만 습도가 훨씬 높은 편이다. 유난히 습한 여름을 나기 위해 통풍이 잘되는 문과 창문, 곰팡이가 잘 슬지 않도록 만든 벽, 그리고 독특한 구조의 다다미 등으로 이루어져 있다. 가옥의 한켠에는 높은 습도로 인하여 매일 씻을 수 있도록 목욕 시설을 반듯이 갖추고 있음을 볼 수 있다.

그런데 다다미는 아이들 양육에 아주 결정적인 영향을 미친다. 다다미에 습기가 차는 일은 참으로 불편한 일이다. 습기가 차게 되면 다다미는 썩게 되고 버리게 된다. 똥오줌을 가리지 못하는 유아에게 다다미는 치명적이다. 어쩌다 다다미 바닥에 오줌이라도 누게 되면 아주 심각한 문제가 발생하기 때문이다. 따라서 항문기에 접어든 일본 아이들은 아주 어릴 때부터 철저하게 대소변 가리기 훈련을 받게 된다.

그러나 지나친 배변 훈련은 유아에게 어떤 식으로든 정신적 트라우마상처를 남기게 된다. 문화심리학을 전공한 김정운 박사의 견해에 의하면 '항문기 고착'이라는 퇴행 현상이 나타나게 된다고 한다. 즉 일본인들의 생활 전반에 나타나는 청결에 대한 강박적인 성향은 유아기 때에 형성된 '항문기 고착'의 성격적 특징이라는 정신분석학적 설명이 가능해진다는 견해를 보인다.

한옥은 일본의 다다미와는 진혀 다른 구조인 온돌과 장판으로 만들어져 있다. 장판 위에 똥오줌을 아무리 싸도 그냥 걸레로 훔치면 쉽게 청소가 가능해진다. 그래서 그런지 우리 조상들은 유아기 배변 훈련에 너무 느슨한 태도를 취하며 살아왔던 것은 아닐까?

나의 견해로는 어릴 적 느슨한 배변 훈련의 결과로 정리 정돈을 잘 못하고, 뒤끝이 깨끗하지 못할 뿐만 아니라 구린 구석이 많은 성향을 보인다고 생각한다. 고위 공직자들이 뒤끝이 깨끗하지 못한 돈을 쉽게 먹고 감옥에 가는 경우를 흔히 볼 수 있으며 심지어는 대통령의 친인척들도 어김없이 임기가 끝나기가 무섭게 사정기관에 들락거림을 본다.

한옥에는 대부분 목욕 시설이 따로 마련되어 있지 않다. 습도가 높지 않아서 목욕의 필요성을 별로 느끼지 못해서일 것으로 추정이 되기는 하나 청결에 대한 개념이 희박했던 것은 사실이다. 우리 조상들은 배변 훈련도 느슨했으며 자주 목욕도 하지를 않았으니 한옥의 방은 항상 쾌쾌한 구린 냄새가 났었다. 기성세대들이 뒤끝이 깨끗하지 못하고 각종 부정에 연루되고 하는 일련의 사건들이 항문기를 잘못 거치게 되어 생기는 현상으로 나는 추론해 본다.

그러나 이는 온돌 문화 속에서 자란 세대들의 문제로 끝날 것으로 생각한다. 지금 자라나는 세대들은 온돌 문화에서 점점 멀어져 가고 있으며 대부분은 아파트, 빌라, 다세대 주택 등의 서양식 생활을 하고 있다. 요즈음 젊은 세대들은 자녀를 과할 정도로 깨끗하게 키우고 있는 것을 보면 뒤끝이 깨끗하지 못한 부정한 돈을 먹고 감옥가는 사람들은 머지않아 없어질 것으로 기대해 보고 싶다. 결론적으로 보면 일본인들이 항문기에 변가리기를 강압적으로 해 왔던 것에 비해 우리 조상들은 너무 느슨하게 한 결과의 차이가 있음을 볼 수 있다.

나는 남해에서 태어나 초등학교를 졸업할 때까지 시골에서 살았다. 농사를 주업으로 하는 조부모님과 함께 전형적인 한옥에서 어린 시절을 보냈기 때문에 한옥의 장단점을 잘 알고 있었다. 한옥은 장점보다는 단점이 더 많다고 느끼며 살았는데, 이들 단점 중에서 재래식 화장실과 목욕 시설이 가장 아쉬웠다.

선친께서는 시골에 사셨지만 상당히 개화된 분이셨다. 어린 시절을 보낸 두곡 마을의 한옥에는 화장실은 재래식이었지만, 작은 채의 한쪽에 조그만 목욕 시설을 마련해 두어서 추운 겨울에는 간혹 목욕을 하였으나 여름철에는 찬물로 자주 샤워를 했던 기억이 생생하다. 깔끔한 성격의 선친께서 청결에 대해 관심을 많이 가졌던 것 같으며, 선친의 영향을 받아서 그런지 나도 제법 깔끔을 떨면서 살고 있는지도 모르겠다.

의존적이고 자기중심적인 성격

인간이 태어날 적에 본능적으로 배워 나온 것이라곤 딱 두 가지가 있다. 하나는 호흡의 시작을 위해 힘차게 우는 일이고, 다른 하나는 엄마의 젖을 빨아먹는sucking 행위이다. 신생아기에는 생존을 위해 전적으로 타인엄마에게 의존한다. 구강oral은 본능적인 만족을 얻기 위한 유일한 수단이며 엄마의 젖을 물고 빨아먹는 행동을 통해 만족과 쾌감을 얻는다.

프로이트에 의하면 인간의 성격 발달은 유아기부터 청소년기까지 다섯 단계─구강기, 항문기, 남근기, 잠복기, 생식기─에 걸쳐 이루어진다고 하는데, 그중에서도 초기의 세 단계가 끝나는 5세쯤이 되면 대부분 결정된다고 한다.

그러나 어떠한 원인들로 인하여 심리 성격 단계가 순조롭게 진행되지 못하는 때가 제법 있다. 한 단계에서 다음 단계로의 진행이 순조롭지 못하면 특정 단계에 고착固着될 수 있는데, 이 고착이 나중에 어른이 되었을 때의 성격에 영향을 미친다고 프로이트는 주장하며 이를 '좌절과 방임'이라는 두 가지 요소로 설명한다.

유아의 심리, 성적 욕구를 엄마가 적절하게 충족시키지 못한 경우를 '좌절'이라고 하며 '방임'은 엄마가 과도하게 만족을 시켜 유아로 하여금 내적으로 극복하는 훈련을 제대로 시키지 않아 의존성이 심한 것을 뜻한다.

구강기口腔期 고착

태어나서부터 18개월까지를 구강기라고 하며 이때는 구강에 욕구가 집중되어 있는데, 이 시기에 만족을 못하고 순조롭게 항문기로 넘어가지 못하여 고착된다면 그 후에도 크면서 계속 빨아먹는 행위에 집착하게 된다.

구강기의 고착으로 인하여 갖게 되는 구강 인격oral personality의 특징은 의존적, 자기중심적, 받을 줄만 알고 베풀 줄을 모름, 매사에 요구가 많음 등이 있으며 나중에 크면서 손가락 빨기, 손톱 깨물기, 지나친 수다, 남 헐뜯기, 비꼬기, 욕 잘하기, 과음, 과식 등의 나쁜 습관들을 보인다. 또한 청소년기를 거치면서도 부모에게 의존하려는 경향이 높아지며, 주입식 교육 등과 상승작용을 일으켜서 혼자서 할 수 있는 일들도 제대로 수행하지도 못할 뿐만 아니라 자기중심적인 사람이 되기 쉽다.

스스로 먹는 습관을 들이자

신생아기에는 엄마의 젖을 혹은 우유병의 젖꼭지를 빨아먹는 행위로 배고픔을 해결하면서 성적인 욕망을 충족시킨다. 6개월 정도 자라게 되면 치아가 나기 시작하면서 잇몸에 자극이 필요해진다. 이때부터 모유나 분유만 섭취하는, 빨아먹는 행위가 아닌 깨물기와 씹어chewing 먹는 행위의 욕구가 생기면서 덩어리가 있는 음식을 달라는 신호를 보낸다. 즉 덩어리가 있는 이유식을 시작해 달라는 신호이다.

이유식을 먹이는 방법은 반드시 숟가락으로 떠서 먹어야 하며 항상 일정한 장소에서 앉혀서 먹이도록 해야 한다. 8개월 정도 되면 스스로 손으로finger food 먹게 연습을 시켜야 하며 빨대나 컵으로 먹이는 습관을 들여야 한다. 12개월이 되면 엄마의 젖을 혹은 젖병을 빨아먹는 행위는 중지하고 큰 아이들과 마찬가지로 식사를 하면서 우유는 그냥 생우유를 컵으로 하루에 약 400~500ml 정도 먹이면 된다.

물론 모유는 두 돌까지 먹일 수는 있으나 가능하면 12개월 정도 되면 이유를 하는 것이 좋다고 생각한다. 요즈음같이 잘 만들어진 분유도 없고 이유식도 없던 가난한 시절에는 모유만을 두 돌 심지어는 세 돌이 지날 때까지도 먹이곤 하였다.

모유를 오랫동안 먹이는 경우에는 유아가 엄마의 가슴에만 매달리려는 경향이 심해지고, 이유식을 포함해서 다른 음식을 먹이는 일에 현실적으로 어려움을 겪게 된다. 그리고 모유의 영양이 우수하다는 것은 다 아는 사실이나 모유에도 약간의 단점이 있다. 장기간 모유 수유만 할 경우에는 철분과 비타민D가 부족하다는 것이 밝혀졌다. 따라서 장기간 먹일 때에는 반드시 철분과 비타민D의 보충이 필요하다.

구강기의 초기에는 빨아먹는 행위로 시작해서 이유식을 필요로 하는 6개월 이후부터는 깨물거나 씹는 행위로 발전하게 된다. 논란의 여지가 없지는 않으나 언제부터 빨아먹는 행위를 중지시키는 것이 좋은지, 이유는 언제부터 하는 것이 좋은지 등을 고민하게 한다. 개인적인 견해로는 빨아먹는 행위의 중지는 가능하면 빠르면 빠를수록 좋다고 생각하며, 첫돌 혹은 늦어도 18개월까지는 중지하는 것이 좋다. 왜냐하면 빨아먹는 행위가 오래 가면 반고형식이나 고형식을 저작하는 기회가 줄어들게 되기 때문이다. 씹어 먹는 행위를 저작_咀_嚼운동이라고 하는데 이 저작운동은 뇌의 발달, 턱과 얼굴의 균형적인 발달, 면역력의 증대 등에 아주 중요한 영향을 미친다.

유아기 때의 식습관은 평생을 간다. 이유식은 이유식 그 자체의 영양적인 문제도 중요하지만은 다양한 음식을 접함으로써 편식을 예방하는 의미도 상당히 중요하다. 이유식은 적당한 시간 간격을 두고 스스로 혼자서 떠먹게 해야 하는데, 우리 어머니들은 배고픈 시절부터 내려온 관습 때문인지 아이들이 배가 덜 고픈데도 자주 먹이려는 경향이 심하다. 또 식탁이라는 한 장소에서 먹이는 습관을 들여야 하는데도 아이가 움직이는 여러 곳을 따라다니면서 먹이는 아주 나쁜 습관을 가지고 있는 게 사실이다. 이런 식습관은 좋은 훈육방법이 아니다. 아이로 하여금 부모에게 점점 더 의존적인 성향을 갖게 하며, 나중에 성인이 되었어도 부모에게 의지하려는 의존적인 사람으로 살게 될 가능성이 높아진다.

나는 외래에서 유아를 키우고 있는 어머니들에게 자주 저작의 중

요성을 강조하면서 빨아먹는 행위에서 가능하면 빨리 깨물고 씹어
먹는 단계로 넘어가기를 권유하는 편이다. 혼자서 스스로 먹다 보면
비록 음식의 낭비는 있지만 누구에게도 의존하지 않고 혼자 살아갈
수 있는 심리적인 바탕이 마련되기 때문이다.

  지금까지 많은 어머니들이 해 오던 식습관은 유아에게 스스로 먹
을 수 있는 기회를 주지 않았던 오류가 있었음을 깨닫고 고칠 수 있
는 계기가 되길 바란다. 또한 식습관을 포함해 무엇이든지 도와주려
고만 하였던 것이 아닌지 반성할 계기가 되었으면 한다.

건강하고 싶으면 의자에서 일어나라

대부분의 포유동물들은 4개의 다리로 기어 다닌다. 원숭이 등 유인원들 일부가 서서 움직이기는 하나 그것은 일시적일 뿐이다. 지구상에서 오직 인간만이 두 발로 서서 걸어 다니는 것 즉 직립보행을 한다. 인간보다 더 힘세고 강한 동물도 많이 있다. 그런데 어찌 이 지구를 인간이 지배하고 살 수 있었을까? 그것은 간단하다. 바로 인간이 직립보행을 하기 때문이다.

직립보행을 하면서 얻은 것은 두 손hand의 자유다. 손을 자유자재로 쓸 수 있다는 것은 우리 인간에게 주어진 엄청난 행운이다. 손으로 많은 도구를 만들어 쓸 수 있게 됨으로써 여러 가지 기구들을 개발하여 생활의 편의를 가져 왔으며 문명이 발달하게 되었다.

옛날에는 주로 활이나 창을 들고 산으로 들로 뛰어다니면서 생활을 하였으나, 문명이 발달한 요즈음에는 서서 움직이는 행동은 줄어들고 많은 시간을 컴퓨터 앞에서 업무를 보거나 공부를 위해 장시간 의자에 앉아서 생활을 하는 편이다.

최근 미국 루이지애나 생명의학연구소와 하버드 의대 연구진은 하루 중 앉아 있는 시간이 길면 길수록 질병에 걸릴 위험이 높아지고 수명도 단축될 수 있다는 연구 결과를 내놓았다. 그들의 연구 결과를 정리하여 열거하면 다음과 같다.

하루의 대부분을 의자에 앉아 일하는 사람은 비만, 당뇨, 지방간 등의 질병을 얻을 위험이 훨씬 높은 것으로 드러났다. 매년 발병하는 암 중 적어도 17만 케이스가 오랜 의자 생활과 연관되어 있는 것으로 추정된다. 유방암과 대장암이 특별히 관련이 깊다고 한다. 하루의 대부분을 앉아서 생활하면 심장마비로 죽을 확률이 54%나 높아진다. 하루에 6시간 이상 앉아 있는 여성들은 3시간 미만 앉아 있는 여성들에 비해 13년 동안 조사한 사망률에서 40%나 높게 나타났다.

이 연구 결과는 어디까지나 개체군 수준에서 분석된 것들이다. 따라서 개인 차원의 인과관계가 성립하는 것은 아니지만, 그들은 조심스레 다음과 같은 결론을 내렸다. 하루에 앉아 있는 시간을 3시간 줄이면 2년을 더 살 수 있고, 텔레비전을 2시간 덜 보면 1.38년을 더 살 수 있다고. 그렇다면 더 편안한 의자를 만들려고 애쓰는 디자이너들은 실상 소리 없이 우리를 죽이는 살인 병기를 만들고 있는 셈이다.

앉아 있는 시간이 많으면 심장에 지방이 쌓여 심장기능이 떨어질 수 있다는 연구 결과가 미국심장학회에 발표되었다. 미국 샌디에이고 캘리포니아 대학 연구팀은 평균연령 65세의 성인 504명을 대상으로 조사한 결과 이같이 나타났다고 밝혔다.

앉아 있는 시간이 많을수록 심장을 둘러싼 이중 막인 심낭에 지방이 쌓이고 심혈관질환 위험성이 커진다고 발표했다. 심장 외의 다른 조직의 지방은 앉아 있는 시간과 관계가 없는 것으로 보았으며, 내장지방은 규칙적인 운동으로 줄일 수 있지만 심장에 쌓인 지방은 운동을 해도 줄어들지 않는 것으로 나타났다.

이는 앉아 있는 것이 단순히 육체적 활동이 없는 상태를 넘어, 운동으로도 해소할 수 없는 좋지 않은 영향을 우리 몸에 미친다는 사실을 보여 준다고 연구팀은 지적했다. 매일 달리기 운동을 한다 해도 하루에 앉아 있는 시간이 8시간이면 앉아 있는 것 자체가 건강을 해친다는 의미이다. 연구팀은 앉아 있는 시간을 줄일 필요가 있다며, 직장에서 '서서 일하는 책상'을 쓴다든지 앉아서 일하다 1~2시간 간격으로 일어나 몸을 움직이는 것이 도움이 될 것이라고 조언했다.

그 외에도 좁은 좌석에 장시간 비행기를 타고 이동하는 경우에도 혈전증의 위험이 따르며, 도박이나 게임에 빠진 사람이 온종일 앉아 있다가 혈전증으로 돌연사하는 경우도 종종 발생한다. 혈전증이란 혈액이 뭉쳐 젤리 같은 피딱지로 굳어진 것을 말하는데 보통 다리 정맥靜脈에 생기며, 이것이 심장이나 폐로 올라와서 폐동맥을 막아 생기는 응급 질환이다. 그래서 오래 앉아 이동하거나 작업을 해야 한다면 혈액이 굳는 것을 막기 위해 수시로 자세 변화를 주거나 움직여 주어야 한다.

오래 살고 싶으면 걸어라

40세 이후에 걷는 시간이 많을수록 수명이 늘어난다는 연구 결과가 나왔다. 미국국립암연구소NCI 연구팀이 총 65만 명이 대상이 된 6편의 관련 연구논문을 종합 분석한 결과 40세 이후에 빠른 걸음으로 걷는 운동을 하면 운동 시간에 따라 수명이 2~7년 정도 늘어나는 것으로 나타났다.

빠른 걸음으로 걷기 운동 시간이 일주일에 75분인 사람은 운동을 하지 않는 사람에 비해 수명이 평균 1.8년 긴 것으로 나타났다고 연구팀은 밝혔다. 이는 사망할 가능성이 19% 줄어드는 것에 해당한다고 보았으며, 걷기 운동 시간이 일주일에 150~299분인 사람은 평균 3.4년, 300~450분인 사람은 4.5년 수명이 늘어나는 것으로 나타났다. 또한 체중이 정상이든 과체중이든 걷기 운동은 수명 연장에 많은 도움이 되는 것으로 나타났다. 가장 큰 효과를 본 그룹은 체중이 정상인 사람이 매주 150~299분 걷기 운동을 한 경우로 이들은 운동을 하지 않는 비만 그룹에 비해 수명이 평균 7.2년 길었다.

반면에 직립보행을 하는 인간에게는 네 다리로 기어 다니는 동물에게는 발병하지 않는 질병이 있다. 오랜 시간 서서 일을 하면 중력에 의한 과도한 부담으로 척추에 추간판탈출증Disc이 발병할 수 있으며, 중력에 의한 압력의 증가와 배변 시에 오랫동안 변기에 앉아 있음으로 해서 항문 부위에 압력이 증가하여 치질Hemorrhoid이라는 병이 생긴다. 이들 질환은 직립보행을 하는 인간에게만 발병하는 질환이다.

외과 의사나 이발사같이 오랜 시간 서서 일하게 되면 몸의 아래쪽으로 피가 몰리게 되어 하지정맥류, 울체피부염stasis dermatitis 같은 질병도 발병한다. 오래 서서 일하는 사람들에게 발병하는 질환은 대부분 국소적인 증상을 보이는 질환들이다. 이들 장시간 서서 일해야 하는 사람들도 질병의 예방을 위해 잠깐씩 앉거나 하체를 상체보다 높여서 쉬도록 해야 할 것이다.

  현대인들은 대부분 오랜 시간 서서 일하다가 잠시 앉아서 쉬는 것이 아니라 늘 앉아서 일하다가 가끔 일어나서 일부러 걸어야 하는 삶을 살고 있다고 해도 과언이 아니다. 나는 하루 종일 아픈 어린이 환자들을 진료하기 위해 항상 앉아서 일하는 셈이다. 하루 종일 의자에 앉아서 환자 보는 일과 수명을 맞바꾸는 거래를 언제까지 해야 하는 것일까?

자정작용 自淨作用

자정작용自淨作用이란 자연 생태계에서 어떠한 인위적인 행위를 하지 않아도 공기나 물에 함유되어 있는 오염 물질이 스스로 정화되는 능력을 말한다. 이러한 자정작용은 물, 대기, 인체뿐만 아니라 모든 생태계에서 공존의 섭리에 의하여 활발하게 이루어지고 있다. 특히 인체는 자연계의 자정작용과 비슷하게 인체 항상성homeostasis이라는 시스템에 의해 조절되고 유지된다.

오염된 공기는 수시로 불어오는 바람과 오염 물질을 씻어 내는 눈과 비, 여과시켜 깨끗한 공기를 공급해 주는 나무와 숲이 자정작용을 담당하고 있다. 물은 외부에서 들어오는 오염 물질을 제거함으로써 스스로를 깨끗하게 하는 능력을 갖고 있다. 물속에 있는 미생물이 오염 물질을 잡아먹어 수질에 영향이 없는 물질로 분해시킴으로써 이루어지는데, 시냇물에 오염물이 스며들어도 얼마 지나지 않아 하류에서는 다시 맑은 물로 원상 복구되는데 이는 물의 자정작용 때문이다. 하지만 이와 같은 자정 단계도 오염 물질이 처리 능력을 초과해 계속 유입된다면 수질 악화와 대기오염에 빠지게 되며 더 심하게 방치하게 되면 회복 불가능 상태에 빠지게 된다.

우리 몸도 자연계와 마찬가지로 자정작용이 발동하고 있는데 인체항상성이라는 기전에 의해 건강을 유지하며 생존하고 있다. 인체항상성homeostasis이란 homeosame와 stasisto stand or to stay의 합성어로서 외부 환경과 인체 내의 변화에 대응하여 순간순간 체내의 환경을 일정하게 유지하려는 현상을 말하며, 자율신경계와 내분비계hormone의 상호 협조로 이루어진다. 여기에 피드백feedback이라는 시스템에 의해 내부 환경의 항상성은 정확히 유지되고 있다. 그런데 어떤 이유들로 인하여 인체항상성에 문제가 생기면 병에 걸리거나 최후를 맞게 된다.

일례로 얼음물을 먹는다고 해서 당장 체온이 떨어지지 않으며, 반대로 뜨거운 물을 먹는다고 해서 체온이 올라가지 않는다. 봄, 여름, 가을, 겨울의 온도 변화에 관계없이 체온이 일정하게 유지되는 이유는 무엇일까?

강추위로 체온이 떨어질 깃 같으면 인제는 체열을 외부로부터 빼앗기지 않기 위해 땀구멍을 닫고 몸을 움츠리게 하여 체온을 보호한다. 반대로 체온이 정상 이상으로 상승하면 땀구멍을 열어 땀을 흘리게 함으로서 체온을 정상 수준으로 유지한다. 이렇게 우리 몸은 주위의 급격한 변화에도 자동조절 시스템인 피드백 작용에 의해 항상성이 유지되므로 생명과 건강을 유지할 수 있는 것이다.

피드백 효과 feedback effect

피드백이란 어떤 원인에 의해 나타난 결과가 다시 원인에 작용해 그 결과를 줄이거나 늘리는 '자동조절원리'를 말하며 이러한 피드백 과정을 통해 인체의 항상성이 유지된다. 피드백은 음성 피드백 negative feedback과 양성 피드백 positive feedback으로 구분된다. 인체의 생물학적 조절 시스템은 주로 호르몬과 신경에 의해 이루어지는데 대부분 음성 피드백에 의해 조절되고 양성 피드백은 그리 많지 않다.

음성 피드백은 자동온도조절기와 같은 원리로, 에어컨을 보면 설정 온도보다 실내온도가 낮아지면 냉방기가 자동으로 꺼져서 실내온도를 높이게 되는 원리와 같다. 그러다가 설정 온도보다 실내 온도가 더 높아지면 냉방기가 작동하여져져서 온도를 낮추게 된다. 이와 같이 실내 온도가 정해진 온도에 이르면 자동온도조절기와 냉방기가 서로 반대 방향으로 작용하게 되므로 이를 음성 피드백이라 한다.

일상에서도 음성 피드백의 효과를 흔히 볼 수 있다. 인간은 신神이 아니기 때문에 잘못된 판단과 행동으로 실수를 저지를 수 있다. 이런 경우 대부분 주위의 사람들로부터 조언을 듣고 잘못된 행동이나 생각을 교정하게 되거나 심한 경우에는 강제적인 제제를 받기도 한다.

대인 관계에서는 피드백 시스템의 알람 기능을 주위의 사람들이 담당한다. 그런데 뛰어난 실력으로 자신감에 넘치는 교수들, 사회적으로 덕망이 높은 저명인사들, 무소불위의 대기업 회장들, 높은 지위에 오른 고위 공직자들일수록 이 기능에 문제가 생기기 쉽다. 자신이 힘들게 이루어 온 과업이나 성취감에 도취되어 자만에 빠지기 쉬우며 남의 조언이나 소견을 들으려 하지 않고 자신의 생각이 가장 옳다고 여기는 경향이 뚜렷하다.

그런데 이들이 잘못된 생각이나 행동을 했을 때 이를 경고하는 알람 기능이 작동하지 못하는 경우가 흔히 있다. 감히 권위에 눌려서 직언하기를 꺼려하거나 못하기 때문이다. 즉 아랫사람이 피드백을 주지 못하거나 주려 하지 않을 때 윗사람은 스스로의 잘못을 인식하지 못하여 나중에 더 큰 화를 입게 된다.

그래서 나는 항상 멘토의 필요성을 강조한다. 멘토라는 것은 젊은 이에게만 필요한 것은 아니다. 사람은 늙어 죽을 때까지 배우면서 누군가의 조언을 들으며 살아야 한다. 왜냐하면 인간은 자기가 생각하는 방향으로만 움직이려는 경향이 있어서 여러 시행착오들을 겪게 마련이다. 특히 나이가 들면 더더욱 심해지기 때문에.

이들 시행착오와 실패를 줄이기 위해서는 젊은이든 늙은이든 항상 귀를 열어 놓고 주위의 의견을 경청하면서 살아야 한다. 힘든 일에 부딪혔을 때 주위의 조언과 응원은 큰 힘이 되기 때문에 평소에 조언을 아끼지 않을 멘토가 필요한 것이다.

자정 능력을 상실하면…

예로부터 주색잡기酒色雜技를 조심하라는 말이 있다. 이 주색잡기라는 것은 술과 여자와 노름을 아울러 이르는 말로써 조심하지 아니하면 큰 화를 입을 수 있다. 주위에는 사업을 잘 일구어 큰 부를 축적한 사람, 학문에 조예가 깊은 학자, 가문의 영광인 높은 벼슬까지 오른 사람들 중에서도 이런 주색잡기에 빠져 패가망신을 하는 경우를 가끔 볼 수 있다.

평소에는 실력이 남다르고 카리스마가 넘치는 교수님이 술만 먹으면 주사酒邪가 심하여 폭력을 휘두르거나 인사불성에 빠지는 등 불미스러운 일이 자주 일어나곤 했다. 이런 주사 때문에 자신이 쌓아 온 명예에 먹칠을 하였으며 결국에는 권고사직으로 병원을 떠나야만 했다.

학교 선배 중에 키가 크고 인물이 출중한 분이 있었다. 평소에는 운동도 잘하고 성격도 좋았으며 후배들도 잘 챙겨 주어서 인기가 좋았다. 아주 잘 생겨서 그런지 학교를 다닐 때부터 미모의 여학생들을 몰고 다녔으며 자주 파트너가 바뀌곤 하였다. 그런데 이 선배가 전공의 시절에 몇 명의 간호사들과 교제를 하면서 문제가 발생하였다. 삼각관계에 있던 한 간호사가 자살 소동을 벌였고 온 병원이 발칵 뒤집혔다.

고교 동기 중에 제법 친하게 지내는 친구가 좋은 직장을 다니면서 가장으로 행복하게 살았다. 어느 날 재미 삼아 시작한 노름이 점점 커지면서 직장에서 퇴출당했으며 재산을 모두 잃고 빚더미에 앉게 되었다. 가정을 지키지를 못하여 지금은 노숙자 신세가 되었다고 한다. 이들 교수, 선배, 친구 모두 주색잡기에 빠져서 생긴 일들로 이들에게 적절한 피드백이 없었던 것이 중요한 원인이라고 생각한다.

이처럼 인간은 누구나 때론 실수를 하거나 잘못을 저지르면서 살아가고 있다. 그럴 때마다 피드백의 교정 없이 자발적으로 올바르게 살아가기란 쉽지 않다. 인간은 원래 자기중심적으로 생각하고 자기가 편한 방식으로 살아가려는 탄성을 가지고 있기 때문이다. 그래서 피드백은 반드시 필요하며 피드백이 이루어지기 위해서는 우선 인적 피드백 시스템이 평소에도 잘 작동하도록 해 두어야 한다.

스승과 선후배, 절친한 친구들, 가족들이 평소에 자신의 잘못된 생각이나 처신에 대해 허심탄회하게 지적하고 조언해 줄 수 있는 '멘토-멘티'의 관계를 마련해 두는 것이 좋다. 또한 그렇게 하려면 그들의 조언에 귀를 기울이고 소통하려는 마음의 자세를 갖추고 있어야 할 것이다.

피드백 없이도 마음의 수양과 자기 성찰을 통해 자신의 과오를 고칠 수도 있다. 그러나 이는 위인이나 성인의 반열에 오른 분들이나 가능한 것이지 우리같이 평범한 사람들에게는 쉬운 일이 아니다. 따라서 자기 자신에게 피드백이 잘 작동하고 있는지 항상 주의를 기울여 살펴봐야 할 것이다. 특히 높은 지위에 있는 사람들은.

개인과 마찬가지로 사회도 자정 능력을 상실하면 여러 가지 문제가 발생한다. 공직사회가 전반적으로 무능하고 부패하게 되면 민심은 흉흉해지고 사회는 혼란에 빠지게 된다. 이럴 때 자정작용과 피드백이 작동하기 시작하여 지식인과 민중은 사회가 올바르게 가도록 목소리를 높이고 행동을 개시한다. 그러나 지나치게 부패와 무능이 진행되어 자정 능력도 한계에 도달하게 되면 그 사회는 회복 불능에 빠지게 된다. 선진국일수록 이들 자정 능력과 피드백 시스템이 잘 갖추어져 있어서 사회는 큰 격변을 겪지 않고 안정화되어 있으며 개인의 삶도 풍요롭다.

의사들만의 비밀
—VIP증후군

아무 연줄이나 후광 없이 관공서에 가서 업무를 처리할 때나 병원에서 진료를 받을 때 제대로 대접을 받지 못한다고 생각한다. 그래서 아는 사람이 있으면 꼭 미리 연락해서 잘 봐 달라는 부탁을 한다. 종합병원에 근무하는 의사들의 경우 많은 지인들의 진료 의뢰를 받는 경우가 적잖지만 정작 그들의 청을 달가워하지는 않는다. 왜냐하면 사회적으로 저명인사나 가족 또는 개인적으로 친분이 있는 환자를 진료할 때에는 좀 더 신경을 써야 하는 부담감이 오히려 환자에게 좋지 않은 결과를 초래할 수 있기 때문이다. 이러한 징크스를 일컬어 의사들은 VIP^Very Important Person^증후군이라고 하며 의료계에서는 불문율 비슷하게 내려오는 말이다.

VIP라는 약자는 정부의 최고위층을 지칭하기도 하고, 유통업계에서는 매출을 많이 올려 주는 그야말로 소중한 고객을 말한다. 상위 20%의 고객이 매출의 많은 부분을 차지한다는 것은 다 아는 사실이다. 상위 20% 중에서도 더 소중하게 여기는 고객을 VVIP라고 하며 특별관리 고객으로 분류하기도 한다.

그런데 병원에서는 VIP의 의미가 약간 다른 뜻으로 통용되는데 물론 특별히 관심을 더 가지고 대해야 하는 환자임에는 틀림없으나 약간은 비웃는 의미의 은어로 쓰이고 있다. Very Important Person의 약자이지만 병원에서 의사들끼리 쓸 때는 'Very Irritable Person'이라는 숨은 의미를 가지고 있다. Irritable의 뜻은 과민하고, 보채고, 성가시다는 의미를 갖고 있는데 VIP 환자들 중에 이런 부류의 성가신 환자를 만나면 의사들은 피곤하며 과잉 혹은 과소 치료로 곤경에 빠지기도 한다.

큰 수술이나 중증 질환을 치료할 때는 빠른 시간 내에 과감한 결단을 내려야 할 경우가 많기 때문에 사사로운 감정이 개입되면 제거해야 할 부위를 완전히 적출하지 못하여 합병증을 초래할 수 있고, 망설이다가 시간이 지체되어 예기치 못한 후유증을 남길 수 있다. 수술 중에 누군가의 부탁이 생각나면 의학적 판단이 흐려질 수 있기 때문이다. 결국 의사도 사람인 이상 심리적인 압박감의 영향을 받았다고 볼 수밖에 없다. 그래서 의사들이 자기 가족의 치료를 본인이 직접 수술을 하지 않고 다른 의사에게 맡기는 것은 바로 이 VIP증후군 때문이며, 그 원인을 몇 가지 추정해 볼 수 있겠다.

첫째는 의료 행위는 실수가 용납되지 않는 전문 분야에 속하면서 고도의 처치를 자주하게 마련인데 '평소에 하던 일'을 '평소에 하듯이 하지 않는 경우'에 문제가 생긴다. 즉 과감한 치료보다는 너무 조심스럽게 접근하기 때문이다. 의사들의 친인척이나 지인들이 부탁을 해 오면 의사는 그 환자의 고통, 편의, 비용 등의 여러 가지 면에서 좀 더 고려하게 된다. 이를테면 힘든 검사나 비용이 많이 드는 검사일 경우에 의사는 의학적으로 냉정하게 판단하지 못하고 과잉 혹은 과소 치료를 하기 쉽다.

'힘든 검사이니 차차 경과를 봐 가면서 나중에 하지.'

'비싼 검사이니 이번에는 생략할까 봐.'

'너무 많이 절제하면 나중에 장애를 초래할 수 있는데……'

등등의 생각들이 맴돌게 되면서 소신껏 못하는 수가 있다.

이렇게 환자의 편의를 고려하다 보면 중요한 검사를 놓치기도 하고 지나칠 정도로 자주 치료하는 등 진료가 평소와 같지 않아서 오히려 문제가 발생한다. 좋은 의도에서 잘 봐주려다가 생긴 후유증일지라도 일단 문제가 발생한 후에는 진료를 담당한 의사의 입장은 난처하고 당혹스럽다.

둘째는 원로 교수님이 한동안 평소에 하지 않던 처치를 했을 때에도 문제가 생길 수 있다. 예를 들면 인턴이나 레지던트가 하던 처치를 VIP 환자에 대한 예우 차원에서 교수님이 직접 시술하다가 실수를 하게 되는 경우를 종종 본다. 전공의나 전임의들은 항상 해 오던 처치여서 거침이 없다. 그런데 교수님들은 예전에는 능숙하게 했던 처치도 오랜만에 접하게 되면 어설퍼지고 실수도 하게 된다.

손에 물이 한참 오른 젊은 교수에게 맡기지 아니하고 이름난 원로 교수가 직접 수술을 하게 되지만 수술 감각이나 판단은 한창 환자를 많이 보는 젊은 교수보다 못할 수 있다. 또는 '더 잘해 줘야지, 조금만 절개하여 흉터를 작게 남기도록 해 줘야지' 등의 감정이 개입되면 일을 그르치는 경우가 더욱 많다.

셋째는 말 그대로 VIP 환자다 보니 의사의 지시를 잘 따르지 않거나 무시하는 경우인데, 그 대표적인 것이 환자의 직업이 의사일 때다. 스스로도 워낙 잘 아는 만큼 일반적인 규칙과 원칙 가운데 본인에게 불편한 것은 무시하는 수가 많다. '아는 것이 병'이란 말이 여기에 해당된다. 그리고 의사 본인이 가족이나 본인의 병을 치료하는 경우에도 탈이 생기기 쉬운 것도 마찬가지다.

병원에 입원하면 보다 나은 특별한 대우를 받기 바라는 것은 누구나 마찬가지다. 보통 병원에서 큰 수술을 받고, 잘 치유되어 퇴원할 때 보호자들로부터 고맙다는 사례로 촌지를 받는 경우가 종종 있다. 큰 수술을 앞둔 보호자의 경우 집도의에게 수술 전에 잘 수술해 달라는 의미에서 촌지를 드리고 싶어 한다. 그러나 의사들은 미리 촌지를 받는 것은 집도의로 하여금 심적인 부담을 갖게 하여 또 다른 VIP증후군을 초래할 수 있으므로 하나의 불문율로 꺼려하고 있다.

의도대로 잘 되면 좋지만 의사도 사람인지라 인간적인 실수를 하게 마련이다. VIP증후군도 결국엔 사람이 만든 인재라고 할 수 있다. 의사는 환자를 '사사로운 감정이 개입되지 않은 환자'로만 대할 때 가장 좋은 치료 결과를 얻게 된다고 본다.

의사와 특별한 관계라도 있으면 좀 더 나은 대우를 받지 않을까 싶어 어떻게든 친분 있는 의사를 찾아 부탁하는 이들이 많다. 물론 다급한 환자의 입장은 이해가 되지만 나만이 다른 환자와 다른 특별한 대우를 받기 원하지만 반드시 좋은 결과를 가져오는 것만은 아니며 과도한 청탁은 VIP증후군이 생겨 오히려 더 나쁜 결과를 초래할 수도 있음을 알아야 할 것이다. 그러니 병원에서만큼은 평범한 환자로 진료 받기를 바라는 것은 모든 의사들의 희망 사항이다.

누군가 학문적 진리는 보편성 위에서 더욱 빛을 발한다고 했다. 의사와 환자 사이에도 이 보편성을 따르는 것이 가장 최선의 방법임을 의료인들은 잊지 말아야 할 것이다. 병원뿐만 아니라 모든 사회 구석구석이 청탁을 하지 않더라도 공정한 대우를 받는 사회가 된다면 얼마나 좋을까…….

사용하지 않으면 녹슨다

움직이거나 움직여 주어야 하는 모든 것들은 자주 사용하지 않으면 녹슬게 되며 결국에는 활용도가 떨어져 버리게 된다. 우리 몸을 비롯하여 어떠한 생물이나 기계류도 마찬가지다. 산업화로 오일과 전기로 모터를 이용할 수 있기 전에는 자연의 힘으로 기구를 사용하던 시절이 있었다. 지금은 이용하지 않고 구경거리로만 남아 있는 '물레방아'를 보자. 강수량이 풍부한 여름철에는 물레방아가 계속 돌기 때문에 기계가 녹슬지 않고 잘 돌아간다. 그런데 겨울철이 되면 수량이 부족하여 기계가 멈춰 있는 시간이 많아져서 녹슬기 쉽다. 녹스는 것을 방지하기 위해 계속적으로 기름칠을 하고 보관에 신경을 많이 써야 한다.

불사용 위축Disuse atrophy

'불사용 위축'이라는 말이 있다. 장기간 사용하지 않으면 녹이 스는 것과 마찬가지로 위축된다는 뜻이다. 흔히 의학용어로서 장기臟器

나 근육筋肉이 장기간 활동하지 않고 있으면 이들의 기능이 위축萎縮되는 것을 말한다. 어느 한쪽 근육을 많이 사용하거나 운동을 하게 되면 근육이 강해지고 비대해지는 경우와 반대되는 의미이다. 예를 들면 골절 등으로 한쪽 하지下肢를 안 쓰게 되면 그 하지는 근육이 쇠퇴하고 힘이 약해지는데 이를 '불사용 위축'이라고 한다.

비슷한 의미로 '용불용설用不用說'이라는 말도 있다. 어느 기관이든지 다른 기관보다 자주 쓰거나 계속해서 사용하면 그 기관은 더욱 강해지고 크기도 더해 간다. 그 기관이 사용된 시간에 따라 특별한 기능도 갖게 된다. 반대로 오래도록 사용하지 않으면 차차 그 기관은 약해지고 기능도 떨어지며 크기도 작아져 결국에는 흔적만 남거나 거의 없어지기도 한다.

인체에는 애초에 대대로 사용해 왔던 기관器官이 지금은 쓸모가 없어져서 퇴화하여 흔적만 남아 있는 것들이 있다. 그중 대표적인 것으로 충수돌기일명 맹장라는 것이 있다. 이 충수돌기는 영장류나 토끼 같은 동물에서만 볼 수 있으며 충수돌기 혹은 막창자꼬리라고도 하는데, 맹장 아래 끝에 위치한 관같이 생긴 돌기이다. 이것은 길고 구부러지고 안이 비었으며 길이는 약 6cm 정도 된다. 간혹 염증을 일으켜서 수술로 제거해야 하는 경우가 종종 있으나 수술로 제거하여도 아무런 지장은 없다.

다른 하나는 치아이다. 사람이 불을 발견하여 음식을 요리하게 됨에 따라 치아와 턱이 퇴화하였다. 특히 송곳니와 사랑니의 퇴화가 두드러져 사람의 송곳니는 원숭이 치아처럼 다른 치아보다 특별하게 돌출해 있지 않다.

또 우리가 흔히 사랑니라고 부르는 치아는 큰 어금니 중 세 번째 위치인 제3대구치를 말하는데, 구강 내에 제일 늦게 나오는 치아이다.

이 사랑니는 옛날 조상들에게는 질긴 음식을 씹어야 하기 때문에 저작을 위해 필요하였지만 지금은 주로 가공된 연한 음식을 먹기 때문에 사랑니의 필요성이 줄어들면서 퇴화하는 중에 있으며 전혀 나지 않는 이들도 있다.

流水不腐류수불부
戶樞不蠹호추불두
動也동야

흐르는 물은 썩지 않고
문지도리는 좀먹지 않는다
움직이기 때문이다.

흐르는 물은 썩지 않고, 문지도리는 좀이 먹지 않는다는 의미를 갖는데, 여씨춘추呂氏春秋에 나오는 말이다. 많은 물이 흐르는 개울은 깨끗하고 맑다. 물이 적게 흐르거나 흐르지 않는 개울은 오염이 심해져서 냄새가 나고 각종 벌레가 서식하게 된다. 그래서 개울에는 항상 물이 풍부하게 흘러야 하는 것이다. 예를 들어 한 가정에 많은 사람들이 기거하면서 문지방을 자주 들락거리면 문지도리는 녹이 슬지 않으며 삐걱거리는 소리도 나지 않는다.

우리의 인체도 움직이지 않고 정체된 삶을 산다면 여러 가지 문제가 발생할 수 있다. 특히 혈액순환이 원활하지 않으면 각종 질병에 걸리기 쉽다. 혈액은 전신을 돌면서 영양과 산소를 세포에 공급하고 노폐물과 탄산가스를 거두어 가지고 돌아온다. 그런데 고지혈증 등으로 맑고 깨끗해야 할 혈액이 탁해지면 혈액순환에 지장을 초래하게 된다. 혈액이 탁해지면 나중에는 동맥경화로 진행된다. 심장 근육 자체에 돌고 있는 혈관인 관상동맥의 경화가 장시간 계속되어 혈관의 내강이 막히기 시작하면 심장 근육의 일부에 허혈 현상이 생기는데 이를 '심근경색'이라고 한다. 비슷한 병리 현상으로 생기는 예가 뇌에도 적용되는데, 뇌에 분포해 있는 혈관이 동맥경화가 진행되면 혈액순환이 원활하지 못하여 사지마비와 언어장애 등을 초래하는 '뇌경색'에 빠진다.

건강한 삶을 위해서는 여러 가지 지켜야 할 일들이 많이 있지만 스트레스를 받지 말고, 과도한 육식을 피하고, 규칙적인 운동이 필수적이다. 특히 건강하고 싶으면 다동多動, 많이 움직이라고 한다. 몸을 움직이지 않으면 근육의 양이 줄어들고 근력이 위축되는 불사용 위축에 빠진다. 미래에는 인간의 수명이 길어져서 100세 내지 120세까지도 살 수 있을 것으로 예측한다. 그런데도 일부에서는 장수하지 못하고 일찍 죽는 이들이 있는데, 여러 원인들이 있겠지만 운동 부족이 커다란 요인으로 작용함을 여러 자료에서 찾아볼 수 있다.

야생 토끼의 평균수명은 15년이고 집토끼의 평균수명은 4~6년 정도이다. 사냥개의 평균수명은 27년 정도이고 집안에서 기르는 강아지의 평균수명은 13년 정도 된다. 집안에서 기르는 동물들은 가만히 앉아 있어도 주인이 먹이를 주지만 야생동물들은 먹이를 찾아 돌아다녀야 하고 사나운 짐승들을 피하여 도망쳐야 하기 때문에 불가피하게 격렬한 운동을 하지 않을 수 없다. 그래서 야생동물의 수명이 집에서 가두어 기르는 애완동물보다 긴 것은 당연한 이치이다.

이와 같이 인간도 동물과 마찬가지로 움직임이 적으면 수명이 단축될 것으로 추론해 볼 수 있다. 그래서 건강하고 오래 살고 싶으면 몸을 많이 움직여 주어야 하는 것은 당연하다. 특히 나이가 들면 근육이 위축되기 때문에 몸을 더 많이 움직여 주어야 한다. 꼭 거창하고 비용이 많이 드는 운동이 아니어도 좋다. 친구들과 어울려 산책을 하고, 가족과 함께 텃밭을 가꾸고, 각종 모임에도 자주 참석함으로써 몸의 활동성을 높여 위축^{atrophy}을 막아야 장수할 수 있다.

인생사에서 다동도 중요하지만 마음의 자세도 정체되면 곤란하다. 우리가 두려워해야 할 것은 죽음이나 늙음이 아니라 변화를 거부하는 녹슨 삶이다. 고인 물이 썩듯이 변화하지 않는 삶은 녹슨다. 삶을 역동적으로 발전시키고 영혼이 있는 삶을 위해 끊임없이 변화를 모색하면서 뛰어야 한다. 지금까지 가지고 있던 경직된 사고^{思考}, 부정적인 생각, 게으른 생활 태도 등을 버려야 할 것이다. 지금까지 아무런 문제가 없었으니 앞으로도 잘되겠지 하는 안이함을 버려야 한다. 도전정신 없이 현재에 안주하려는 순간 몸과 마음과 조직은 썩기 시작한다. 몸과 마음이 위축되지 않도록 끊임없이 움직이고 생각하라. 멀리 내다볼 수 있는 폭넓은 사고와 변화를 읽어 내는 안목^{眼目}이 필요하다.

제6장

사색하는 즐거움

평소 취미생활의 하나인
화초 키우기에 여념이 없다.

멋있다

　'멋있다'의 뜻은 '보기에 썩 좋거나 훌륭하다'로 되어 있다. 통상 일상에서 멋있다고 하면 외모나 옷차림의 멋을 연상하게 된다. 물론 외모나 옷차림이 멋있는 것도 그렇지 않은 것보다 훨씬 좋다. 외모도 멋있으면서 내면의 멋이 풍부하여 다른 사람으로 하여금 멋있는 사람으로 풍겨 온다면 얼마나 좋을까.

　겉으로 보기에만 멋있는 사람들도 적지 않다. 어쩌다 보는 드라마 속의 주인공들의 옷차림이나 자동차들을 눈여겨보면, 눈이 부시도록 멋있는 자동차와 미모의 여인들, 한눈에 보아도 멋들어지게 생긴 남자들을 흔히 볼 수 있다.

　얼굴이나 체격이 뛰어나게 잘생긴 것도 멋있는 일이요, 유행과 체격에 맞추어 옷을 보기 좋게 입는 것도 멋있는 일이다. 그리고 임기응변에 능하여 번듯하게 말을 잘하는 것도 역시 멋있는 일이다. 그러나 겉모양의 멋이나 말솜씨의 멋을 대했을 때, 우리는 가볍고 순간적인 기쁨을 느낄 뿐 가슴 깊은 감동을 느끼지는 못한다. 이렇게 실속 없이 겉으로만 부리는 멋을 '겉멋 들었다' 고 비아냥거리기도 한다.

　세상을 사는 보람을 느낄 정도로 깊은 감동을 주는 것은 역시 마음 깊숙한 곳에서 우러나오는 내면의 멋, 인격 전체에서 풍기는 멋이 아닌가 한다. 바로 그 내면의 멋 또는 인격의 멋을 만나기란 오늘날 우리 주변에서는 몹시 어렵다.

　그러면 내면의 멋이란 무엇을 의미할까. 속멋은 겉치장이 없는 속에서 우러나는 진짜 멋을 말한다. 조지훈은 '풍류, 화려, 호방, 율동, 초탈의 미에서 느끼는 것' 이라고 설명했고, 피천득은 '시적 윤리성을 내포한' 내면의 아름다움이 겉멋과 어울려야 한다고 강조했다. 즉 꽃병 속 장미꽃과 달리 살아 움직이는 인간적 가치가 있되, 교양이 갖춰진 '맛깔스러움' 도 있어야 한다는 것이다.

　사람들은 나를 보면 잘 생기지는 않았지만 제법 멋있고 깔끔하다고들 한다. 어쩌다 "멋쟁이네요." 라는 말을 들으면 기분이 좋기는 하지만 쑥스러워서 "멋쟁이가 아니라 멋을 부리는 편이지요." 라면서 얼버무리기도 한다. 겉멋만 든 것은 아닌지 자성해 보아야 하지 않을까. 나는 소지품을 챙기고 옷 입는 것에 제법 신경을 쓰는 편이다. 외출할 때 깔끔한 차림은 기분이 산뜻해지고 활기찬 하루를 맞을 수 있게 해 주기 때문이다.

　멋을 내려면 시간과 돈과 노력을 투자해야만 가능하고 멋을 부리는데 신경을 쓰고 있다는 것 자체가 아직 젊다는 증거일 것이다. 외모에 관심을 가지고 멋을 부린다면 엔돌핀과 남성호르몬의 분비도 왕성해져 노화 방지에도 도움이 된다고 한다. 물론 겉멋으로 치부할지 모르지만 밖으로 풍기는 멋도 있으면서 내면의 멋을 갖추어 나간다면 금상첨화가 아닐까.

멋이란 순수純粹함이라 말하고 싶다. 전혀 다른 것의 섞임이 없거나 사사로운 욕심이나 삐뚤어진 생각이 없음을 순수하다고 말한다. 순결, 깨끗한 사랑, 순수 등의 꽃말 뜻을 지닌 백합꽃 봉우리에서 향기가 풍기듯이 속멋과 겉멋이 어우러져 자연스럽게 풍겨 오는 순수함을 멋이라고 본다. 세파에 찌들지 않고 어떠한 나쁜 유혹도 뿌리치고 꿋꿋하게 본연의 모습으로 살아가는 우리네 모습 또한 순수하다고 할 것이다.

멋이란 건강함이 수반되어야 한다. 몸과 마음이 모두 건강해야 하며 건강해야 멋도 부릴 수가 있다. 몸에 병이 생기면 만사가 귀찮아져서 생동감 있는 생각도, 자신을 되돌아보는 마음의 여유도 가질 수 없기 때문이다. 매사에 소극적이고 생각의 폭도 좁아져 멋있는 사람이 될 수가 없게 된다. 그래서 건강하고 멋있는 사람은 늙지 않는다고들 하지 않는가.

멋이란 부지런함이 함께해야 한다. 게으른 사람은 멋을 부리려는 열정도 부족할뿐더러 시간도 투자하지 않는다. 순수하고 건강하게 멋을 내려면 부지런함은 두말할 나위가 없다. 부지런함 그 자체가 멋인 것이며 자기가 하고 싶은 분야에 최선을 다한다면 그 또한 멋인 것이다.

　멋이란 자연스러움 속에서 우러나야 한다. '자연스러움' 이란 사전적인 의미는 '꾸밈이 없는, 천진함, 당연함' 이라는 뜻을 지니고 있다. 요즈음은 성형수술이 일반화되어 타고난 얼굴에서 성형미인으로 거듭난 이들을 흔히 볼 수 있다. 수술 받은 이들의 얼굴은 어딘가 어색하고 자연스럽지가 않다. 물론 예쁘게 보이는 것이 중요할 수도 있다. 그러나 내적인 멋이 우러나지 않는 즉 억지로 멋을 부린다거나 겉멋에 치우친 멋이라면 가식假飾에 불과할 것이다.

　우리 주위에는 사업으로 성공하여 부를 축적한 사람들도 있고, 높은 관직에 올라 명예를 드높인 분들도 있으며, 학문으로 최고의 경지에 올라 명성을 높인 분들도 있다. 이런 부와 명예를 가졌다고 하여 진정으로 멋있는 사람이라고 부를 수만은 없을진대, 부와 명예를 지키면서 내면의 멋까지 풍긴다면 진짜로 멋있는 사람으로 봐야 하지 않을까.

　진정으로 멋있는 사람을 만나 보고자 밖으로만 시선을 돌릴 것이 아니라 나 스스로 멋있는 삶을 살도록 노력하는 편이 더욱 긴요한 일이 아니겠느냐고 자성해 보기도 한다. 멋있는 사람과 만나는 것도 삶의 맛을 더하는 길이겠지만, 나 자신의 생활 속에 멋이 담겼음을 발견할 수 있다면, 그보다 더 큰 보람이 없을 것이다.

　멋을 부리는 것은 때로는 살맛을 돋운다. 그러나 그것이 겉멋만 들면 안 되므로 내실을 다지도록 노력해야 한다. 분수에 넘치도록 겉멋만 내면서 허세 부리며 사는 유명 인사들보다 소박하게 사는 이웃들이 더 귀하게 여겨진다.

글도 겉멋 안 부리고 쓸 수 있으면 명문이 되겠지만 나와 같은 초보 글쟁이는 어떤 글쓰기가 겉멋 든 것인지 구분도 못하면서 글을 쓰고 있으니 부끄러울 따름이다.

왜 모두 엄마의 탓으로만 돌릴까?

'엄마'라는 말은 우리에게 가장 친숙한 말이다. 이 친숙한 '어머니'라는 단어는 글로 표현할 때 쓰는 상징어와 같으며 직접 부를 때는 대부분 '엄마'라고 부른다. 어릴 때는 물론이고 나이가 제법 먹은 자식들도 엄마라고 부르는 것이 더 다정스럽고 정감이 있다.

어머니는 가정을 위해 언제나 헌신하고 자애를 베푼다는 점에서 인간관계에서의 너그럽고 인자함을 상징하는 뜻으로 쓰이기도 한다. 조선 시대를 거쳐 오늘날까지 오랜 역사를 통해 드러나는 어머니의 모습은 부드러우면서도 강하고, 엄하면서도 끝없이 자애로운 존재다.

가정에서 어머니의 역할은 자녀들을 훌륭히 키워 내는 책임 외에도 부과된 임무가 많았다. 우선 한 가정의 주부로서 살림을 책임지고, 남편을 받들고 가족관계를 원만히 이끄는 역할까지 도맡았다. 그러나 우리의 어머니들은 무엇보다 자녀를 기르고 가르치는 의무를 소중히 생각하였으며, 자신의 희생을 오히려 보람으로 여겨 왔다.

역사적으로 보면 조선 시대 전에는 모계사회였던 것 같다. 그러나 부족사회로 들어오면서 가부장적 제도가 정착되면서 부권父權이 확립되기 시작하였으며, 여성들은 남성 우위의 사회제도에 살아야 했다. 그리고 어머니들은 종속적 제도 아래서도 묵묵히 막중한 자신들의 의무만을 성실히 수행하는 것을 천직처럼 생각하며 살아왔다.

조선 시대에 들어 유교儒敎가 자리를 굳히면서 여성의 지위는 종속적 관계에 묶여 숨을 죽이며 살아야 했던 것이 과거 우리 어머니들의 삶이었으며, 그런 가운데도 어머니로서의 위치는 확실하게 지키고 있었음을 알 수 있다.

어머니 스스로 권리 주장을 한 적은 없으나, 어머니의 존재는 모든 제도를 초월하여 존경과 사랑을 받아 왔던 것이다. 역사적인 자료들을 살펴보더라도 어머니의 정과 애환을 그리는 많은 시나 문학작품들이 그러한 사실을 대변해 주고 있다.

나는 어린 시절을 경상도에서 자랐다. 산업화가 이루어지기 전의 60년대는 먹고살기가 힘든 시절이었으며 서양문물이 들어오기 전이라 여성들의 지위는 바닥이었다. 식사를 할 때도 남자들은 밥상을 받아서 식사를 했으나 여자들은 문지방 가까운 곳의 방바닥에 음식을 놓아두고 끼니를 때웠다. 특히 경상도는 더 심했을 것이다.

옛날에는 5월 8일을 '어머니날'로 정해서 1년 중에 하루라도 어머니에게 고마움을 표하고 즐거운 시간을 갖도록 했다. 그 당시에 초등학교에서 어머니날을 기념하기 위해 각종 행사를 마련했었는데,

내가 다니던 남명초등학교에서도 월포 바닷가에서 성대한 행사를 마련해 주어서 어머니와 함께 재미나게 놀았던 기억이 생생하다.

경제적으로 부유해지고 서양 문물이 들어오면서 여성들의 지위도 향상되었다. 이제는 어머니의 위상보다 아버지들의 위상이 떨어져서 어머니날에서 '어버이날'로 제정하여 하루를 기념하고 있다. 그런데 이대로 더 많은 시간이 흘러 먼 훗날에는 '아버지날'을 만들어 기념해야 할 판이다. 그만큼 여성들의 힘이 강해지고 있으며 여성이 중심에 서는 모계사회로 진입하고 있다고 생각된다.

사례 1

고향인 두곡 마을의 둘심이네는 딸부잣집이다. 딸만 8명을 낳았으니 그런 별칭을 얻은 것이다. 둘심이 어머니의 마음고생은 이루 말로 표현할 수가 없다. 아들을 낳기 위해 산에 들어가서 백일기도도 해 보았으며, 용한 비법을 가지고 있다는 한약도 먹어 보고 했으나 모두 허사였다. 시부모님의 성화와 남편의 실망하는 모습들을 보면서 죽고 싶다고도 하였다. 8명의 딸을 낳을 때마다 흘린 눈물이 너무 많아서 강물을 이루었을 거라고 푸념하기도 했다.

사실 아들과 딸을 낳는 것은 여사만의 문제가 아니라 오히려 Y염색체인 남성의 책임이 더 많은 것이다. 그런데도 출산의 고통까지 감수하는 여성에게 책임을 지우는 것은 너무나 잔인한 일이 아닐 수 없다.

그렇게 마음고생을 시키던 딸들이 지금은 성인이 되어 모두 잘살고 있으며 경쟁적으로 부모님에게 효도를 하다 보니 그런 호강이 없다고 한다. 오히려 딸들 자랑으로 웃음꽃이 지지 않고 있으며 주위의 부러움을 사며 노후를 보내고 있다고 한다.

사례 2

소아과 2년차 때 있었던 일화다. 방금 분만실에서 태어난 아이가 호흡곤란을 호소하면서 청색증이 심했다. 응급으로 방사선 촬영을 하면서 기관내삽관과 산소 공급을 하였으나 24시간을 넘기지 못하고 사망하였다.

청진에서는 심장의 박동이 약했으며 심잡음도 들렸다. 방사선 소견은 선천성 횡격막탈장이 동반되어 있었는데, 이 아이는 복합 기형으로 인하여 생존하기 힘든 상태였다.

보호자인 아이의 아버지에게 자세한 설명을 하였더니 첫째 아이도 비슷한 소견으로 잃었다고 하면서 아이의 어머니에게 무슨 문제가 있어서 그럴 것으로 책임을 떠넘기는 것 같았다. 나는 절대로 그렇게 단정할 수 없다는 것을 강조하였으나 부인을 원망하는 눈빛이 예사롭지 않았다. 아마도 이혼도 불사하는 눈치였다. 아이의 어머니가 무슨 죄가 있다고.

사례 3

다섯 살 된 현준이는 언어 표현이 늦고, 또래들과 잘 어울려 놀지를 못하는 자폐다. 현준이의 어머니는 자폐라는 사실을 흔쾌히 받아들이고 아이에게 최선을 다하는 희생정신이 강한 엄마다. 엄마 자신은 아무렇지도 않은데 주위의 시선이 곱지를 않아서 신경이 쓰인다고 한다. 처음에는 아이의 아버지도 부정적으로 생각했으나 엄마의 희생과 사랑으로 지금은 많이 회복되고 있어서 좋아들 하고 있다.

자폐아를 둔 엄마는 늘 기를 펴지 못하고 산다. 그것이 엄마의 사랑과 교육문제에서 오는 것이 아니지만 어떤 이유에서든 어머니들은 항상 죄의식 속에서 살아간다. 그래서 아이가 자폐증 진단을 받는 순간 엄마들은 억장이 무너지는 충격에 휩싸인다.

남편과 가족들은 아이의 병이 엄마 탓이라고 몰아붙인다. "제대로 가정교육을 하지 않아서, 한계를 정해 주지 않아서"라며 나무란다. 육아를 하다 보면 엄마도 사람인 이상 실수할 때도 있다. 그러나 최선을 다한다. 자식을 팽개치는 엄마는 드물다.

자폐아를 둔 가정의 이혼율은 일반 가정에 비해 현저히 높다. 80%가 이혼을 한다는 통계도 있다. 그래서 자폐아를 둔 엄마들 가운데 혼자서 자식을 키우는 경우가 많다. 사실은 자폐증이 누구의 잘못도 아니라는 것을 알면서도 대부분 엄마의 탓으로 돌린다.

위의 사례에서 보았듯이 엄연히 어머니만의 잘못이 아닌데도 모두 여성의 탓으로만 돌림을 많이 본다. 옛날의 어머니들은 입이 있어도 말도 제대로 못하고, 화가 치밀어도 성 한번 내 보지 못하고, 울고 싶어도 울어 보지도 못한 삶이었다. 속으로 삭히면서 살아온 삶이었다.

자식들의 문제도 모두 자신의 책임이라고 자책하며 살아온 우리 시대의 어머니들을 그리워하며 다음의 시를 바친다. 심순덕의 이 시는 살면서 힘들거나 외로울 때 어머니를 그리워하며 외워 보는 나의 애송시다.

엄마는 그래도 되는 줄 알았습니다

엄마는 그래도 되는 줄 알았습니다
하루 종일 밭에서 죽어라 힘들게 일해도

엄마는 그래도 되는 줄 알았습니다
찬밥 한 덩이로 대충 부뚜막에 앉아 점심을 때워도

엄마는 그래도 되는 줄 알았습니다
한겨울 냇물에서 맨손으로 빨래를 방망이질해도

엄마는 그래도 되는 줄 알았습니다
배부르다, 생각 없다, 식구들 다 먹이고 굶어도

엄마는 그래도 되는 줄 알았습니다
발뒤꿈치 다 헤져 이불이 소리를 내도

엄마는 그래도 되는 줄 알았습니다
손톱이 깎을 수조차 없이 닳고 문드러져도

엄마는 그래도 되는 줄 알았습니다
아버지가 화내고 자식들이 속 썩여도 끄떡없는

엄마는 그래도 되는 줄 알았습니다

외할머니 보고 싶다

외할머니 보고 싶다

그것이 그냥 넋두리인 줄만–

한밤중 자다 깨어 방구석에서 한없이 소리 죽여

울던 엄마를 본 후론

아! 엄마는 그러면 안 되는 것이었습니다.

어린이와 청진기 stethoscope

아주 옛날 어릴 적, 전기도 없고 전화기도 없던 시절에 동무들과 소꿉놀이를 하다가 재미나는 실험을 했던 기억이 난다. 신문지를 둘둘 말아 안방의 이쪽 구석에서 저쪽 구석으로 길게 늘어뜨려 한쪽 구멍을 통하여 소리를 지르면 다른 쪽에서 소리가 얼마나 잘 들리는지를 알아보는 놀이였다. 그때 가졌던 느낌은 소리가 작아지지 않고 그대로 전달되어 신기함을 느꼈다. 긴 신문지 대롱을 통과하면서 소리의 소실이 없었으며 오히려 소리가 증폭되는 효과가 있는 것 같은 느낌을 받았었다. 이제야 생각해 보면 청진기와 비슷한 원리를 알아보는 놀이였던 셈이다.

어릴 적, 시골에는 자동차가 귀했다. 마을 앞을 하루에 두 번 정기 버스가 다니는 것이 고작이었다. 그래서 시골 어린이들은 버스가 지나가면 반가워하였으며 버스에서 뿜어져 나오는 기름 냄새를 맡으면서 좋아들 하였다. 시계가 없었기 때문에 버스가 지나가면 대강 몇 시라는 것을 추정하곤 했는데, 버스가 '어디쯤 왔을까' 하고 서로 내기를 했었다. 이럴 때 생각해 낸 방법이 귀를 도로의 바닥에 바짝 대고 있으면 버스가 오는 기미가 없을 때는 아무 소리도 느낄 수가 없었으나 버스가 어느 정도 가까워지면 소리가 나기 시작해서 점점 크게 들리는 현상을 깨달았던 기억이 생생하다.

어릴 적에 겪었던 그 경험은 도플러효과와 비슷하다는 것을 이제야 깨달을 수 있었다. 도플러효과Doppler effect는 파동波動을 발생시키는 파원波源과 그 파동을 관측하는 관측자 중 하나 이상이 운동하고 있을 때 발생하는 효과로, 파원과 관측자 사이의 거리가 좁아질 때에는 파동의 주파수가 더 높게, 거리가 멀어질 때에는 파동의 주파수가 더 낮게 관측되는 현상을 말한다. 일례로 기차가 서로 다가올 경우 상대 기차의 기적 소리가 높게 들리는데 비해 서로 멀어질 경우 기차의 기적 소리가 낮게 들리는 것은 도플러효과에 의한 것이다.

최근에는 의학이 발달하면서 도플러효과를 응용하여 산부인과에서는 태아심음측정기로, 외과에서는 도플러 초음파로 하지정맥류검사를, 신경과에서는 경동맥검사 등으로 범위를 넓혀 가면서 다양하게 이용하고 있다.

의사라는 직업은 어디에서든 일상에서 아픈 사람들을 자주 만나게 된다. 그럴 때마다 조언을 구해 오는데, 아무 연장도 없이 말만 듣고 대강의 소견으로 어떻게 했으면 하고 일러 줄 때도 종종 있다. 때로는 기침이 심한 아이들의 경우에는 가슴에 귀를 바짝 붙여서 호흡음을 듣곤 하는데 쌕쌕거리는wheezing 소리가 들리면서 호흡곤란이 동반되면 천식을 의심하고, 배가 아프다고 하면 배에 귀를 대고 장의 움직이는 소리 즉 장음腸音을 들어 보는 등의 대강의 진단으로 향후 치료에 대한 대책을 알려 주는 경우가 간혹 있다. 이럴 때마다 가장 손쉽게 사용할 수 있는 청진기 하나만이라도 옆에 있으면 얼마나 좋을까 하고 아쉬울 때가 많다.

병이 나서 의사에게 진료를 받으려면 진료실에서 제일 먼저 행하는 의료 행위는 발열이 있는지를 알아보기 위한 체온계가 필요하고, 호흡음과 심장의 박동을 살피기 위해 청진기가 필요하다. 이 두 가지는 의사에게 있어서 없어서는 안 될 필수 무기인 셈이다. 이 중에서 stethoscope는 그리스어로 '가슴chest'과 '검사하다examination'의 합성어이다. 체내에서 생리적으로 들리는 심장 소리心音, 숨소리呼吸音, 장음腸音 등을 청진함으로서 질병의 여부를 파악하는 도구이다.

청진기가 만들어진 역사는 오래되었다. 초창기의 의사들은 가슴을 두들겨 보아 병을 알아맞히는 타진법이라는 방법으로 진료를 시작했다. 그러나 두들겨 보는 것만으로는 병을 정확히 알 수가 없었다. 그러던 중에 '라에네크'라는 프랑스 의사가 1816년 어느 날 우연히 길에서 의미 있는 광경을 목격하게 된다. 기다란 통나무를 한 아이가 못으로 긁으면 반대편 아이가 나무에 귀를 대고 듣는 타전놀이를 하는 것을 보게 되었는데, 상대편의 소리가 적어지지 않고 잘 들렸다. 여기에 힌트를 얻어 나무 막대기로 긴 원통형의 '가슴 검사기'를 고안해 냈는데, 이것이 청진기의 원조가 되었다.

의료기기가 발달하기 전 옛날에는 의사가 환자의 신체적인 이학적 검사와 청진기 하나만으로 진료를 하였다. 점쟁이처럼 진단을 한 셈인데, 잘 맞히는 의사는 용하다는 소리를 들었던 시절이 있었다. 그러나 이제는 많이 달라졌다. 속이 쓰리다고 하면 내시경, 초음파를 시행하고, 머리가 아프다고 하면 CT, MRI 등의 검사를 흔하게 한다. 진료를 의사가 하는 것이 아니라 기계가 하고 결과만 의사가 판정해 주는 시대에 살고 있다. 너무 기계에 의존하다 보니 인간미가 없어지고 종국에는 의사가 필요 없는 시대가 도래할까 염려스러우며 청진기의 용도가 줄어드는 것이 못내 아쉽다.

환자를 진료하는 장비는 하루가 다르게 발달하고 있다. CT, MRI, PET 같은 최신 고가 의료기구들이 속속 등장하고 있는 근래에는 청진기의 신세는 날로 초라해지고 있다. 하지만 첨단 의료기기가 아무리 신체 내부를 속속들이 투시해도 가장 손쉽게 사용할 수 있고 기초적인 바이탈을 파악하는 데 필수적인 역할을 하는 청진기의 효용 가치를 무시할 수는 없다.

소아과 외래에서 반드시 필요한 도구로서 정확도는 떨어지지만 환자의 숨소리와 심장 소리를 귀로 직접 청진하면서 진단하고 치료한다. 태어날 때의 심장과 숨소리를 듣는 것도, 운명할 때 마지막으로 들리는 심장과 숨소리의 확인도 청진기의 역할이다. 그만큼 의사에게 청진기는 필수품임엔 틀림없는 사실이다. 예전의 청진기도 시간이 흐르면서 많은 발전을 거듭하였다. 심음을 주로 청진하도록 고안된 카디올로지cardiology 타입, 다양한 색상으로 예쁘게 만든 소아용 타입, 청진 시 주변의 소음을 많이 제거한 전자 청진기 등이 개발되어 있다.

　청진기를 통해 들려오는 심장 소리와 숨소리는 상황에 따라 다양하게 들린다. 심장 소리心音, heart sounds는 박동하는 심장과 그로 인한 혈류가 만들어 내는 소리다. 심잡음은 생리적으로 들리기도 하지만 심장의 내부 혹은 심장을 싸고 있는 조직에 질병이 발생할 때 특징적인 소리가 들린다. 말이 달릴 때 들리는 말발굽 소리, 절구나 디딜방아 찧는 소리, 다듬이질이나 빨랫방망이 두드리는 소리가 들리기도 한다.

　청진기로 듣는 숨소리는 쌕쌕거리면서 호흡곤란이 동반되면 천식을 의심하며, 눈을 밟을 때 들리는 뽀드득대는 소리와 낙엽을 밟을 때 들리는 바스락거리는 소리 등은 기관지염이나 폐렴이 동반되었을 때 들을 수 있다.

　청진기를 처음으로 접한 것은 학부 시절에 임상 실습을 받을 때였다. 그로부터 30년 넘게 인생의 절반 이상을 70cm, 150g 정도 크기의 청진기와 함께 살아왔다. 청진기는 환자의 아픈 소리를 듣는 신체의 일부인 소중한 귀와 마찬가지다. 나에게 있어 청진기는 어린이들을 치료하는 의료기기 역할을 하면서 때로는 심리적 치료의 역할도 담당한다. 아이스크림이나 얼음과자 등을 많이 먹어서 배앓이를 하는 아이들에게 복부를 청진하면서 뱃속에 얼음귀신(?)이 들어가서 배가 아프다고 겁을 주면서 다시는 얼음과자를 먹지 못하도록 타이르기도 한다.

　소아과 의사의 하루는 어린이들을 만나면서 청진기를 가슴에 대는 것으로 시작하여 청진기를 놓으면서 마친다. 일상의 대부분을 청진기와 산다고 해도 과언이 아니다. 그래서 어린이들과 청진기를 떼어놓고는 나의 일과 일상을 논할 수 없을 만큼 청진기는 나의 분신이자 소중한 자산인 셈이다.

멘토를 찾아라

멘토[mentor]란 무엇인가?

현명하고 신뢰할 수 있는 상담자, 지도자, 스승의 의미로 쓰이는 말이며, 어원[語原]은 원래 그리스 신화에 나오는 사람의 이름에서 유래하였다. 오디세우스라는 왕이 트로이전쟁에 나가면서 가장 절친한 친구에게 아들의 교육을 부탁했다고 한다. 전쟁을 치르는 10여 년 동안 왕자의 친구이자, 상담자, 아버지로서 그가 훌륭한 리더가 되도록 지도했다. 오디세우스 왕이 트로이전쟁을 끝내고 다시 돌아왔을 때, 왕의 아들은 놀라울 정도로 훌륭하게 성장해 있었다.

그래서 오디세우스 왕은 자신의 아들을 훌륭하게 교육시킨 친구를 '멘토'라 불렀고, 이후 멘토는 상대보다 경험이 많은 사람으로서 상대방의 잠재력을 파악하고 그가 꿈과 비전을 이룰 수 있도록 도와주는 스승, 조언자, 인생의 안내자 등의 의미로 사용되기 시작했다. 멘토의 상대자를 멘티[mentee], 멘토리[mentoree], 프로테제[protege]라고 한다.

멘토는 왜 필요한가?

우리가 사는 세상은 혼자 사는 것이 아니고 남들과 어울려 사는 세상이다. 어느 누구의 삶이든 언제나 순탄한 것은 아니다. 살다 보면 시험에 낙방하거나, 사업에 실패하거나, 실연을 당하는 등의 많은 시련에 부딪히게 된다. 혼자서 극복하기 어렵거나 힘들 때는 누군가의 위로와 조언이 필요하다. 이때 도움을 받거나 올바른 선택의 기준을 세워 줄 선배나 지인이 필요한 것은 당연하다.

특히 청소년기에는 뚜렷한 가치관이 확립되어 있지 않기 때문에 방황하기 쉬우며 나쁜 유혹에 빠지기도 쉽기 때문에 더욱 필요하다. 장래에 무슨 일을 하면서 살 것인지, 어떤 과목을 전공해야 하는지, 어느 대학으로 진학을 해야 하는지 등 상의할 것들이 많다. 사실 청소년기에는 멘토의 필요성을 실제로 자각하지 못하기 때문에 아버지나 손위 친인척들이 조언자가 되어 '멘토' 라는 것이 무엇인지, 왜 필요한지, 누구를 멘토로 삼을 것인지 등을 가르쳐 주어야 한다.

멘토라는 것은 10대와 20대에만 필요한 것은 아니다. 사람은 늙어 죽을 때까지 배우면서 누군가의 조언을 들으며 살아야 한다. 왜냐하면 인간은 자기가 생각하는 방향으로만 움직이려는 경향이 있어서 여러 시행착오들을 겪게 마련이다. 시행착오와 실패를 줄이기 위해서는 젊은이든 노인이든 항상 귀를 열어 놓고 주위의 의견을 경청하면서 살아야 한다. 힘든 일에 부딪혔을 때 주위의 조언과 응원은 큰 힘이 된다. 그래서 평소에 조언을 아끼지 않을 멘토를 마련해 두어야 하는 것이다.

멘토라는 개념이 우리 사회에 들어온 지도 벌써 20여 년이 넘었다.

처음으로 멘토라는 개념을 도입한 곳은 학교였다. 중고등학교와 대학교에 재학 중인 학생들이 상급 학교로 진학하기 위해, 혹은 진로 선택을 위해 선배나 은사님을 멘토로 삼는 정도였다. 그런데 왜 최근에 와서 멘토가 필요하다고 모두들 아우성일까.

첫째로 가치관價値觀의 혼란에 있다. 경제가 발전하고 자본주의가 뿌리를 내리면서 각종 폐단이 나타나고 있는데, 돈이면 무엇이든 모두 해결된다는 황금만능주의에 빠졌으며, 심리적으로는 상대적인 빈곤감에 휩싸이고 정서적 불안감을 안고 사는 사람들이 늘어나고 있는 실정이다. 그래서 누군가의 심리적인 조언을 필요로 하는 시대에 살고 있기 때문이다.

둘째는 우리들의 가정은 핵가족화되었으며 아버지의 권위는 사라졌다. 예전의 아버지 곧 '상징적 아버지'가 없어진 데서 생긴 공허가 그 원인일 것이다. 지금 우리가 살고 있는 산업사회에서 가정의 질서는 많이 변했으며 그중에서도 가장 많이 변한 것이 아버지의 위상이다.

'아버지'는 없고 아이들과 놀아 주는데 필요한 '아빠'만 존재하고 있는 셈이다. 이런 권위權威의 아버지가 없어진 요즈음 자유, 방임, 가치관의 혼란 등을 초래하여 대안의 필요성을 느끼게 되었으며 그 대안으로 멘토에 그렇게 집착하도록 만들고 있는 것은 아닐까.

셋째는 인성교육人性教育의 부재에 있다. 성적만 중요시하고 인성에는 무관심한 부모님들의 삐뚤어진 교육열과 교육적인 체벌까지도 모두 없어진 현실 때문으로 본다. 학교 폭력이 난무하고 자살하는 학생들이 늘어나는데도 아무도 책임감 있게 대처를 못하고 있는 현실이 안타깝다.

학교의 주인은 학생과 선생님이다. 선생님들은 제자들을 사랑으로 감싸 주고 학생들은 선생님을 믿고 따르는 사제의 정이 흐르는 분위기가 조성되어야 한다. 이를 위해 외부의 간섭을 배제하고 자율성을 보장해야 하며 멘토-멘티의 관계로 발전하도록 도와야 할 것이다.

누구를 멘토로 삼을 것인가

좋은 멘토를 만나는 것은 행운이다. 그러나 좋은 멘토를 만나기 위해 찾아나서는 것과 알아내어 도움을 요청하는 것은 멘티의 능력이다. 우선 가까이에 있는 부모님, 형이나 친척들, 선배, 스승 등 훌륭한 분들이 많이 있다. 가장 가까이에서 멘토의 역할을 할 수 있는 분은 역시 부모님이다. 사실 청소년기에는 가치관이 확립되어 있지 않기 때문에 부모님이나 손위 형제들이 멘토의 역할을 맡아 주어야 한다.

둘째 멘토는 책이다. 나 자신이 모든 일을 다 경험할 수는 없기 때문에 책을 통하여 지식을 쌓고 다양한 삶들의 간접 경험을 통하여 교양을 쌓게 된다. 현대는 지식의 홍수 시대라 공부해야 할 양이 넘쳐 나고 읽어야 할 책도 너무나 많은 게 현실이다. 그럴수록 교양서적이나 인문학을 접하기 위해서 틈틈이 독서를 하면서 멘토의 일부분을 책에서 얻어야 한다.

셋째 멘토는 선배나 스승이다. 학교 선배의 경우 나보다 먼저 해본 경험이 축적되어 있다. 어렵고 힘든 문제들과 부딪혔을 때 도움이 되는 것은 나보다 먼저 이런 선택들과 맞닥뜨려 보았던 선배들의 지혜가 절실하다. 가 보지 않은 길에 들어섰을 때 앞서 그 길을 먼저 거친 사람들이 전해 주는 충고가 얼마나 소중한 것인지는 누구나 다 아는 사실이다. 생각이 깊되 머뭇거리지 않고 결단력 있게 충고를 해줄 수 있는 든든한 선배를 반드시 멘토로 삼아야 한다.

넷째 멘토는 사회 저명인사나 유명 연예인을 통해서 간접적으로 내가 원하는 모델로 삼아 볼 수 있을 것이다. 최근 멘토 열풍을 일으 켰던 MBC TV의 〈위대한 탄생〉에서 멘토의 뜻도 제대로 몰랐던 10 대, 20대들이 록그룹인 '부활'의 김태원을 멘토로 삼았던 친구들만 살아남았다며 열광하는 모습을 볼 수 있었다.

멘티가 갖추어야 할 덕목德目이란 무엇일까?

주변에 공부 잘하고 실력 있는 사람들을 많이 보지만 그들의 실력 만이 모두가 아니다. 가장 중요한 것은 인성이다. 경쟁이 치열한 현 대사회에서 머리 좋고 실력 있는 사람들은 처음에는 잘 나갈 수 있 으나 어느 순간 어려움에 부딪혔을 때 좌절에 빠지는 경우를 흔히 본다. 이런 어려움들을 뛰어넘을 수 있는 인성과 의지력을 갖춘 사 람이 결국에는 성공하게 된다.

대학 입시에 거듭 실패하고 좌절하는 경우와 대학을 졸업하였으나 취업을 하지 못하고 방황하는 젊은이들을 주위에서 흔히 볼 수 있 다. 이때 멘토가 아무리 좋은 조언을 하더라도 받아들여야 하는 멘 티의 자세가 갖추어져 있지 않다면 소용이 없는 일이다. 그래서 멘 티는 조언을 받아들일 '열린 마음'의 자세가 필요한 것이다.

세상은 복잡한 인간관계로 얽혀 있다. 특히 우리나라는 엄격한 법 의 집행으로 움직이는 법치法治보다는 다소 정리情理에 의해 좌우되는 경우가 많은 인맥人脈 사회다. 풍부한 인맥 속에 좋은 멘토를 만나게 될 기회가 많아지게 되는데 대인 관계가 좋으려면 항상 밝고 적극적인 자세로 주위를 감싸 안을 수 있는 따뜻한 마음과 포용력을 갖추고 있어야 한다.

멘티의 자세가 적극적이지 않으면 어느 누구도 흔쾌히 멘토를 자청하지도 않을 뿐만 아니라 조언을 구하기란 쉽지 않다. 항상 시야를 넓히고 열린 마음의 자세로 살아야 하는 것이다. 멘토의 소중함을 깨달으면서.

동안童顔에 대하여

　사람의 얼굴 모습은 세월이 흐르면서 변화를 보인다. 나이가 들면서 머리가 희어지고 주름이 늘어나는 것은 당연하다. 얼굴의 근육은 감정의 변화에 따라 여러 모양의 표정을 나타내기 때문에 표정근이라고 부른다. 표정은 얼굴 각 부위의 단순한 변화가 아니고 마음 상태 즉 감정이 스며 있는 것이다. 따라서 얼굴은 개인의 마음 상태, 살고 있는 지역의 날씨, 경제적인 여유 등에 따라 민족 간에 혹은 지역 간에 차이를 보인다. 예컨대 늘 웃는 듯한 너그러운 표정을 가진 사람이 있는가 하면, 항상 불만에 찬 일그러진 얼굴을 한 이도 있고, 애수에 찬 서러운 눈을 가진 이들도 있다.

　민족에 따라서도 얼굴의 표정은 다른데, 오랜 전쟁에 시달린 민족의 얼굴은 지친 모습에 무표정하고, 많은 역경을 이겨 온 민족의 얼굴은 대체로 활력이 넘치며 자신에 차 보인다. 좋은 자연 환경에서 역사의 풍파를 별로 겪지 않은 민족은 항상 밝고 명랑한 표정을 하고 있음을 볼 수 있다.

얼굴 가운데 눈은 특별한 부분이어서 마음의 상태를 잘 반영한다. 눈은 보이는 현상만을 인식하지 않고 그 내면의 것까지 느끼는 기관이다. 이처럼 사물을 깊이 있게 분별한다고 하여 심안心眼이라는 표현을 쓰기도 하며, 눈을 통하여 그 사람의 됨됨이를 짐작하기도 한다. 즉 눈은 곧 얼굴의 창窓 혹은 마음의 창과도 같은 것이다.

살아가면서 어떻게 사느냐에 따라 좋은 얼굴 모습을 가지느냐 혹은 불만에 가득 찬 일그러진 얼굴로 남느냐가 결정된다고 한다. 나이 40이 넘으면 자신의 얼굴에 책임을 져야 한다고 한다. 어렸을 때는 부모님이 물려준 얼굴 그대로 살아가지만 나이를 먹으면서 여러 가지 모습의 얼굴로 변하게 된다. 그래서 나중에 자신의 얼굴에 책임을 질 수 있도록 바르고 밝게 살아야 한다고들 강조한다.

안색眼色을 보고서 몸의 질병의 유무와 정도를 파악하기도 한다. 얼굴이 창백해 보이면 빈혈을 의심하고, 노랗게 보이면 간이나 담도계의 질환을 의심하게 된다. 집안의 우환 등으로 걱정거리가 생겨도 얼굴색은 수심에 찬 모습을 보인다. 즉 몸과 마음의 상태가 안 좋으면 매사에 의욕이 없어지고 얼굴은 주름이 늘면서 늙어 보이게 된다.

나는 동안이라는 말을 자주 듣는다.

명절 같은 때 많은 친인척들이 오랜만에 모이면 대부분 젊어 보이는 것은 사실이다. 집안 내력이라고도 한다. 얼굴만 동안이라고 해서 신체적으로 반드시 건강한 것은 아니다. 원래 타고난 동안일지라도 살아가면서 무질서한 생활과 사악한 마음을 갖는다면 쉽게 늙어 보이게 될 것이다. 긍정적인 사고와 규칙적인 생활이 동안을 유지하는 비결이라면 비결이라고 생각한다.

　나는 흑석동에 87년도 개원한 이래 한곳에서 27년째 줄곧 진료를 해 오고 있다. 그래서 어릴 적에 치료를 받으러 다니던 아이들이 지금은 성인이 되어 2세들을 데리고 진료를 받으러 온다. 그 당시에 같이 동반하여 다니던 부모님들은 할머니나 할아버지가 되어 방문한다. 그런데 이분들의 말씀이

　"선생님은 개원 초나 지금이나 변한 게 없이 젊어 보이네요. 무슨 비결이라도 있으면 가르쳐 주세요."

　"……."

　이런 놀라운 일화도 있다.

　이 동네 살다가 다른 동네로 이사를 갔다가 15년여 만에 방문하게 되었는데, 나의 얼굴을 보자마자 놀라면서 나는 은퇴하고 나의 아들이 장성하여 의사가 되어 현재 진료를 하고 있는 줄 알았다고 했다. 자랑 같기는 하나 실제 나이보다 15년 내지 20년은 젊어 보이는 것은 사실인 것 같다. 그래서 주위의 지인들은 나에게 질문을 하곤 한다. 젊어지는 비결이 무엇이냐고.

늙어 보이면 손해다

　얼굴이 늙어 보이거나 탈모가 어느 정도 있느냐에 따라 심장의 노화를 예측할 수 있다는 새로운 연구가 발표되었다. 이 연구의 주 저자인 덴마크의 코펜하겐 대학 한센 교수는 탈모, 귓볼의 주름, 눈꺼풀 주변의 지방 축적 등의 안면 노화 증상이 심장 질환의 위험을 예측하게 한다고 말했다. 이들 연구자들은 미국심장학회의 Scientific

Sessions에서, 3~4가지 노화 증상을 가진 사람들에게 심장 발작의 위험성이 57%, 심장 질환의 위험성이 39%로 높으며, 특히 안검 주위의 황색종이나 피부지방 축적은 심장 발작과 심장 질환 모두를 예측하게 하는 가장 강한 징후라고 발표했다.

1976년에 이 연구가 시작되었고 40세 이상의 사람들 10,885명이 연구에 포함되었다. 이들에게 나타난 노화 증상을 분석한 결과 머리 앞부분 탈모 7,537명, 정수리 부분 탈모 3,938명, 귓볼의 주름 3,405명, 눈 주변의 지방 축적 678명이었다. 35년 동안 추적 조사한 결과 3,401명에게 심장 질환이 발생하였고 1,708명에게 심장 발작이 발생했다. 여성에게 있어 탈모는 심장 질환의 위험성 증가와 연관이 없었으나, 머리가 벗겨지는 남성의 경우 그렇지 않은 경우에 비해 심장 질환의 위험성이 40% 높게 나타났다.

본 연구에서 전통적인 위험인자와 별개로 노화 증상의 정도에 따라 심장 발작과 심장 질환의 발병을 예측할 수 있는 인자임을 시사한다고 말했다. 이들 연구에서 보았듯이 얼굴이 늙어 보인다는 것은 우리 몸의 중요 장기들도 노쇠해서 질병의 발병 가능성이 높아진다는 것이다.

나는 아픈 어린이들을 진료하기 때문에 주로 젊은 엄마들을 상대하며 하루하루를 보낸다. 그래서 가능하면 깔끔하고 멋있게 차려 입고 출근을 하는 편이다. 나의 사랑하는 딸아이 승현이는 본인의 적성에 맞게 옷과 관계되는 의류학과를 전공으로 택하여 대학원 박사과정 중에 있다. 그래서 자신의 전공을 접목하여 나의 코디에 대해 신경을 많이 쓴다. 누나에 못지않게 멋쟁이이면서 대학 생활을 알차게 보내고 있는 아들 원석이도 제법 많은 간섭(?)을 하는데, 유행에 뒤지지 않는 품이 좁고 짧은 바지와 컬러 감각에 맞게 추천을 해 주어서 멋부리기를 좋아하는 나를 더욱 멋스럽게 해 준다.

요즈음 젊은 엄마들은 나이가 들어 보이면 구닥다리 의사로 취급하며 실력 없는 것으로 여겨 방문하는 환자도 줄어들게 된다. 그래서 그런지 나를 비롯해서 주위의 소아과 의사들을 살펴보면 대체로 젊어 보이고 멋있는 편이다.

외모가 늙어 보이는 사람들은 대개 마음도 늙은이 행세를 함을 볼 수 있다. 몸과 마음은 바늘과 실같이 따라다닌다. 마음이 상처를 받으면 몸이 상하게 되고, 신체의 어느 한 부분이라도 질병이 발생하면 마음의 상처를 받게 된다. 나이보다 더 늙어 보이는 사람들은 몸의 산화가 많이 진행되었다는 증거다. 술과 담배를 가까이하였거나, 정신적인 스트레스에 시달리는 삶을 살게 되면 우리 몸은 녹이 슬게 되는 것은 당연한 이치다.

젊어서부터 얼마나 열심히 몸과 마음을 잘 관리해 왔는지에 따라 늙고 병드는 것에 엄청난 차이가 나게 된다. 시간은 자꾸 흘러간다. 지금 당장 젊은이 같은 마음으로 무장하고 산책을 나서 보라. 가을 햇살은 몸과 마음을 살찌우게 할 것이다.

'금줄禁-'의 지혜

신성한 곳에 함부로 범하지 말라.

이곳은 아이를 갓 출산한 집이니 함부로 들락거리지 말라.

금줄이란 부정不淨을 막기 위하여 대문이나 길 어귀에 건너질러 매거나 신성神聖한 대상물에 매는 새끼줄을 말하며 '인줄'이라고도 하였다. 볏짚 두 가닥을 성인 남자의 새끼손가락 정도의 굵기의 왼새끼로 꼬아서 여기에 다른 물건을 끼워서 만들었다.

특히 출산 후에 내걸었던 금줄은 마을 사람과 외부 사람들이 성스러운 산고에 접근해서 아이와 산모에게 해를 끼치지 않도록 하기 위한 '출입의 금지'를 나타내는 상징물인 셈이다. 빈부의 차이, 신분의 높고 낮음, 지방地方 등의 차이를 막론하고 사내아이가 태어나면 숯덩이와 빨간 고추를 간간이 끼워 두고 계집아이의 경우에는 작은 솔가지와 숯덩이를 간간이 끼워 둠으로써 아이의 탄생과 성별을 알렸다.

금줄은 대체로 세이레[21일] 동안 설치해 두며 가문에 따라서 또는 지방에 따라서 일곱이레 동안 두기도 했다. 이 기간에는 어느 누구도 출입이 금지되었으며 가까운 친인척도 예외가 아니었다. 왜냐하면 가족 외의 다른 사람이 들락거리면 '삼신[三神]'이 노해서 아이에게 해를 끼친다고 믿고 있었기 때문이다. 이는 저항력이 약한 신생아와 산모가 외부의 질병에 노출되지 않도록 보호하려는 과학적인 인식과 풍속적인 열망이 바탕에 깔려 있었던 것이다.

이 금줄 의식에는 출입하는 사람들로부터 나쁜 균[악귀]에 감염되는 것을 사전에 방지하기 위한 조상들의 지혜가 엿보인다. 어느 누구도 신생아와 산모를 돌보는 사람을 제외하고는 출입을 금하였다. 일종의 폴리스 라인police line과 같은 것이다. 이 금줄을 넘어 함부로 들어와서도 안 되지만, 그 선을 절대로 넘어가서도 안 되는 불문율과 같은 것이다.

요즈음 젊은 엄마들은 철이 없다고나 할까. 이제 겨우 100일도 넘기지 않은 신생아를 준엄한 '금줄'을 넘어서서 유모차에 태우고 백화점이고 마트로 돌아다니는 것을 흔히 볼 수 있다. 이런 신생아를 볼 때마다 걱정이 앞선다. 면역력이 약한 신생아가 균에 감염될 가능성이 높고 자칫하면 후유증을 남기는 중한 병에 걸릴 가능성도 있기 때문이다. 아이의 엄마들은 의학적인 지식이 부족하기 때문에 철없이 돌아다니는 것으로 추측해 볼 뿐이다.

사례 1

50일 된 여자아이가 주말에 마트에 다녀온 3일 후부터 밤중에 고열과 오한으로 응급실을 찾았다. 신생아가 고열이 나면 위중한 병일 가능성이 크다. 소아과 의사들은 바짝 긴장하며 각종 검사를 하면서 입원 치료를 하는 경우가 대부분이다.

이 아이도 기본적으로 하는 루틴검사routine lab, 혈액과 소변검사에서 특별한 이상 소견이 없었으나 고열은 3일간 지속되었다. 고열이 지속되면 다음으로 뇌척수액검사를 받게 된다는 사실을 주치의로부터 듣게 되었다. 부모 된 입장에서 아이가 아픈 것보다 더한 심적 고통은 없다. 특히나 입원 치료를 받으면서 신생아의 채혈은 쉽지도 않을 뿐만 아니라 피를 뽑을 때 많이 울기 때문에 부모가 옆에서 지켜보기에는 안타깝기 그지 없다.

4일째부터 열은 내리기 시작하였으며 검사상에도 특별한 이상 소견이 없어서 퇴원을 하게 되었다. 사실은 위중한 병이 아닌 바이러스 감염에 의한 열감기로 추정되었으나 신생아는 위중한 병의 위험성 때문에 가능하면 입원 치료를 받는 경우가 많다. 이들 부모는 아이가 고생하는 모습을 보고 엄청나게 후회하였다. 신생아는 외출을 절대로 삼가야 한다는 옛말을 되새기면서.

사례 2

아버지의 키스 때문에 생후 2개월 된 영아가 사망한 사건이 발생했다고 영국 일간지 '더 선' 등 해외 언론이 보도했다. 영국에 사는 칼 맥칼렌[34]은 얼마 전 집에 돌아온 뒤 생후 2개월의 아들 카이든에게 반가운 마음에 사랑스러운 키스 인사를 했지만, 이 키스가 아들과 한 마지막 키스가 될 줄은 몰랐다.

갑자기 몸에 이상 반응을 보인 카이든은 곧장 병원으로 옮겨져 6

주간 치료를 받았지만 끝내 숨지고 말았고, 사인은 다름 아닌 단순 헤르페스 바이러스herpes simplex virus, 단순 포진 바이러스로 밝혀졌다. 단순 헤르페스 바이러스는 사람과의 접촉을 통해 전염되며, 점막이나 손상된 피부를 통해 바이러스가 전파된다. 물집과 같은 가벼운 증상부터 뇌염과 같은 중증의 질환까지 다양한 증상이 나타난다. 아동의 경우 뇌염이나 뇌수막염 등으로 이어질 수 있고, 산모에게는 태아 감염, 조산, 유산 등의 위험을 야기하기도 한다.

칼의 부인인 메리 클레어는 "칼은 누구보다도 자상한 아버지였다. 아들이 세상을 떠난 뒤 심하게 자책했지만 나는 그를 원망하지 않는다."고 말했다. 칼은 "내게 단순 헤르페스 바이러스가 있다는 사실은 알고 있었지만 가벼운 물집이 생후 두 달 된 아들을 떠나게 할 줄은 몰랐다."면서 "본능적으로 아기의 입술에 입맞춤을 했을 뿐인데……."라며 말을 잇지 못했다.

위의 두 사례에서 보았듯이 신생아는 면역력이 약하기 때문에 어느 누구도 신생아의 곁에 다가가는 것을 자제해야 하며, 신생아가 기거하는 방을 벗어나서 사람들이 많이 모여 있는 곳으로 외출하는 것은 절대로 용납되지 않는다. 옛날 조상님들의 '금줄'이라는 지혜에서 소중한 우리 아이들이 건강하게 자라기를 기원하면서…….

앞만 보고 달려온 이들에게 던지는 넋두리

정월보름 달떡이요 이월한식 송편이요 삼월삼진 쑥떡이로다.

사월팔일 느티떡 오월단오에 수리치떡 유월유두에 밀전병이라.

칠월칠석에 수단이요 팔월가위 오려송편 구월구일 국화떡이라.

시월상달 무시루떡 동짓달 새알병요 섣달에 골무떡이라.

우리 선조들은 훨씬 여유로운 삶을 즐겼던 것 같다. 편리한 삶을 사는데 도움을 주는 기계는 없었지만 이웃과 더불어 즐길거리, 먹을거리, 놀거리는 늘 풍족했다. 1년 12달, 24절기, 4대 명절 등 각 시기별로 선조들은 여유와 풍류가 있는 삶을 살았음을 볼 수 있다.

음력 정월 초이렛날이면 이웃끼리 쌀을 걷어 모둠밥을 해 먹고, 삼진날 여인들은 진달래꽃을 따다 화전을 부쳤다. 소만에는 냉잇국과 죽순을 먹고, 유두에는 신에게 유두 제사를 지낸 뒤 햇밀가루로 국수를 만들어 먹었다. 섣날 그믐 아이들이 노인이나 환자만 있어 쌀이 없는 집에 몰래 가 곡식을 던져 줬던 놀이 등 바쁜 가운데서도 매달 빠지지 않고 흥을 즐겼던 우리 조상들의 모습을 엿볼 수 있다.

옛날은 느림보 사회였다. 옛날에는 100년이 지나도 1000년이 지나도 그렇게 많이 변하지 않았다. 그러나 이 시대의 100년의 변화가 지나온 1000년의 변화보다 더 빨라진 것 같다. 최근에는 변화의 속도가 너무 빨라져서 멀미가 날 지경이다. 또한 예전에는 부유한 사람이나 가난한 사람이나 사는데 별 차이가 없었다. 그래서 양극화 현상도 별로 없어서 요즈음같이 갈등이 심하지도 않았다.

속도에 중독된 우리 사회

언제부턴가 우리 사회는 무척 빠른 속도로 변해 왔다. 우리는 단지 그 변화의 속도를 느끼지 못할 뿐이다. 한국처럼 변화에 대한 부담혹은 두려움이 적은 나라는 세계 어디에도 없을 것이다. 휴대폰, 컴퓨터, 텔레비전 등 다른 나라에서라면 5~10년 족히 쓸 물건도 한국에서는 1~2년만 되면 골동품이 된다. 한국 사람들은 그만큼 변화에 익숙하며 변화를 좋아하고, 또 즐기기까지 한다. 유별난 한국인의 '속도 사랑'은 외국인의 눈에 '한국의 힘'으로 비쳐지기도 한다.

사실 그렇다. 우리들에게 '속도'는 한국의 경제성장을 이끈 원동력이었다. 1968년에 착공한 경부고속도로는 장장 428km를 뚫는 데 2년 5개월밖에 걸리지 않았다. 경부고속도로를 단기간에 만들었듯이 한국인들은 모든 면에서 쉴 새 없이 달려왔다. 1950년대 후반부터 한국의 국내총생산GDP은 연평균 7% 가까이 성장했다. 1950년대 초에 필리핀보다 가난했던 나라로서 100달러에도 미치지 못했던 1인당 국민소득은 2007년 2만 달러를 돌파했다. 전쟁의 폐허를 딛고 선진국 문턱으로 진입하는 데 50년이 채 걸리지 않았다. 원조를 받았던 최빈국이 베푸는 나라로 발전한 것은 세계에 유례가 없다고 한다.

21세기 들어 한국인들의 '속도'는 더욱 빨라졌다. 변화의 속도는 앞으로 더욱 빨라질 수밖에 없을 것이다. 인터넷, 휴대전화, 스마트폰으로 이어지는 변화의 흐름은 가히 놀라울 따름이다. 지난해 기준으로 한국의 이동전화 가입자는 5,000만 명을 넘어섰다고 하니 인구수보다 많다. 인터넷 보급률은 80%를 넘었다. 스마트폰 하나만 지니고 있으면 전국 어디에서든 정보를 실시간으로 주고받을 수 있는 세상이 됐다.

한국인들이 이처럼 속도에 집착하게 된 이유는 무엇일까. 첫째로 잦은 외침과 전쟁으로 바쁘게 움직이지 않으면 살아남기가 힘들었을 것이다. 둘째로는 한국의 인구밀도는 1㎢당 500명으로 세계 20위다. 우리나라는 산이 많은데, 이들 산악 지역을 제외하고 사람들이 모여 사는 도시 지역의 인구밀도는 사실상 세계 최고 수준이다. 고밀도 사회에서는 속도 경쟁이 불가피하다. 제한된 자원으로 앞서나가기 위해서는 속도만한 것이 없다. 모든 행동을 '빨리빨리' 일사불란하게 해치워야 살아남을 수 있기 때문이다.

이제 한국인은 속도에 '중독'돼 있다고 봐야 할 것이다. 좀처럼 브레이크를 걸지 못한다. 달리는 자전거가 브레이크를 거는 순간 멈추거나 넘어지듯이, 개인도 국가도 모두 멈추면 무너질 것이라 생각한다. 속도를 늦추기는커녕 더 강하게 페달을 밟아야 한다는 생각들이 우리 사회 전체를 지배하고 있다.

일중독에 빠진 한국 사회

지난해 한국의 주당 평균 근로시간은 44.6시간으로 경제협력개발기구 국가 중 가장 높은 수준이었다. 우리 국민들의 연간 노동시간이 2193[2010년]시간으로 OECD 국가들의 평균 노동시간인 1749시간 보다 무려 444시간 더 일하는 셈이다. 그러나 노동시간이 긴 반면에 취업자당 노동생산성은 OECD 국가 중 23위로 나왔다. 한국인의 '속도전'에 정당성을 부여해 주던 국가경쟁력이 힘을 잃고 있다는 뜻이다. 전문가들은 현대사회의 성과주의는 우울증 환자와 낙오자를 양산해 '피로 사회'를 만든다고 했다.

속도와 일중독으로 많은 발전을 이룩한 긍정적인 면도 있지만 부정적인 부분도 상당히 많다. 대한민국은 여러 분야에서 세계 1위의 자리에 올라 있다. OECD 국가지표 보고서에 따르면, 한국인의 노동시간은 세계 1위이다. 그밖에 낮아진 신생아 출생율, 교통사고, 학부모 공교육비 부담률, 소주 판매량, 자살율도 세계 1위다.

이런 현실을 어떻게 해석해야 할까? 한국인은 세상에 태어나 세계에서 가장 비싼 교육비를 투자해 교육받고 열심히 일해 세계 8대 무역대국으로 발전했지만, 스트레스를 술로 풀다가 많은 사람들이 자살로 인생을 마감하고 있다고 그려진다.

이처럼 한국인들은 행복한 삶을 살고 있는 것은 아님을 알 수 있다. OECD가 삶의 만족도, 미래에 대한 기대, 실업률, 자부심, 희망, 사랑 등 인간의 행복과 삶의 질을 포괄적으로 고려해 산출한 '국가

별 행복지수'에서 한국은 조사대상 36개국 중 24위였다. 학력, 학업 성취도 등에서는 좋은 점수를 받았지만 고용, 노동시간, 환경 등에서는 낮게 평가됐다. 특히 근로시간과 여가 활동을 토대로 집계하는 '일과 삶의 균형' 분야에서는 최하위였다. '덜 쉬고 열심히 일한 게 왜 문제냐'고 할지 모른다. 하지만 한국의 노동생산성이 이렇게 낮다는 것은 '쉬는 것'에 대한 발상의 전환이 필요한 시점이다. 이제 한국인은 선택의 기로에 서 있다. 계속 달릴 것인가, 아니면 브레이크를 밟을 것인가.

죽도록 일하다간 일찍 죽을 수 있다

죽도록 열심히 일하다가는 정말 일찍 죽을 수 있다는 취지의 국외 연구 결과가 소개됐다. 2010년 핀란드에서 발표한 연구논문 '산업 노동자의 총사망률 예측 변수로서의 소진 현상'에 따르면 업무로 인한 만성적인 스트레스나 피로로 '소진 현상'을 겪은 노동자가 실제 사망률도 높은 것으로 나타났다.

연구진은 10년 이상 노동자들의 생활 방식을 추적, 관찰한 결과를 바탕으로 소진 현상을 '만성적인 업무 스트레스로 인한 심리적 반응'으로, 노동자 고유의 에너지 자원이 점차로 고갈되며 일시적인 피로와는 달리 과거의 누적된 경험을 반영하는 것이라고 정의했다. 연구진은 또 고갈, 냉소, 직업능률의 감소 등 세 가지 요소를 측정하고 합산해 소진 현상이란 지표를 산출했다.

분석 결과 직업 능률의 감소는 총사망률에 영향을 미치지 않았다. 냉소 수준은 높을수록 사망률이 높았지만, 사회 경제적인 상태를 고려했을 때는 그 효과가 상쇄됐다. 반면 고갈 경험은 사회 경제적인 상태와 건강 및 직업 관련 위험 요소를 고려했을 때도 전체 사망률을 끌어올리는 것으로 나타났다. 이 세 가지 요소의 총합인 소진 현상을 기준으로 분석할 때도 사회 경제적인 상태와 건강 및 직업 관련 위험 요소를 참작하더라도 사망률은 상승했다. 즉, 에너지가 고갈될 정도로 일을 열심히 하다가는 진짜 일찍 죽을 수 있다는 결론이 연구를 통해 실증적으로 도출된 것이다.

결론적으로 소진 현상을 줄이면 즉, 쉬어 준다면 사망률이 하락한다는 뜻이며 국가적인 차원에서 소진 현상을 예방하거나 완화하기 위한 장치들을 고민해 봐야 할 필요가 있다고 지적했다.

그동안 우리는 너무 서두르면서 일만 하며 살아왔다. 지나치게 노동하는 사회에서 삶의 성찰과 여유를 찾기는 어려우며, 진정한 삶의 활기와 행복감을 느끼긴 힘들다. 이제는 급하게 가던 걸음을 일시 멈추고 '삶의 질'에 대해 고민해 봐야 할 때가 되었다. 그래서 '여가 시간을 알차게 보내는 것'은 현대인의 가장 큰 관심거리다.

인간이란 원래 주어진 시간의 3분의 1은 수면 · 식사 · 목욕 등 생리적인 시간으로 소모하며, 나머지 3분의 1 혹은 그보다 더 많은 시간을 일하며 생활을 영위한다. 그리고 남는 시간은 삶의 질을 높이기 위해 쉬거나 운동을 하면서 '여가 생활'을 즐긴다.

생리적으로 소비하는 시간은 부자나 가난한 사람이나 모두 공평하게 주어진다. 하지만 여가 생활을 어떻게 보내느냐에 따라 삶의 질은 달라진다. 고령화 사회로 접어들면서 수명이 많이 늘어났으며 여가를 즐겨야 할 시간은 점점 길어지고 있다. 하지만 그동안 우리는 일하는 것에 대한 학습은 많이 받아 왔지만, 노는 것과 재충전을 위한 프로그램에 대해서는 배우거나 고민해 본 적이 거의 없다.

　그림에도 여백이 필요하듯, 삶에도 휴식이라는 여백이 필요한 것은 두말할 필요가 없다. 아무리 바쁘고 힘겨운 삶일지라도 일주일에 하루 이상은 쉴 줄 알아야 한다. 삶의 여백을 가져야 그다음 날부터 이어지는 전쟁과 같은 세상살이에서 살아남을 수 있기 때문이다. 이 모든 것이 죽도록 일만 하고 살아온 이들에게 게으른 자가 던지는 넋두리인지도 모르겠다.

비행기에서 생긴 일

  휴가를 맞아 가족들과 함께 미국 서부에 살고 있는 친지 방문차 로스앤젤레스를 다녀오고 있었다. 9.11테러 여파로 지루하고 약간은 자존심이 상하는 LA공항의 탑승 수속을 마치고 0시 10분발 서울행 비행기에 올랐다.

  비행기가 이륙 후, 간단한 식사를 마치고 피곤한 몸을 쉬기 위해 깊은 잠에 빠졌다. 한참을 잘 자고 있다고 생각했는데 잠결에 기내방송이 들렸다.

  "응급 환자가 발생하였습니다. 응급 환자가 발생하였습니다. 기내에 의사 선생님이나 간호사님이 탑승하고 계시면 즉시 오셔서 도와주시면 고맙겠습니다."

  잠결에 내가 잘못 들었나 하고 있었는데, 옆에서 자고 있던 아내가 먼저 깨면서 의사를 찾는 것 같다며 나를 깨웠다. 이게 의사인 내가 해야만 하는 일사명감이겠지 하면서 허둥지둥 일어났다. 평소에 소아 환자의 치료에는 나름대로 자신이 있다고 자부심을 가지고 살아왔지만 비행기 내에서 발생하는 환자는 주로 만성질환을 가지고 있는 성인인 경우가 많아 내심 불안한 마음이 들었다.

예전에도 비행 중인 기내에서 응급 환자가 발생하는 일이 종종 있었다고 들었지만 내게도 이런 일이 일어나는구나 생각하면서 몸을 일으켜 환자 쪽으로 향했다. 수련의 때 수없이 많이 경험했던 생명을 다투는 환자의 응급조치를 머리에 떠올리면서 약간의 긴장감을 가지고 "약품은 잘 구비되어 있을까? 승무원들이 응급조치에 대한 보조는 얼마나 해 줄 수 있을지? 너무 위독하면 태평양 상공에서 어쩌란 말인가?" 등의 많은 생각들이 순간적으로 머리에 스치고 지나갔다.

나는 소아과 전문의라는 사실을 밝히고 환자를 보게 되었는데, 49세 외국인 남자 환자로 화장실을 다녀오다가 순간적으로 의식을 잃고 쓰러지면서 얼굴에 상처가 나고 식은땀을 많이 흘리면서 불안한 상태였다. 다행히 의식 상태는 혼미한 상태였다. 승무원에게 VITAL SIGN활력징후, 생명을 유지하는데 필수적인 요소인 혈압·맥박·호흡은 어쩐지 물어봤더니, 체크를 미처 하지 않았으며 체온만 재고 있었다.

그래서 직접 혈압을 재어 보니 100/80으로 정상이었으며, 맥박은 약간 빨랐으며 체온은 체온계상 39.2도로 고열로 체크되어 있었다. 몇 가지 문진을 해 보니 탑승 전에 항히스타민제가 함유된 종합감기약과 수면제를 복용하였다고 했다.

청진과 함께 이학적 검사를 해 본 결과 식은땀을 많이 흘리고 있었으며, 몸은 뜨겁지 않았으나, 체온계를 확인한 결과, 39.2도로 잘못

체크한 것 같은 느낌이 들어 내가 직접 수은체온계를 35도 이하로 뿌리고 다시 체온을 재어 본 결과, 오히려 체온이 35.2도로 저체온 상태였다. 이런 경우는 체온계를 지난번에 고열 환자에게서 체크된 상태로 두었다가 이번에 체크하면서 뿌리지 않고 그대로 체크하여 지난 번 재어진 39.2도인 그 상태로 잘못 인식하고 있었던 것이다. 승무원들의 의학 상식이 조금만 더 있었다면 하는 아쉬움이 남았다.

고열과 저체온은 너무나 천양지차다. 생각해야 하는 원인 질환과 대처하는 방법에 커다란 차이가 있어 치료 시 환자에게 심각한 역작용을 초래할 수도 있다. 내가 판단하기에는 감기약과 수면제의 과량 복용에 의한 것으로 추정되었으며, 환자의 체온을 정상으로 올리기 위해 보온을 시키고, 다리를 약간 올린 상태로 누워 있도록 조치한 후, 잘 관찰해 보기로 하고 내 자리로 돌아왔다. 아주 위급한 환자가 아니라 다행이라는 생각이 맴돌았다.

항상 의사들이 응급조치나 수술 후에 확인하는 습관과 마찬가지로 나도 마음을 약간 안정시키고 내가 취한 조치들과 경과 관찰에 대해 처음부터 찬찬히 더듬어 정리해 보았다. 갑자기 발생한 처음으로 겪어 보는 기내 환자의 취할 조치를 빠뜨린 것은 없는지, 잘못 조치한 것은 없는지 등을 생각하면서 별 문제가 없었다는 결론을 내리고 잠을 청하였으나 환자에 대한 걱정으로 나머지 잠은 설쳤다.

잠을 자는 둥 마는 둥 얼마간 뒤척이다가 인기척 소리에 깨는 순간 환자의 상태가 궁금했다. 승무원이 와서 환자 상태가 많이 호전되었다고 하면서 보내오는 고맙다는 감사의 멘트에 안심이 되었다. 의사의 본분을 다 했을 뿐인데 하면서도 한편으로는 나 자신이 의사가 되어 보람 있는 일을 했다고 생각하니 뿌듯한 마음이 들었다.

　이번 일을 겪으면서 승무원들의 응급처치에 대한 기본 지식이 좀 더 필요할 것 같다는 생각이 들었다. 의사이면서 누군가에게 건강과 행복이라는 도움을 줄 수 있다는 게 내 생애 가장 보람된 일이라 생각했다. 드디어 비행기가 인천공항에 도착하여 내릴 적에 승무원들이 내게로 와서 고맙다면서 박수를 보내 주었다. 깊이 감사드린다며.

　같이 탑승했던 다른 승객들의 호의적인 태도에 쑥스럽기도 하였다. 귀갓길에 이 사실을 다 알게 된 딸과 아들이 아빠를 자랑스럽게 생각한다며 "아빠 파이팅, 우리 아빠 최고야!"라며 환호했다.

* '좋은생각' 2008년 10월호에 게재 된 글.

작은 정성이나마…

　어릴 적에 아주 특별한 도움을 받았던 기억이 아직도 뇌리에 남아 있다. 60년대 초반 초등학교 저학년 때에 내가 살았던 시골 두곡 마을에 젊은 청년들이 찾아왔다. 이들은 서울에서 대학을 다니고 있는 남녀 대학생들로 약 15명이 봉사활동으로 우리 마을을 찾아온 것이었다. 낙후된 농촌의 개화와 근로 봉사를 목적으로 시골 마을을 찾아온 농활이었다.

　아침에 기상과 함께 체조를 하였으며 태어나서 처음으로 치약으로 칫솔질하는 방법을 배웠다. 그 전에는 양치질을 거의 하지도 않았으며 그나마도 치약이 없어서 소금으로 양치질을 아주 가끔씩 했었다. 이들 봉사활동 나온 형 누나들은 씩씩했으며, 서울 말씨에 상냥하고 예쁜 모습이었던 기억이 생생하다. 그런데 대학생들의 봉사활동이 고마웠던 기억보다 서울에 대한 동경심이 더 커졌던 것 같다. 언젠가 꼭 서울에 가 보고 싶다는 소망과 나중에 나이가 들면 서울에 가서 학교 다니면서 살아야겠다는 꿈을 갖게 된 계기를 만들어 주었던 셈이다.

밤이 되면 모닥불을 피워 놓고 형 누나들과 우리들은 둘러앉아 노래를 부르기도 하고 재미나는 이솝우화와 동화를 들려주기도 하였다. 형들은 주로 낮에 근로봉사를 했으며, 이들 청년들에게 고마움을 표시하기 위해 마을 어른들은 고구마를 푸짐하게 가져다 주었다. 모닥불 속에 구워 먹는 군고구마의 맛은 이들 대학생들에게 '아, 이 맛!'이라는 감탄사를 자아내게 하였다. 이렇게 며칠 밤낮을 같이 지내며 많은 것을 가르쳐 주고 배웠던 시간은 빠르게 흘러갔다.

나에게 서울에 대한 동경심과 나중에 커서 나도 이들 형 누나들과 같이 뜻있는 일을 해야 한다는 특별한 의미를 갖게 해 주었던 대학생들은 7일 만에 돌아갔다. 그 당시에 어린 나의 가슴에 희망과 꿈을 안겨 주었던 대학생들의 봉사활동 모습이 가시지를 않고 오랫동안 잠재의식 속에 남아 있었던 것 같다.

어려서부터 선친의 심성을 많이 닮아서 그런지 나는 원래 인정이 많고, 자상한 편이며, 슬픈 일을 보거나 힘든 과정을 거치고 성취를 이루었을 때 우는 모습을 보면 쉽게 눈물을 흘리기도 한다. 남에게 조금이라도 도움을 줄 수 있다면 기꺼이 동참하는 것을 주저하지 않는 심성을 가지고 있다고 생각한다.

대학을 졸업하고 수련의 과정을 모두 마치는 오랜 시간 학문을 배우는 일에만 매진해 왔다. 올바른 전문의로 탄생하는 과정이 너무나 길어서 34세가 되어서야 비로소 과정을 모두 마칠 수 있었으며 좀 더 미진한 부분을 연구하기 위해 스태프로 남아 경험을 쌓은 후 경제활동을 할 수 있는 개원의開院醫가 되었다. 그동안에는 주위를 돌아볼 마음의 여유도 시간적인 여유도 갖지를 못하고 공부에만 열중하며 살아온 셈이다.

내 나이가 30대 중반이 되는 87년도에 흑석동에 꿈꾸어 오던 소아과 클리닉을 개설하여 지금까지 한곳에서 줄 곳 30년 가까이 어린이 환자들을 돌보며 열심히 살아오고 있다. 개원을 하고 처음 몇 개월은 고전하였으나 열과 성을 다하여 진료에 임하다 보니 차츰 좋은 소문이 나면서 환자들이 나의 클리닉으로 몰려들었다. 밀려드는 환자들로 인하여 몸은 피곤하였으나 보람은 있었으며 경제적으로도 여유를 갖게 되었다.

나의 클리닉이 있는 흑석동은 분지와 같이 한강이 내려다보이는 위치를 제외하고 3면이 산으로 둥그렇게 둘러싸여 있다. 1동 쪽은 대체로 부유한 계층이 살기 때문에 집도 고급 단독주택이거나 좋은 빌라들이 많다. 대신에 2동과 3동은 아주 잘사는 사람도 아주 못사는 사람도 아닌 중산층이 친인척끼리 모여 사는 가구들이 많은 편이며, 시골의 소도읍같이 정이 넘치고 활기차 보이는 동네이다. 그러나 어느 지역이나 마찬가지지만 독거노인과 소년소녀 가장들이 제법 많이 있다는 것을 H초등학교에 근무하는 보건 교사로부터 전해 들었다.

나의 클리닉을 가끔 아플 때마다 찾아오는 어린이들 중에도 소년소녀 가장이 있다는 사실에 뜻있는 일을 해야겠다는 마음이 일었다.

보건 교사와 상의 끝에 4명의 아이에게 매달 조금씩 생활비를 보조해 주었다. 그런데 몇 년을 경과하면서 이상한 전화를 몇 통 받게 되었다. 이 아이들을 돌보는 보모保姆들이 서로 자기들의 다른 통장으로 돈을 부쳐 주기를 바라는 내용이었다. 그래서 자세히 알아본 결과 보모가 바뀌거나, 무슨 다른 이득이 있는지는 모르나 서로 보모 역할을 강조하는 알력이 작용했으며 제대로 도움이 되지 않았음을 뒤늦게 알게 되었다.

좋은 뜻으로 시작한 일이었지만 약간의 불미스러운 모습들을 접하고서 그 일을 일단 중지하였다. 그 후론 독거노인 돕기와 시골에 있는 초등학교에 소년한국일보 보내기 같은 일을 계속하였다. 최근에는 서울역에서 노숙자들의 건강을 돌보기 위해 활동하는 대학생 의료봉사단체인 '프리메드'에서 몸이 불편한 노숙자들의 진료에 힘을 보태고 있다.

박태강 시인의 〈봉사하는 마음〉이라는 시를 떠올리며 항상 미력한 힘이지만 주위에 도움이 되는 사람이 되려고 채찍질을 하면서 살아가고 있다.

봉사하는 마음

남을 위하여 마음을 열고
다른 사람의 아픔에 귀 기울이는 것
얼마나 고맙고
아름다운 일일까

베푼다는 것

마음, 몸, 돈으로

가진 자가

어려운 사람에게 나누는 것

나눔은

반드시 남는 것으로가 아니고

스스로 절약하고 노력하여

이웃을 위해 마음 기울이는 것이니

나눔에 경계해야 할 일은

교만하지 말며

자랑하지 말며

언제나 부족한 것처럼 하여야 하느니

진실로 그들을 위하고

아파하고

위로하는 진정한 마음

봉사의 진정한 정신이어야 한다.

피플 세상 속으로

방송인 정애리님은 나의 클리닉이 있는 흑석동에 살았으며 딸 지현이가 아플 때마다 나의 클리닉을 찾아와 진료를 받곤 했던 단골 고객이다. 오랫동안 다녔기 때문에 제법 친분이 있으며, 간혹 지나

다가도 들러서 덕담을 나누기도 한다.

방송인 정애리님이 봉사활동하는 것을 소재로 나오는 시사 휴먼 다큐멘터리 '피플 세상 속으로―사랑 나눔 18년, 방송인 정애리' 라는 프로가 2002년 12월 26일 방영되었다. 그 내용을 보면, 방송인 정애리님은 드라마 촬영을 위해 우연히 찾았던 서울의 한 유아보호시설에서 초롱초롱한 눈망울로 자신을 쳐다보던 아이들을 잊을 수 없었다고 한다. 그 후에도 계속해서 그곳을 찾아 봉사하고 있으며, 남들 같으면 한번 마음 쓰고 지나쳤을 인연을 쉽게 놓지 못하고 있었다.

2001년부터는 살고 있는 집 근처에 깔끔한 2층 양옥집을 마련, 무의탁 노인과 아이들 8명을 식구처럼 돌보고 있었다. 한 가족처럼 서로 의지하면서 살면 좋겠다는 정애리님의 마음 때문이었다.

이들 아이들과 노인들을 돌보다 보면 아플 때가 가장 힘들어진다고 한다. 어느 날 정애리님이 나의 클리닉을 방문하여 이들의 '주치의' 가 되어 줄 것을 부탁하였다. 나는 그 자리에서 작은 보탬이라도 된다면 흔쾌히 주치의가 되겠다고 하였으며, 그 후로는 아플 때나 예방접종이 필요한 경우에는 언제든 방문하여 도와드리곤 했다. 그런데 내가 주치의로 활동하고 있는 모습과 인터뷰가 이 프로에 나왔다.

이 방송은 특집방송이어서 여러 번 재방송까지 되었다. 나를 아는 많은 사람들이 내가 방송에 나온 모습을 보고 반가워하였다. 그 다음 날부터 여기저기서 안부 전화와 함께 '그렇게 좋은 일을 한다니 자랑스럽다' 며 부러워하였다. 전화를 주는 지인들도 도울 일이 있으면 기꺼이 돕겠다고 하여 승가원 같은 곳에 소개를 시켜 주기도 하였다.

어릴 적에 시골을 찾아 봉사활동을 했던 형과 누나들의 모습이 살아가면서 나에게 귀감이 되었으며, 조그만 정성이라도 베풀며 살려고 노력하고 있으나 항상 미진함을 꾸짖고 있는 형편이다.

에필로그

할 줄 아는 일이라곤 아픈 아이들 건강을 되찾도록 진료하는 일밖에 없는 내가 막상 한 권의 책으로 낸다고 생각하니 무척이나 설레었다. 한가롭게 쉬는 것을 좋아하는 성격이 아니라 틈만 나면 무언가를 하면서 살아온 습성 때문인지 글 쓰는 일에 몰두할 수 있어서 행복한 나날이었다.

처음에는 어떻게 시작해야 할지 막막하였으나 한 자 두 자 쓰면서 조금씩 재미가 붙기 시작하더니 이제는 일상이 되었다. 막상 책으로 묶으려 하니 초보로서 두려움이 앞섰다. 처음에는 글을 쓴다는, 이른바 '창작'이라는 것이 얼마나 힘든 일인지 몰랐다. 글을 쓰면 쓸수록 어려움을 알게 되면서도 한편으론 재미도 붙고 실력도 조금씩 느는 것을 느낄 수 있었다. 지난 2년간 졸필이지만 습작하는 재미를 취미로 갖게 되었다는 사실이 좋았으며, 또한 작문하는 일에 몰입하며 지내온 날들이 새로운 감흥感興으로 다가왔다.

 내 인생의 초반 30년은 먹고(?) 살기 위한 기반을 다지는 즉 배움의 시기였다면 그 후 30년은 동네 소아과 의사로 아픈 어린이들과 함께 살아온 삶이었다. 시간이 넉넉하게 주어진다면 앞으로 30년은 남을 위해 더 좋은 일을 하면서 어린이들과 건강이 허락하는 날까지 부대끼며 살고 싶은 것이 소망이다. 물론 틈틈이 글도 쓰면서.

 이 책의 출판을 계기로 글을 계속해서 쓰고 싶은 취미를 갖게 되었다는 사실이 소중한 자산이라고 생각한다. 쓰다 보니 생각보다 많은 글들이 모여 지면 관계상 채택되지 못한 부분들이 제법 남아 있다. 못다 실은 산문들과 더 나누고 싶은 이야기들로 가슴이 설렌다. 기회가 주어진다면 새로운 내용들로 다음을 준비하고 싶은 것은 과욕일까?